喂食者协会

WEI SHI ZHE XIEHUI

著

百花洲文艺出版社
BAIHUAZHOU LITERATURE AND ART PRESS

图书在版编目（CIP）数据

　　喂食者协会 / 那多著 . -- 南昌 : 百花洲文艺出版
社 , 2018.12
　　ISBN 978-7-5500-3104-3

　　Ⅰ . ①喂… Ⅱ . ①那… Ⅲ . ①长篇小说 – 中国 – 当代
Ⅳ . ① I247.5

　　中国版本图书馆 CIP 数据核字（2018）第 252582 号

喂食者协会 WEI SHI ZHE XIEHUI

那多 著

出 版 人	姚雪雪
出 品 人	柯利明　吴　铭
特约监制	郑心心　岳阳
特约策划	郑心心
责任编辑	杨　旭
特约编辑	郑心心
封面设计	辰星书装
出版发行	百花洲文艺出版社
社　　址	南昌市红谷滩世贸路 898 号博能中心 I 期 A 座 20 楼　邮编 330038
经　　销	全国新华书店
印　　刷	三河市航远印刷有限公司
开　　本	880mm × 1230mm　　1/32
印　　张	11
字　　数	166 千字
版　　次	2018 年 12 月第 1 版第 1 次印刷
书　　号	ISBN 978-7-5500-3104-3
定　　价	49.80 元

赣版权登字　05-2018-477
发行电话　0791-86895108　　　　　网址　http://www.bhzwy.com
图书若有印装错误，影响阅读，可向承印厂联系调换。

那多（男一号）

晨星报社记者，强烈的好奇心和对任何事物的怀疑态度，以及记者的身份，使他常常接触到这个世界被隐藏起来的另一面。平心而论，称他为冒险家比记者更加合适。

梁应物（男二号）

那多的好友，双重身份。表面上是某大学的教师，事实上是位具有斯坦福核子物理硕士与哈佛生命科学博士学位，为神秘机构X工作的研究员。为人严肃而极具理性精神，尽管是那多的好友，却从不因公废私。

何夕（《亡者永生》）

兼具美貌与智慧的荷兰籍华人，范氏病毒的权威研究人员。在《亡者永生》里，她被病毒感染，体内形成了具有自我意识的太岁。那多深爱着的女人。

系列人物档案
《喂食者协会》
XILIERENWUDANGAN

路云（《凶心》）

在《凶心》中以一名大学生的身份登场，实为中国神秘幻术一脉的当代传承者。幻术大成之后，她具有惊人的美貌，但这份美貌的真实成分有多少，永远不会有人知道。

水笙（《变形》）

听起来像是鲁迅小说里人物的名字，其实却暗示了其非同一般的身份。在《变形》里，为了爱情，他忍受了数十年痛苦的陆上生活，最终如愿以偿转变成人类，和苏迎在地球的某个角落幸福地生活在一起。

苏迎（《变形》）

与她接触越多，谜团越多的女子。到底是她精神分裂，还是其言确有其事？

叶瞳（《坏种子》）

某机关报社的美女记者，具有比那多更强烈的好奇心，这让她往往会对一些事情作出过于夸张的猜想。其出身颇为神秘，在《坏种子》的故事中有更详细的描述。

夏侯婴（《幽灵旗》）

三国时代夏侯家族的后裔，懂得曹操墓中暗示符的意思。在《幽灵旗》中曾被暗世界的D爵士邀请参加在尼泊尔举行的非常人类的聚会（非人协会），在那里遇到了已经中了暗示的那多，并成功将其救治。在《暗影38万》中受到海盗王之子郑余的邀请上羿岛基地，为那些具有意念移物这项超能力的人做自信的心理暗示。

卫先（《幽灵旗》）

出身盗墓世家，行走在地下世界的历史见证者。在《幽灵旗》中，为夺"天下第一"的称号不惜铤而走险，最终死于曹操墓中的暗示里。

卫后（《神的密码》）

出身盗墓世家，行走在地下世界的历史见证者，卫先的胞弟。为"盗墓之王"卫不回之后年青一代中最具才华天分的盗墓者。

六耳（《返祖》）

原名游宏，同那多一起游玩于福建顺昌时被导游起名"六耳猕猴"。机缘之下，出现返祖现象，全身长毛，毛发可随心所欲地变幻出各种形态，有如齐天大圣的七十二变。

X机构

一个不为世人所知的属于官方的庞大地下机构，专门调查和研究一切大众认知以外的事件。其成员大多是一流的科技精英，也集中了一些传承古老中国文化的神秘势力。总之，关于这个机构，我们不了解的永远比了解的多。

注：人物后面的作品名为该人物首次出场亮相的作品。

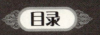

CONTENTS

这是一则新闻，其实，却是一则旧闻。两者间的奥秘，这世界上，只有极少数精英才会知道。

我知道了，幸运的是，我仍未死。

现在，我告诉你们知道。

许多时候，活着未必是最好的选择。我们需要怎样活着，这是个问题。

第一次参加这样宁静的葬礼，那个声音说，好像他就葬在草地下，大家都不敢打扰。

我发现自己已汗湿全身。

我在水池对面葡萄架下的石椅上坐下着，想让自己别再记着他死时的模样。然后，开始在心里说宽解自己的词语。

那位朋友最后半开玩笑地说，要怪，只能怪你想得太多了。言下之意，我如果不是心思这么复杂，直接冲上去，也就解了死局。我听他这么讲，第一反应不是内疚，却是想，我能算是想得太多吗？我想得这么多，却还是落入了愿望满足器的盘算中。

这是看起来最明显的答案，但从逻辑上说，却基本不可能。

我这个愿望，是再显然不过的刺探，不管那个神秘人物想通过愿望满足器达到什么目的，都不可能这么简简单单把自己的身份告诉我。

我家楼下站着一个女人，一瞥之间，只觉得她虽已不再年轻，但身姿笔挺，颇有风仪。我并没有意识到她是在等我，直到她叫出了我的名字。

"你是？"我确信自己之前并未见过她。

吹一口气，就能引发一场台风；摔碎一个杯子，就能赢得一场战争；撕掉十块钱，就能使世界经济崩溃。只要算出最初的那个动作是什么，一切皆有可能。

当然，对于我们来说，只要有一点希望，就会全力阻止。就事情的难易程度来说，如果连一个中国区域的测试都无法破坏，难道还能摧毁喂食者协会这个科学怪兽吗？

从初始动作到最后达成目的，中间可能会需要推倒一百个多米诺骨牌，产生一百个变化。但不管怎样的变化，都是人的变化。托盘再神奇，喂食者们建立的模型再先进再超越时代，我也不相信它可以把一切非人的因素都考虑进去，比如一只狗的哀怨，一只鹦鹉的快乐，一只被取胆汁的黑熊的愤怒。

有时候手底下的动作要比脑袋里的想法快。前一个觉得菜刀威胁不大尽可以冲上去干倒武疯子的想法这时才刚隐没，眼前的一切就已经证实了我的想法，然而紧接着，一个疑问冒出来。这个武疯子就是托盘的计划？

我相信她此刻必定确信，找到我加入，是她最正确的选择。然后我就啐了一口，见鬼，这是托盘的选择。

这是一个为了"永远正确"而被造出来的怪物，而唯一消灭它的机会，在于指望它会偶尔不正确。而像永远在不断犯错的凡人，还得在那个指望中的偶尔出现的时候，立刻抓住它。

我清楚地知道，一旦我亲自去追查郑剑锋的下落，我的行为模式就会变得很好判断。比如我判断出了郑剑锋下一小时会出现在上海洋山港三号码头，需要尽快赶去那里截住他，那么我对交通工具和行进路线就没有太多选择的余地，简直就是把脑袋伸到了托盘的铡刀下面。

我恢复了正常的记者生活，忙碌但不用提心吊胆的感觉，真好。背负一国乃至世界命运之责任的感觉，太他妈糟糕了。

直到此时此刻，我收到了一封邮件。

邮件的主题很随意，只有两个字：是我。

永远不可能穷尽所有的可能，永远会有预料外的事情发生，哪怕只是10%。

这10%，诞生了一个伟大的生命。

当然，这一切只是我的猜测，唯一的猜测。

无从证实。

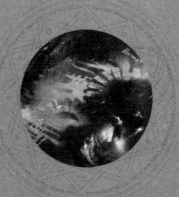

喂食者协会

序　言

巴西雨林发现四种新型僵尸蚂蚁菌类

据国外媒体报道，巴西雨林中隐藏着世界上最危险的生命，但是这片雨林中的蚂蚁所面临的敌人却是其中最险恶的。美国宾州州立大学科学家近日在深入该地区考察过程中，发现了四种新的菌类物种。令科学家震惊的是，这些菌类能够感染蚂蚁，控制蚂蚁的躯体，最后到了一个适合自身生长的空间时再杀死这些蚂蚁寄主。

据科学家介绍，这些菌类能够摧毁整个蚁穴，让蚁穴成为成群蚂蚁的墓地。大量死亡蚂蚁的尸体呈扭曲状，它们的下颚死死咬住叶脉。这是它们死亡前的最后动作，这个动作可以保护菌类处于安全的位置，而此时菌类会再次释放出新孢子感染其他蚂蚁。

美国宾州州立大学科学家大卫·休斯和哈里·埃万斯在巴西东南部的大西洋雨林中考察时发现了四种新菌类（Ophiocordyceps）。休斯介绍说，"这种生物体呈现出难以置信的复杂性。不管是它释放出化学物质来控制蚂蚁，还是通过孢子的传播在雨林中寻找寄主，整个过程的行为相当完美。"

1859年，与达尔文同时代的伟大博物学家阿尔弗雷德·鲁塞尔·华莱士在印尼苏拉威西岛发现了两种"僵尸蚂蚁菌类"标本。此外，华莱士还在亚马逊地区采集到类似的标本并准备带回伦敦。但是，由于回程的船只起火并沉没，华莱士丢失了所有的标本。关于菌类控制蚂蚁现象的最重要的现代标本本来存储于巴黎一家博物馆中，但1941年借给日本一位研究人员后丢失。

最新研究显示，一些菌类在生产孢子后，如果孢子在被释放一天内感染蚂蚁失败，那么这些菌类还有备份计划。地面上的孢子会慢慢长出一个第二级孢子。当有蚂蚁经过时，它们会立即抓住机会附到蚂蚁身上。

此前，科学家已经在澳大利亚一些最古老的雨林中发现了6种此种菌类。

——新浪科技新闻，2011年3月5日

这是一则新闻，其实，却是一则旧闻。两者间的奥秘，这世界上，只有极少数精英才会知道。

我知道了，幸运的是，我仍未死。

现在，我告诉你们知道。

许多时候，活着未必是最好的选择。我们需要怎样活着，这是个问题。

第一章

葬礼

Chapter 1

盛夏。巨鹿路 675 号。这一次，铁门敞开着。

眼前的一切被太阳晒得有一种不真实感。它们其实已经在这里很久了，不论是铁门上的陈锈，还是两边门柱上的残垢，又或者是树冠斜探出来，在前方主楼的门头前另搭出一重弧顶的瓜子黄杨，以及黄杨脚下分界花坛和石板路的太湖石，甚至旁边用灰红砖彻出来的小间门房，都早在时间里褪出另一种面目来了。但现在，下午三点的阳光，在它们上面刷了层新鲜的味道。

门房里的人伏在桌上，耷拉着脑袋，像是在默哀，又或者在打瞌睡。实际上，我想他在看着我，用他的脑门儿，他

的头发。

我踩着黄杨的光影往里走。太明媚，我想，这不合适。毕竟，正有一场葬礼。那种被审视感是从哪里来的，结结实实，细细密密。是死者吗？

主楼的砖墙上满是爬山虎，手掌大的叶片伸出来一层一层接着太阳。它们绕过一扇四格有机玻璃窗，丝丝缕缕搭在门头上。我抬头看了眼玻璃窗，茶色的底，绿色的纹，左上方那格空荡荡的，还是没补上。这样的老式玻璃，碎了大概就只能空下去了。天，任何的缝隙后都像是有眼睛，爬山虎的叶片之间，玻璃窗的空洞后。

我不想从拱门下过。但那门头伸出来，挡住了整条主路，除非我踩进花坛里绕。这是个很美的门头，就像亭子，四个方向上都是圆拱门，半圆吊灯从穹顶上挂下，进主楼的拱门下有四级大理石台阶，通向铺着菱形格地砖的大厅。我记得有一面镜子正对着门，还有座钟，灯光会把这一切照得很辉煌。但我没有向门里看一眼，我不敢，我心虚，在我永远看不见的角落，总有一双浮肿的眼睛在看我。我低着头，穿过门头，又走进了阳光里。

稍好一些。

还是没听见哀乐。

绕到主楼的南面，花坛里种了竹子，没有风，也就没有竹声。有个少年站在水池的另一头，躲在爱神雕像后面。开始有不相识的悼念者走出来，与我擦肩而过。这一切，都没有声音。

刚才街上的种种喧闹，不知在什么时候消去了。

有一股力量让这里安静下来。或许，这只是我自己的原因。我听不到了，甚至看到的东西也越来越少，像小时候卷起纸筒放在眼前，世界遥远而扁平。我还能思考，但有些东西纠缠堆积在一块儿，牵起一根就扯着脑子痛起来。

葬礼的地点在草坪上。没有棺木，没有遗体，只是一个仪式。冯逸生前曾希望自己有一场草地葬礼，就像很多人有草地婚礼一样。这几乎是句玩笑话，但他走得太早，没有正经地说过身后事，别人也只能把玩笑话当真了。

我想他会满意的。因为他喜欢这里。今年春天他刚刚在主楼的西厅里加入协会，我们就是那时候认识的。

草坪的中央放了一块大理石板，上面支着冯逸的遗像。遗像后有个小盒子，也许是他的骨灰。

我把捧着的花放在草地上，给他鞠了三个躬，从沉默的人群里挤出来。

终于又听见声音，有人小声地说话。

第一次参加这样宁静的葬礼，那个声音说，好像他就葬在草地下，大家都不敢打扰。

我发现自己已汗湿全身。

我在水池对面葡萄架下的石椅上坐下着，想让自己别再记着他死时的模样。然后，开始在心里说宽解自己的词语。

我又看见了那个爱神后面的男孩。

他坐在水池后的台阶上，临着郁郁葱葱满是爬山虎的石柱子，向我这边望着。我知道他并没有看见任何东西，只是个肤色惨白的空壳。

他比草坪上任何一个人，更哀伤。

我走过去，坐在他身边。

这是个十六七岁的少年，面色苍白中又有一抹病态的潮红，右手缠着绷带。他慢慢曲起膝盖，把脸埋了进去。

他在发抖。

"你是冯逸的儿子吗？"我问。我和冯逸没有太密切的交往，以为他是单身。

"他是我舅舅。"他回答，但并没有看我。

他断断续续地说了很多话，我听不清楚，他很想要倾诉，又努力控制着自己不要倾诉。这种矛盾让他抖得越发厉害，显然在哭，很快无法继续。

我沉默了一会儿，看着眼前的雕像，开口说："你舅舅很喜欢这里，他喜欢这座雕像，你知道它的来历吗？这儿曾经叫爱神花园，这座雕像……"

他抬起头，看着我，说："叔叔，你能让我一个人待会儿吗？"

"唉，对不起。"

"不用。"

我站起来想要离开，可是怎么都做不到，有什么力量把我困住了。

他又看了我一眼 ——石头一样在身边静止不动的陌生人。

就这样，似乎过了很久，那句话才艰涩地从嘴里挤出来。

"我想，你应该知道你舅舅是怎么死的。是我。"

他茫然地看着我。

"凶手，是我。"

无形中有一声炸响，我松弛下来，那些快要把我勒毙的细绳纷纷崩解。我重新坐了下来。

那一晚，巨鹿路 675 号的铁门是虚掩着的。

晚上九点四十分，大风吹走了街上的行人，暴雨迟迟没有倾盆。这个点，台风"梅超风"大概已经在上海登陆，也可能正擦着海岸线向北而去，我不知道，气象台也不知道，"梅超风"行踪不定。

这绝不是个适合外出的夜晚。但是我必须在这里。

铁门一侧的墙上订了好几块牌子，借着路灯扫了一眼 ——"收获文学杂志社""萌芽杂志社""上海文学杂志社"……

另一侧的门柱上挂着"上海市作家协会"的牌子。

竟选在这个滋生了各色故事的地方！

我推开铁门，落地插销在地上刮出迟缓的金石声，和着呼啸盘旋的风，令我的心脏收缩起来。

门房的灯暗着，没有人。真是大手笔，我想。

应该还赶得及吧，我看了眼表，九点四十二分。

台风夜，整个作协大院仿佛只剩下我这个推门而入的不速之客。所有的灯全暗着，连野猫都缩回了自己的角落。

但，她一定就在这里！

她的名字叫林绮雯，女，十七岁，在一所职业学校读财务会计，如芭比娃娃般美丽，曾有一头黑色长发——那长发已经被案犯割下来烧成灰，灰中横着半截火柴，以及用火柴写下的四个花体英文字母——LOVE。

我弯腰拎起插销，把铁门关上。铁门颤巍巍晃动着，我想象从背后看起来，那弓下去的身体和毫无提防的后脑勺儿，这是最好的袭击时机，只需要一双悄无声息移到背后的雨靴和一根猛力挥下的铁棍。

一点冰凉砸在我的后颈上，我一抖，直起身。是颗零星的硕大雨点，黑夜的云层里，它们快要待不住了。

我摸出手电，转过身。光柱照向左边，透进门房的玻璃里。那后面有张写字台，及一把靠背椅，椅子上坐着个苍白面容没有表情的中年男人——白光落上去的时候我突然担心会看到这种景象，但还好，是把空椅子。

我觉得，我正在被这院落里一百年来曾有过的影子们侵蚀着。那些故事被风吹出来，在周围伸展开彼此的细瘦腿脚，轻轻碰你一下，又碰你一下。

手电向右边照去，是一条夹在主楼和临街辅楼间的窄道，两侧的高矮植物正在风里抖动，扭出幢幢光影。

应该没有藏着人，我想，然后向正前方走去。

林绮雯会在哪里？

又一颗雨点，快了。

　　我走到拦在路心的门头下，脑袋上有声音，手电一抬，看见吊灯在吱吱哑哑地晃。收回手电往右照，主楼的门关着。风从前方、后方和左面的拱门里冲进来，在门头下绞作一团，发出喘息声。就是鼾声响起前，从喉管深处一阵一阵升起来的啸叫声。

　　我继续向前，石径在不远处右转，左侧花坛里种了竹子，我听见了它们的声音。尖狭的叶片在风里颤动、抽打、破碎、凋零、乱舞。

　　竹林多妖邪，好在这里的竹还不成林。

　　右侧就是主楼的正面，曾经的主要入口，每周一次，这里的三对六扇大门会全部打开，帷帘拉开，水晶灯亮起，举行盛大宴会，留声机里淌出音乐，宾客往来不绝……这片辉煌已经是八十年前的事，主人刘吉生1962年死于香港，水晶灯上的水晶也发黄了。

　　黑夜里我自然看不见发黄的水晶，那些灯被门紧锁在楼里，在我和门之间还隔着一方幽幽庭院。竹子的后面有暗黄或暗白色的光，从邻楼的几方窗玻璃后映出来，根本照不清什么，被风吹得摇曳不定。

　　庭院里的水池就在这影影绰绰间若隐若现，我贴着水池往主楼门廊走去，眼睛已经开始适应这片黑夜里的暗弱光线，用不着手电光，就能看见更多的东西。比如那些附在门廊前粗大立柱上的爬山虎，宽大的叶片向上沿伸入黑暗，似乎布满了所有墙面。叶片抱在一起，在一股一股的大风里起伏，像一层黑色液体。水池在我身后了，我却不禁回头去看。那池子中央托盘上的女人呵，我只能看清她身躯的轮廓，白日里那是窈窕多姿的，现在却扭曲得仿如活物。我觉得她冲我俯下了身子，没错，她正是面朝着我的。

我不愿再端详这幅景象，转身上了台阶，从立柱间穿过，一扇扇门去推，都锁着。手电光从门框玻璃照进去，落在大厅里那些长方桌和几十把靠背椅子上，没有人。

我走到门廊的最西头，手电光探向庭院的更深处。里面有块草坪，草坪后面是幢近二十年内新建的楼，四层还是五层，对着草坪的另一头，即主楼西侧，也有一幢记不清层数的楼，总之不高。那是翻新改建过的，新壳子里头，包着八十年前刘吉生的佣人们居住的小辅楼。加上北面临街的双层辅楼，这座大院里一共三幢新楼环绕着主楼，仿佛要把主楼里古老神秘的气息锁住，不让它爬进现今的世界。

林绮雯会在哪幢楼里？我走下台阶，又瞧见那水池子。我慢慢走近，在池边蹲下。脚边的草丛里趴了个东西，我伸手去摸，冰凉粗糙的金属表面，是只对着池子的铜蛙。

花瓣状的水池子如张开的手掌，不到十平方米，望似很深。我盯着看了很久，手电光在池面上来回晃动，最终也无法确定林绮雯在不在里面。我想起现场那摊灰烬边的大理石浴缸，古典造型，表面还有浅浮雕，风格和面前这个女人——普绪赫雕像相似，缸里浸着林绮雯的泰迪狗。

要不要下去摸摸，我摇了摇头，站起来。他没有道理就这么把她无声无息地淹在里面。

我猜她就在背后这幢楼里。

当然，还有案犯。他们在这八十多年老楼的某个角落里，等待我光临。

我穿过一团一团的风，绕回东面的门头。台阶上是两扇紧闭的三米多高的柚木大门，我拧了拧黄铜的圆门把手，用力拉，纹丝不动，又往里推，像是松了些，再猛地加力，嗡的一声闷响，开了。

我走进去，在门边的墙上摸到几个老式的拨动开关，全部往下拨，巨大的光亮瞬时刺得我眯起了眼睛。我反手把门关上，越来越狂暴的风立刻只剩下呜咽声，勾动着楼里的空气隐隐震荡着，内外呼应。还是有气流，一定有哪里的窗开着。

我身在一个铺着黑白菱纹格地砖的厅里，最主要的光源是头顶半圆球状的水晶吊灯，对面墙上嵌挂着包框三联门镜，正中间那扇里有个穿着蓝色短袖 T 恤的男人，凌乱的头发把拧着的眉毛遮去一半，手中有一团光。

我关了手电筒。

门镜左面是座一人高的座钟，钟面嵌在头部位置，长长的钟摆垂在身体里。我看了眼时间，已经不走了，却不知是多少年前停下来的。

厅里有四扇门，南面和西面的锁着，应该通向曾经的舞厅。螺旋扶梯边的两扇小门上挂着男女厕所的标志，我推开男厕所的门，地砖变成了马赛克小方格，贴着墙是一尺褐色和黄色格子，拼饰了勾状纹，里面是白色格子，缀着蓝心的 X 状纹。四壁和顶上的白色马赛克可能是新做的，没有地面上的斑驳。大理石洗手台，对面的单个挂式小便池，便池侧上方关着的彩绘玻璃窗，一目了然，没有任何可以隐藏的地方。

我退出男厕，又推开女厕的门，格局和男厕相仿，只是便池换成了格间。格间的门虚掩着，推开，没有人在里面。

我回到扶梯边，抬头向上看，扶梯一圈圈转上去，没入黑暗里，仿佛无尽的通天塔。旁边墙上还有开关，打开，一蓬光从顶上落下来。那是盏四五米长的水晶吊灯，缀在螺旋扶梯的中心，从三楼直挂到两楼半，就如整幢楼的心脏，散发着冷冷的光辉。

这盏灯一开，楼里就似有东西活过来。我这么向上看着，竟生出错觉，好像随时可能有一个穿着 30 年代睡衣的女人，在三楼扶栏后探出头来，对我说一句，你回来啦。

我沿着楼梯上到一楼小半，终于明白风从何处来。这里有两扇侧窗，四格彩绘葡萄纹玻璃中，缺了右上的一小方。风从这个口子灌进来，在螺旋楼道里吹出阵阵低泣。

雨还没落下来啊。

一楼半的地方，有扇拉不开的窄门，从整幢楼的格局看，我猜门后是个半阳台。继续向上到二楼，左侧是往三楼的楼梯，右侧是长长的拱门走廊，深入黑暗中。我打开手电往里照，空荡荡的走廊两侧是一个个房间，门都紧关着。

我在楼梯转角的墙上找到顶灯开关，打开，这一层就都亮了起来。很多时候，灯火通明并不能增加一丁点安全感，你能看到每一个角落，但总觉得有东西在背后，它就轻轻搭在脖颈后，不管你怎么转头，都瞧不见。

这幢楼在晚上的回音效果好得惊人，以至于我已经停下来有一会儿，耳朵里却余音袅袅。嗒嗒嗒嗒，我想这是心理原因，但还是忍不住看了眼脚下。我后悔穿这双硬底的皮鞋了。

但……那是什么？

我弯下腰，在通往三楼的第一级楼梯上，捡起了个小东西。

一粒贝壳扣。

很小的一颗，钉在女式衬衫上，会很漂亮。

林绮雯穿着衬衫吗？我只知道她穿着牛仔裤，有很多很多洞的牛仔裤，那些新剪下的布料被扔在浴缸边的马桶里。

一个变态而羸弱的案犯，同时也是最危险的，因为你很难预料他那扭曲的脑袋会指引身躯做出什么样的事情。

此时，我除了一把硬塑料的手电筒，别无长物。

没问题的，只要找到他和她，就都解决了。

我把纽扣放进裤兜，向三楼走去。

接近了，我想。但……有点奇怪。

三楼。楼梯至此而止，这是最顶上的一层。走道顶灯的开关在相同的位置，我走过去把灯打开。

依旧是一条所有门都紧闭着的走廊。有了刚才那颗贝壳扣的提示，我打开手电往地上照，看看还能发现什么线索。

黄色柚木细长条地板，细细察看，有许多擦不掉的浅渍和印痕。我没有找到第二颗纽扣，但在走廊中段，发现了比纽扣更重要的东西。

一小滴……红色。

是血吗？

我蹲下来。是新痕，刚凝结没多久。我想用手去刮，突的一声闷响，整幢楼的空气都震荡翻滚起来，我被震得摇晃了一下，险些翻倒，耳膜哗啦啦响。

雷声还未散尽，雨声就隐隐约约接了上来。

隆隆的闷响延着楼梯滚下去，一圈又一圈，然后从走廊尽头再次返出来。

我僵住了。

因为从走廊那头返出来的并不仅仅是雷声。那藏在雷声里的，是"嗒"。

嗒，嗒，嗒。

我用手电往那头一照，声音立刻停止了。

我站起来，等了一会儿，声音再次响起，越来越近，但没几下，就又停止了。

我想，那个人，就停在走廊那端的转角，我恰好看不见的位置。

我吸了口气，向前走。

嗒嗒嗒嗒，手电的光圈随着我的脚步一晃一晃。

我在离转角三步远的地方停下，摇晃着手电，低声说："出来吧。"

那边传来一声咳嗽，然后一只穿着棕色尖头皮鞋的脚，从右侧转角跨了出来。手电光顺着牛仔裤向上移，白色 T 恤下微微发福的肚子，再往上……

"别拿光照我的脸，晚上走在这楼里瘆人得很。"他有点恼火地说。

"宋浩？你也找到这里来了？"我移开手电说。

"这有什么难的，用火柴写出的'LOVE'，再加上他的业余爱好，除了这座作协大院，火柴大王刘吉生建造的爱神花园，还能有什么其他解读？"

"说是不难，但到这儿的，也就我们两个人。"

宋浩嘿了一声，有点得意。

"不过，你是怎么上来的？"我说着走过去往宋浩的来路看了一眼，那里有道边门。

"北面厨房的小门开着。"

我想起了正对门房的小道，原来那里有扇后门。

"楼梯又陡又窄，二楼还锁了出不来，到了三楼又是一声雷，吓掉半条命，他娘的。冯逸这家伙还真舍得开销，把这里租下来，哪怕就是今天晚上，也得不少钱吧。"

"他刚入了作协，兴许是友情价。"

"别废话了，先把他逮到再说，有线索没？"

"线索得自己找。"我笑了笑，"我就这么告诉你的话，赢了算谁的？"

宋浩切了一声。

"都找到这里了，谁还瞒得过谁嘛。"

这是一场游戏。

坐在台阶上，再次回忆那个夜晚的经历，让我慢慢感觉不到白晃晃太阳的温度。旁边是少年小小的影子，我发现自己原来坐得比他低了一格。

"这就是一场游戏。"我说。

"我们有十几个人，经常参加的差不多六七个。每次由一个人出题，他负责设计案件，布置现场，其他人根据现场留下的线索破案。这是个智力竞赛，我们一般不会相互交流。哦对了，我叫那多，是晨星报社的记者，当晚在场的另一个人叫宋浩，是家 IT 公司的人事主管。"

影子毫无反应。

"通常是谋杀案，肢解，焚尸，剖心，都是变态杀人魔，会用到一些道具，比如人偶、动物内脏、鸡鸭血之类的。这一次，你舅舅设计的是少女绑架案，现场就布置在他家的浴室里，除了浴缸里的玩具狗、马桶里的破布、地上的灰、残发、火柴和留字外，没有太多痕迹，显然是老手，也许在他的剧本里，这是个连续绑架虐杀案中的一环。参与破案的有四个人，一小时后找到作协大院里的，就只我和宋浩。"

我回头看了他一眼，没有惊愕或愤怒的目光，其实我并没有看见他的眼睛，他低着头，专心地绞着自己的手指。

他是不是依然处于自己的世界里，恍恍惚惚，不知道我刚才说了什么？

"你在听吗？"

他终于有所反应，停下手，慢慢抬起头看我。

"你……杀了我舅舅？"他的语气迟缓而怀疑，像是不明白警察为什么还不把我这个自称是凶手的人抓走。

我和他对视了一会儿，他目光里有一些我读不懂的东西。我转回头去，望着摆满了草坪的白菊花。

"那晚，我找到这里的时候，觉得自己会是这局的赢家。"

我和宋浩并肩走在长廊里，多一个人的脚步声，顿时让人觉得安全了许多。

我走到那点红前，再次蹲下去看，宋浩说得对，此种情境，我已经不可能独享胜利。

宋浩用手一抹，说："血。"

"鸡血、鸭血还是猪血？"

"人血。"他放在鼻前嗅了一下回答。

随后他笑起来："我怎么分得清楚，我看是颜料。"他把红色在手上捻开，分辨着说。

走廊南侧有两间大房，北侧是三间小房。南侧另有两个壁橱，位置在北面正中房间的对面。二楼的《萌芽》杂志社曾刊载过几篇我写的《那多手记》，我来取样刊的时候，编辑就是从壁橱里帮我拿的。我对这里的熟悉程度，不会比冯逸差。他没选好战场。

这滴"血"，就在走廊正中间，靠近两扇壁橱的地板上。

我见过二楼壁橱打开的样子，里面卸掉搁板挤一挤倒是能藏进一个人，可如果冯逸是和道具人偶林绮雯在一起，真实起见藏身处就要有能容两个人的空间，所以我第一时间去开的，是对面朝北房间的门。

锁着。

宋浩奇怪地看了我一眼，把壁橱拉开。

满橱的书和杂志。主要是《收获》杂志合订本还有丛书，再自然不过，因为这一层办公的是《收获》杂志社和《上海文学》杂志社。宋浩上下打量了好几眼，还试着拨开前排的书看后排。但显然，这里既没有冯逸也没有林绮雯。

他悻悻地关上门，示意我去开另一个壁橱。

游戏倒是很公平，我想。只是另一个壁橱里，不会堆满了《上海文学》吧。

门开了，我愣住，宋浩"哈"地感叹了一声。

门里竟是道狭窄向上的红色木楼梯。

怎么会有楼梯，这里不是只有三层楼吗？

我随后醒悟过来，这幢楼是坡顶，建的时候屋顶没有封死，留了上去的通道，上面是三楼半，通常用作仓库。

宋浩戳戳我的腰。

"上去呀。"他轻声说。

开关在楼梯左侧墙上，打开后亮起的是入口顶部的白色小吸顶灯。楼梯一上去就是个九十度的转角，后半段黑漆漆照不到半点光。我打开手电，摸着墙爬上去，宋浩紧跟在后。

　　手电光圈在陡峭的楼梯、楼梯口的扶栏、扶栏后高高堆起的纸箱间来回晃动着。狭窄的空间又让我生出随时会受到袭击的错觉，尽管我知道这绝不可能发生。

　　这只是一场游戏。

　　每一脚踩下去，都是一阵咿咿呀呀，这声响摇成了一片，持续了极漫长的时间。

　　"记得那次孟威设计的肢解杀人魔，埋尸的地下室也有这样一道楼梯，还有沙包机关，被打到就算死亡，有够赖。你小心一点。"

　　我哦了一声，心里却觉得，他只是要在这样的环境里多点人声。

　　终于到了尽头。

　　我猜得没错，这的确是个仓库，右侧的天花板下斜与地板相接，堆了些桌椅杂物，我站的地方刚够直立，左侧有垒起的纸箱挡住视线，我需要再往前走两步，才能看见里面。

　　"什么情况？"宋浩在后面问。

　　"冯逸，你在这儿吗？"我问。

　　里头悄无声息。

　　我耸了耸肩，向前走了两步。既然不会有任何危险，就不必太小心翼翼了。

　　一步跨出了纸箱，手电光照到的东西让我惊呆了。

　　那是个极古怪的装置，一口大玻璃箱摆在仓库内间的门口，箱边高高的铜架子上放了一个大号的老式铜水罐，水罐下方的龙头上接了根皮管，直通到玻璃箱内。

最令人错愕的是，箱内有人！

箱虽然大，装进个人还是有些勉强，那人是仰天缩在箱里的，头部冲着我，缩足弓背，双手向上撑着箱盖，一动不动。

看他的姿态，难道……我的心脏突地收缩。

宋浩从旁边挤进来，看见这情景啊了一声，问："这是冯逸，他待在里面干什么？"

这时我的手电光已经往下移，照见了地上的水迹，宋浩也反应过来这玻璃箱内竟是盛满了水的，立刻尖叫起来，要扑过去救人。

我一把抱住他的肩膀将他拽住。

"等等，不对劲。"

"等什么！"宋浩奋力扭动，"你疯啦，快救人啊。"

"看那儿。"我的手电光照在箱前水迹旁的一把尖头铁锤上。

"我早看到了，正好用来砸箱救人！"

"你动动脑子，不觉得这一切很奇怪吗？要知道不是所有的水都能淹死人的。"

"什么？"

看到这把摆在显眼位置的铁锤时，我的脑中已经豁然开朗，先前的一连串疑点忽然之间贯通了，就看接下去的事是否能验证我的猜测了。

"我打赌这里面是氧化氟碳之类的全液气。"

宋浩停止了挣扎。

"冯逸是写推理小说的，之前我们一致以为，他设的局会非常难，但实际上，根据火柴和'LOVE'找到这里并不困难，而且他在三楼第一级楼梯上留下了颗纽扣，之后又是一滴血，这是生怕我们找不到，而这把尖头锤又摆在这样明显的地方。"

"他是要诱我们去砸破箱子，为什么？"

"让我看看。"手电光柱在水箱周围转了一圈，有心寻找之下，马脚很容易就显露出来。

就在那把尖头锤锤柄上，绑了根细绳，这绳子一直连到后面内间的门里面。我们循着绳子绕了进去。

"在我绕过水箱的时候，还用手电照了照冯逸的脸。他睁着眼睛，直直看着上方。如果是在光线好的地方，我应该能分辨出，他的瞳孔已经放大了。但当时我只是在心里想，装得可真好。"

少年的影子轻微地晃动起来，他在愤怒吗？

"我们在门后面的房间里找到了林绮雯，一具没有头发的芭比娃娃玩偶，她被捆在一个带电池的小装置上，那根绳子的作用是，牵动装置上的开关，使玩偶触电。至此我的猜测得到了验证，只要我们一动那把铁锤，人质就会死。而绝大多数人看到当时的景象，都会第一时间拿起铁锤，冯逸之所以留下如此多的线索，就是要以这种方式来获得胜利。这是他精心谋划的计中计，套中套。我小心地把芭比娃娃拆下来，拿到水箱上，在冯逸眼前晃动，拍打箱壁，大声地笑和庆祝。但很久之后，他依然没有反应……"

然后我沉默下来，直到下一阵风吹过。

"我耽误了至少十分钟，十分钟！他本来是可能被救活的。我真是、真是……如果是宋浩第一个到现场，一切就不会是这个样子。"

少年的影子抖动得更厉害。

"但我始终想不明白，他为什么要以这样的方式自杀。"

"他不是自杀的！"影子发出一声嘶哑的低吼。

我转过头去，少年双手握拳，止不住地抖着，满脸是泪。

我的胸膛被内疚和自责塞满，黯然点头说："是，我是凶手，至少是半个凶手，我不奢望你的谅解，我只是想说出来，而且可能还没人和你说过，当时的这些。"

"我知道当时是什么样的，我完全能想象出来。"少年身体的抖动慢慢停歇，我以为他会恶狠狠地盯着我，像头孤狼。但竟没有，他的眼皮垂了下来，望向自己的影子。

"舅舅听见隐隐约约的脚步声，知道等待的人终于进了大楼。他打开盖子跨坐进去，蜷缩起来，慢慢躺倒，水在之前已经放了一会儿，所以才会溅出来。盖子自动锁上了，从里面可以打开，但非常麻烦。"

他所说的这些，我都从警方的调查分析中知悉了，可是听他这样将舅舅的死亡娓娓述来，我感觉十分怪异。

他为什么不愤怒，他为什么要说这些？

"舅舅躺倒的时候，水大概已经过了大半箱。水注入得很快，没多久就没顶了。他把水吸进肺里，非常难受，有窒息的感觉了。"

少年终于说不下去，他又开始发抖。

我往上坐了一格，试着去拍他的肩膀。

他一下子缩开，如避蛇蝎。

"别碰我！"他叫道，"别碰我！他一直吸一直吸，他知道一开始会和溺水一样，他不知道这一次真的是水，等他感觉不对，吸不进任何氧气的时候，一切都晚了！"

一瞬间，我就麻了全身，从大腿爬到后背再到面颊，冰凉彻骨的恐惧随后袭来，这少年……在说什么？

"是我换的，是我把全液气换成了水。"他终于再次抬起头，看着我。

我想问为什么，但舌头一时瘫痪了，嘴唇蠕动着，发不出任何声音。

少年脸上露出怪异的表情："我只是提了一个愿望，换掉一缸水，满足一个愿望。我真的不知道，会是这样的代价。"

"一个……愿望？"我艰涩地问。

"可以满足你的任何愿望，但你永远不会知道，付出的是什么代价。"

第二章

第二个愿望

Chapter 2

普绪赫偷偷看见了丈夫丘比特的面容时，绝不会知道，她将为此付出多大的代价。

神话传说里有太多关于代价的故事，哪怕在神明之间，也没有无故的获得。我活了三十多岁，因为各种古怪的原因，经历过的惊涛骇浪，胜过旁人几辈子，才刚刚开始明白万事皆有代价的道理。代价就是缘故，这世界上任何东西，都不会是无缘无故的。

而现在，这样一个少年，在我面前谈论着代价。

我却完全不懂，他说的代价到底是什么。

一缸水，一个愿望，和舅舅的死？

"我的愿望很简单，就是不被欺负，再也用不着怕他们。"

"他们是谁？"

少年抬起缠着绷带纱布的右手，用力握紧了拳头，又慢慢松开。掌心位置，一点红从白纱布中渗出来，伤口裂了。

"我叫席磊，草席的席，磊落的磊。我没有爹，我妈把我带大，舅舅就像我爹。"

日影渐移，草地上冯逸面前的花越来越多，席磊开始讲述这个最终将我卷入湍急漩涡的故事。与之相比，那个台风夜只是一篇序曲，一朵瞬即就将被旋涡磨灭的小浪花。

席磊没有细说自己的身世，但从他的口气里，我听出来，他口中的没有父亲，或许不是父亲早亡，而是另有隐情。更像是父亲从未在他生活中出现过，甚至母亲并未结过婚。

在这样家庭中长大的孩子，总有特异于同龄人之处。尤其是性格上。席磊身上笼罩着一层显而易见的阴郁，与他的名字恰恰相反。这并不全是冯逸的死造成的。

这样孤僻的少年，不管是同学还是老师，都不会待见。而那些呼啸来去的学生刺头们，更是最爱欺负这样的同学，开开不乏恶意的玩笑，指使着干各种活，勒索些生活费，等等。

"那几个家伙，做得越来越过分。我常常就想，如果有一天不被欺负就好了。"席磊说着，自嘲地笑笑。

但这和冯逸的死又有什么关系，我想。

"所以我就许了这个愿，结果愿望真的达成了。"他低头看着自己手上的血，说道。

"你的同学对你变得友善了？那你手上的伤是怎么回事？"我问。我是顺着席磊的话头问的，我克制着自己别直接质问更换全液气的事，因为他现在的精神状况并不稳定。

"前天中午，方学进他们几个吃完饭把碗扔给我，要我给洗了，我没理。他就摸出把弹簧刀，又想玩那套插指缝的把戏。我烦透了，抢过来，把他的手压在桌上，插了一刀。其实还好，手压着手，我的手在上，他的手在下。所以他的手掌没扎透，伤比我轻。那之后，他们看我的眼神就都不一样了。"

席磊用无所谓的口气淡淡地说着。这令我不禁怀疑，那把他和方学进手掌穿在一起的一刀，正鲜血淋漓的时候，他是否也是这样无所谓的表情。这真是有可能的，如果真是他换了玻璃箱中的水，以他现在表现出的内疚感，肉体的痛苦反而是一种慰藉。连自己的命都无所谓了，对自己能下得去这样的狠手，那些并不真正明白什么叫残酷的混混学生，又怎么有胆子再与他为难。

想要不被欺负，就要比那些人更狠！席磊在无意中做到了这点。

"但是……等等，你说你许了一个愿，希望自己不再害怕总是欺负你的那几个同学，而现在你之所以达成了愿望是因为……"

"因为我把舅舅害死了，我做出了这么可怕的事情，方学进那些事又算得了什么呢，我忽然之间就觉得他们很可笑，很无聊，要打架吗，好啊，来啊，受伤又怎么样，死掉又怎么样，我本来就该死。"

"但这中间缺了一环啊，你到底为什么会去把那箱水换掉啊？"我终于还是忍不住问了出来。

"为了达成愿望啊。"

"这怎么可能！"我忍不住叫了起来，"你知道换了水冯逸会死吗？你如果知道会死，你如果故意要杀死你舅舅，那你现在就不会这么内疚，内疚到把刀插进自己的手都无所谓！正是你现在的情绪让你不再害怕那些人的，不内疚你就达不成愿望，这完全是自相矛盾！"

"我当然不知道把水换了会害死舅舅，我要是知道怎么可能去做！"他抬起头看着我，脸上露出了难以形容的复杂表情。

"但，一定有人知道。"他慢慢地说出一句让我惊愕的话。

"你觉得无法理解，是不是？"他问我，"我也无法理解，但事实摆在眼前。大概在两个星期前，我收到了一个愿望满足器。"

这个突然出现的奇怪名词让我反应不过来，再次向他确认刚才到底说的是什么。

"愿望满足器。"

"愿望满足器？那是什么东西。"

席磊用手比画了一下："椭圆形的金属玩意儿，就像个掌上游戏机，有个触摸屏。是装在小箱子里快递过来的，附了张打印的小纸条，或者叫说明书，上面告诉我，只要把我的愿望输进去，就能够达成。"

我心里生出极其荒谬的感觉，就像解二次元方程解了半天，才发现面对的其实是一道化学公式。

"你就输入了那个愿望？"

"随手输的，我想大概是谁的恶作剧，输完也没在意，扔在角落里了，我想寄东西的人总会忍不住找我的。过了几天，我半夜里被吵醒，房间里有东西在不停地鸣叫，我把它找出来，发现屏幕在闪。我随便按了几下那东西就不叫了，但是屏幕上多了几行字。"

说到这里，席磊停了下来，他转过头去，那是草坪的方向。

他朝那里看了一小会儿，才接着说："那几行字大概的意思就是，让我在 8 月 5 日这天去换一箱水，而且不能让舅舅发现，这样我的愿望就会实现。"

8 月 5 日，就是台风夜的前一天。

"我在舅舅那里发现真的有这么一个奇怪的玻璃箱，于是我想，不妨就试一试，反正只是换一换水。"

"不。"我打断他，"不不，不对。"

"我说的都是真的。"

"但这不可能，也许你以为，是有人假借你的手，害死了冯逸，可是按照冯逸的计划，他原本是不会死的，即便全液气被你换成了水，大多数人看见了当时的景象，都会选择打破玻璃箱救人的，那几乎是一种下意识的反应。而玻璃箱如果在第一时间被打碎，那么冯逸还是有很大的机会被救活的。"

"可事实就是，我舅舅真的因为这箱水死了。而我的愿望，也以这样的方式，得到了满足。"

我的心里一片冰寒。

"除非，除非我的反应，也被计算在内了。但这怎么可能？"

一个人在关键时刻的反应，常常会出乎自己的意料，那个什么愿望满足器，又怎么可能算的到呢？

要做到这点，需要满足一系列的条件。首先，必须对冯逸的计划了如指掌；其次，必须确定我会是及时到达爱神花园的人；再次，要保证我会识破冯逸的"计谋"而不去把他解救出来；最后，在冯逸意外去世之后，要算准席磊会是这样一副心态，于是愿望满足。

看起来仅仅需要做一个换水的动作，由此导致的死亡和前后多名相关人员的复杂心态，需要把控得极其精准，就像多米诺骨牌，任何一张放错一丁点儿位置，都不会是现在这个结果。

这绝不可能。我在心里对自己说。

除非真的有神，真的有无法改变的命运。

"你能让我看一看那个愿望满足器吗？"我问席磊，"如果真的有幕后黑手，我们一起把他揪出来。"

我没说出来的是，这种隐约被人操控命运的感觉，太可怕了。我必须弄清楚，这到底是怎么回事。我本以为自己间接杀死了一个朋友，而今发现这一切竟在"愿望满足器"的计算之中。

席磊却没有回答。

"怎么了，不方便吗？"我奇怪于他的沉默。

"我……提了第二个愿望。"

"什么？"

"在我知道舅舅死亡消息之前，我又输了另一个愿望。"

"什么愿望？"

席磊的表情变得有些古怪。

他随后说了一个名字。

"我希望她变成我的女朋友。"

我用疑惑的口吻重复了一遍这个名字。

他点了点头。

这是个相当熟悉的名字，常见于各种娱乐版面，分量虽不及那几位天后，也不过是因为出道不久，年纪太小而已。出于众所周知的原因，我必须找一个代号来称呼她。就叫她荔枝吧，一骑红尘妃子笑，她也当得起这嫩滑多汁果实背后的倾国倾城之意。

这样一个明星，不知是多少男性的梦中情人。席磊有这样的念想，并不让人奇怪。

在冯逸于水箱中溺死之前，席磊对于"愿望满足器"的态度，显然是很随意的。如果真把这么个来路不明的小玩意儿当真，那他就不是一个精神正常的人了。所以不论是之前的愿望，还是这个想要荔枝变成女朋友的愿望，都只是开玩笑，他并不曾指望成真。否则，或许席磊会许一个和他父亲有关系的愿望吧。

可是他此时的表情，意味着……

"不会……你这个愿望……满足了？"我问着让自己都感觉可笑的话。

"当然没有。"席磊说，"可是，在前天，愿望满足器有回应了。"

我盯着他，等待他说下去。

"是一个邮箱。一个邮箱名，和登录密码。"

"邮箱里是什么？"情不自禁间，我的语气变得急促起来。

"不知道，我没去看。我不知道看了会再发生什么事情，这就像个魔盒。"

一个简简单单地换水动作，就导致了一系列匪夷所思的变化，终究成全了那个最初的愿望。任何人在事先，都不可能预料得到。而这个邮箱，难道真有让荔枝变成席磊女朋友的力量吗？不可思议的事情已经发生过一次，这个邮箱会变成第二个奇迹，或者说，第二个恶梦吗？

席磊不敢打开那个邮箱，就是害怕再付出他承受不起的代价吧。

为了不再害怕那几个同学，他失去了亲如父亲的舅舅，如果荔枝真的能成为他的女朋友，他要付出什么？

但我真的是好奇，我的心里像是有油在沸，这个世界上，怎么可能会出现这样的事情，一个动作，就能满足最夸张的愿望？那个邮箱里，到底有什么样的东西？

我真想对席磊说，你现在还能失去什么呢，你还怕什么呢，去把那个邮箱打开吧，去看看到底荔枝要怎样才会成为你的女友，难道你不想吗？

但我说不出口。

冯逸的遗像就在不远处草坪上立着，他死时瞪大的那双眼睛，还时时在我眼前起起伏伏，仿佛他就隐约漂浮着，漂浮在我的世界里，不曾离去。

真是可笑，他的死，竟只是一个中间环节，只为了达成他外甥一个并不重要的心愿。这算是谋杀吗？作为一个写过几部推理小说的人，冯逸恐怕根本不会想到，会有这样的谋杀动机。

这样想，仿佛减轻了我身上的罪孽，但我深深知道，这绝不足够。如果这真的不是我的罪，那么必然有一只罪恶的手，哪怕那是命运之手！

我得把这只手找出来，为了冯逸，也为了我。

"去网吧？"席磊忽然说。

"什么？"

"去网吧，我们一起把那个邮箱打开。我想通了。一切都是因为那个'愿望满足器'而起，当我把水换掉的时候，并不知道舅舅会因此而死，但愿望满足器是知道的。如果我就此停下，把愿望满足器扔进垃圾箱，把一切都忘记，那么我舅舅就死得不明不白。不管这个愿望满足器背后站着什么妖魔鬼怪，我都要找到他问个清楚。"然后他看着我，说："我猜你也不愿意我就此停下吧。"

我点点头，意识到眼前的这个少年，要比我想象得更聪明。

"而且，那可是荔枝啊。"他摸了摸鼻子，"其实这两天我心里也一直在斗争着呢。还是要谢谢你，让我把这一切都说出来。说出来，感觉就舒服多了。"

他的话很跳跃，也有些矛盾，但非常坦率。我想这正是他最真实的状态。既陷入无意害死舅舅的内疚中，又对愿望满足器变得越来越好奇，而和我这一番谈话，让他的内疚极大缓解，于是对荔枝的萌动和憧憬也越发地难以克制起来。

"如果能让荔枝成为你的女朋友，你会愿意付出什么代价？"我忽然问他。

"任何代价。"席磊顿了顿，说："只要别有人再死去就行。"

我们没去网吧，而是去了作协大院沿街的那家咖啡馆。我的手机蹭着那里的无线网，登上了邮箱。

我在心里预设过多种可能性，甚至想过那里面会不会存着许多张荔枝的艳照。但哪怕是这样一种猥琐的设想，其实都无法达成让荔枝成为席磊女友的愿望。因为演艺人士的年龄永远是秘密，但无论如何荔枝比席磊大至少六岁，可是在两个人的种种差距里，年龄的差距反而是最小的。即便邮箱里真有不堪的艳照，拿着照片去威胁她，也许能和梦中人一夕欢愉，也可能会进监狱，但绝不可能换来一种长期的稳定的男女关系。

最有可能的是，此邮箱是荔枝的私人邮箱，里面有许多隐私信息，凭着这些信息，可以掌握荔枝的行踪喜好。但这也不过是将追求荔枝的难度，从十级降到九级而已。如果愿望满足器的功能是百分之百满足愿望，那么仅此是远远不够的。

心怀种种猜测，我打开页面，输入用户名和密码。

密码正确，邮箱顺利打开了。

那里面，躺着五十七封单程信。

　　这些天我一直待在坎昆，海滩很美，沙很细，水很暖。但真的很忙很忙，一直到今天下午，才总算有时间去浮潜。有过一次经验，在三亚，是两年之前，那时在信里和你说过，还记得吗？但这次不一样，海水很清澈，鱼一群一群，太阳光照过来的时候，海底的珊瑚斑斓极了。套上脚蹼跳下海的那一刻，我心里还有点慌张，那种感觉，有些像要去往另一个世界了。我呛了些海水，苦极了。你知道我会游泳，而且还游得不错。我独自往鱼群多的礁石区游，很快就看不见别人了。我之前的感觉没错呢，海底就是另一个世界，美丽，陌生。我的头埋在水下，其实离海面只有几十厘米，但在那段时间里，我完全把工作上的烦心事儿忘记了。有那么一阵子，我想，我的人生也会像这里一样，多姿多彩，充满了变化，阳光照过来的时候非常美，阳光走了就很阴郁。然后我在这个美丽的世界里突然害怕起来，我被一种什么情绪抓住了。过了一会儿我才明白过来，那是孤独。在这个新世界里，就只有我一个人。没有人拉住我。我也许会沉下去，或者有一条鲨鱼突然从哪个角度冲出来咬我的腿。别笑我，我真这么觉得，孤单单地在一个充满了危险的世界里。这时候我就想到了你。如果你在有多好，我们拉着手，一起在这儿漫游。对了，你会游泳的吧！后来，我游到教练那里，他推了一个巨大的救生圈。我拉着救生圈又玩了一会儿，感觉稍稍踏实些。但我想，还是有你好。

这是其中的一封信，名字叫"给未来的你"。

每一封信都叫这个名字。每个月一封，一共五十七封，横跨了将近五年的时间。

我们没能来得及看每一封信，手机上看起来太麻烦，陆续点开了十几封，看起来，像是情书，但"给未来的你"这个名字，很明显地表明，这是写给女孩心目中未来的伴侣的情书。

没有署名，没有任何具体的信息可以透露写信人的身份。但是如果我们相信愿望满足器真的无所不能，那么写信人是谁，就显而易见。而有了怀疑对象，再去根据信件的内容查证，就是件很简单的事了。比如这封坎昆浮潜的信，席磊让我登上一个荔枝粉丝建立的网站，上面有多方搜集的各种荔枝信息，在与这封信对应的时间点上，荔枝正是在墨西哥拍摄写真大片。

一个每月都会写信给未来男友的女子，一个大众偶像，这两者似乎很难重合，但每个人都有不为人知的一面，哪怕荔枝曾传过几次绯闻，也不妨碍她在私底下还保留着这样一份纯真的期盼。

邮箱里除了这五十七封信之外，没有其他的邮件，已发送邮箱里也是空的。从信件的口气看，写信人并不指望得到任何回复，这只是一批单程信。或许在几年前的一天，她把信发往一个她随手输入的邮件地址，竟然没有被退回来，也没有回复。这正巧满足了她的需求，就仿佛信件真的是寄到了未来的那个"他"的手里。于是她每个月都会写一封信，一直把这份期盼保持到了现在。

我不知道为什么邮箱的主人没有回复邮件。也许这是一个被弃用的邮箱——本该有的大量垃圾邮件已经被愿望满足器体贴地删除了；也许这是一个女性的邮箱，她一直把这些邮件当成消遣——本该有的其他"无关"邮件被愿望满足器删除了……很多种可能性，但任何一种可能性的身后都蹲着一只名叫"愿望满足器"的怪兽，它注视着这一切，然后伸出爪子一拨，轻轻易易就把这个隐秘的小匣子推到了席磊的面前。

它竟真的无所不知么？

即便刨去对我心理的掌控——这实际上是我极在意的事，它既知道我们小圈子里的推理游戏，又知道冯逸详细的计划，还知道荔枝绝不会告诉外人的寄给未来的"他"的情书邮件。

"你打算怎么做？"我问席磊。

"当然是回信。我想，只是回回信，不会有什么不可承受的代价吧。"

你把水换掉的时候，是不是也这么想？

我没有把这句话说出来。因为我也实在想不出，回信会付出多大的代价。

当与偶像近距离接触，甚至一亲芳泽的可能性真真切切地出现时，席磊身上那股浓浓的阴郁之气似乎被驱走了。或者，他是故意为之，把自己整个情绪都投入到这场美梦中去，好从另一场恶梦中解脱出来。

"怎么回？要假装这个邮箱是自己的吗？"

"我得想一想。我还不确定。但既然愿望满足器只告诉了我这个邮箱，没有再让我做什么，那么只要照着我正常的性子去写回信，应该就是正确的方式了。我觉得，它比我更了解我自己。"他的语气低沉下来，不用说又想到了自己对刺头同学的心理转变，也同样在愿望满足器的谋算之中。

这场葬礼上经历的起伏转折，是我事前无论如何都想不到的。在来这里之前，我还满心的内疚懊丧，良心受着折磨，而短短几小时之后，我发现自己竟只是巨大齿轮组合中的小小一环。我仍看不清全貌，甚至不知道这些齿轮合起来，是要去向何方。

与席磊分手时，也只有下午四点钟光景，葬礼刚刚结束。作为冯逸的外甥，他在葬礼上消失了一小时已经很失礼，冯逸亲戚不多，这场白事还有许多地方需要他出力。

临走时，席磊答应会把愿望满足器交给我研究，我们互留了联系方式。

之后几天我一直在等他的消息，等不及时，终于主动去电联络。席磊总是请我稍待，却并不特别说明原因。问到荔枝，他说一切还好，正在进行。这样含含糊糊的说话，越发让我好奇，听起来他是已经回信了，他究竟是怎么回信的呢，对方又是何等反应？但似乎并不糟，否则我是他唯一能讨论求教的人了吧。随后我也明白了他没有把愿望满足器如约交给我的原因，因为他的第二个愿望还在进行中，未圆满达成，也许愿望满足器会有进一步的指示呢。

冯逸自杀激起的波澜，随着夏日渐暮，慢慢平息。也许他的离奇死亡还将作为谈资流传许久，也许会另加上许多更荒谬的传言，我听到的就有邪鬼附身之说，但这个曾经有着活生生音容笑貌的肉体，已经冷却成一个符号了。

警方查到冯逸通过网络购得全液气的记录，这证明冯逸最初并未计划自杀。他们把有机会更换全液气的人列了个名单，席磊当然也在上面。但最终名单上的所有人都被排除了，因为没有动机，也没有人因为冯逸的死获益。最终，只能把冯逸的死定性为不明原因的突然自杀，不了了之。办案的干警看了冯逸写的几本悬疑小说，认为他也许有精神上的问题。关于这一点，我其实是认同的，他性格中有极偏执的一面，所以我曾认为他终究会成为一名杰出的悬疑小说作家，写出一个个变态的凶手古怪的侦探。

关于我在台风夜所扮演的角色，当然在第一时间就向警方说明了情况，并不被认为有什么问题。甚至还有与我相熟的公安系统的朋友来安慰我，说这完全不是我的责任，当时我做出那样的判断，也在情理之中。因为根据事后复原，冯逸最初的计划正如我的判断，只是事到临头，不知出于什么原因，自己把水换掉了。

那位朋友最后半开玩笑地说，要怪，只能怪你想得太多了。言下之意，我如果不是心思这么复杂，直接冲上去，也就解了死局。我听他这么讲，第一反应不是内疚，却是想，我能算是想得太多吗？我想得这么多，却还是落入了愿望满足器的盘算中。

我把席磊的故事深藏心底，没有对任何人说。

时间到了9月初，我接到席磊的电话，说要和我碰头。

"该是把愿望满足器给你的时候了。"他在电话里说。

我们约在一家酒吧碰头，时间是晚上九点。

酒吧在一条僻静的路上，放着淡淡的音乐，几乎没什么客人。席磊在二楼靠窗的位置等着我，白衬衫加牛仔裤，戴了副黑框眼镜。这个学期他升到高二，但这副打扮让他能往上多看三五岁。

看见我到了，他把嘴里的烟放下。

烟并没有点着，那架势倒像是过干瘾的。

他把一个纸盒推给我，我打开，从面里取出了愿望满足器。

如果事先没有猜到，我会以为这是一款手机。纺锤状的外形，比一个苹果手机略大，暗金色的金属外壳，正中嵌了块长方形的触摸屏。正面没有任何按钮，反面有一个电池匣，推开匣盖，里面是两节五号电池。

"就两节电池？这电能用多久？"

"挺禁用，我就前两天换过一次。"

需要用五号电池的愿望满足器，完完全全的人类科技产品，和我原先设想的一样，这应该就只是个发射和接收信息的装置。

我点在触摸屏上，屏幕亮起来，是单色的。我拨弄几下，发现这是一个非常简单的系统，就像一般手机的短信系统。只不过这里面不叫收件发件，而是许愿和对许愿的回复。

我把愿望满足器放回盒内，回去后我有的是时间来研究它，而且少不得要开膛破肚。

"你今天把它拿给我，难道说你的第二个愿望，已经满足了？"

"没有，呃，也许快了，还算顺利。"

"和我说说？"

席磊有点不好意思地摸摸鼻子说："我们通信了。"

"她回信了？"

"这两个星期，差不多天天。真是，就和做梦一样。"

"啊哈。"我感叹，然后逼问细节。

席磊在葬礼之后，斟酌酝酿了很久，等待时机。两个多星期前，他终于等到了第五十八封来信，当天，他就回了第一封信。这第一封信里他没有自我介绍，没有问对方是谁，也没有解释为什么连收了五年五十八封信才忽然想起来要回复。他用了最自然的语气和笔调，就仿佛真的在和自己的女友进行日常通信一样。

这是我没有想到的回信方式，而巧妙之处不禁令我赞叹。这样一封回信，既没有给荔枝任何压力，也能最大限度地挑动荔枝的好奇心。

他等待了三天，然后收到了回信——一封同样没有提任何问题的信，内容是最近看的一部电影和对发型师的报怨，口气几乎和之前的信一模一样，要说有所改变的，就是这一封信里，她小心地把以往那些过于亲昵的口气藏了起来。

　　如此一直到第三轮来回，席磊才作不经意状点了一点，说到自己的家庭情况，暗示因为父母的原因，从小就不相信爱情。之后的信件中，他就断断续续一点一滴地描绘了这样一个故事：一个从小没有父亲，母亲感情受创的少年，一直不相信爱情。有一天，他收到了一封莫名其妙的情书，他没有理会，第二个月，收到了第二封，第三个月、第四个月……一年又一年，一封又一封不知从何而来不知由谁书就的情书，令他的心慢慢软化，又开始对爱情有了憧憬。他想过回信，但不知该如何开始。有一个夜晚，他做了一个梦，梦见自己在大草原上骑着骏马飞驰，远处是圣洁的雪山。早晨醒来后，邮箱里躺着第五十八封信。于是他敲击着键盘，开始写回信，这一切发生得无比自然。

　　"你为什么不编一个更有象征意义的梦，比如花花草草蝴蝶之类的？"我问他。

　　"因为我真的梦到了。"

　　"啊？"我吓了一跳。

　　他忽然笑起来："哪能啊，有时候编得太像反而假，在大草原上骑马多浪漫啊，而且怎么解释都成。其实我前一天晚上真做梦了，我梦见自己被埋在垃圾堆里，那些垃圾全都是烟头。"

　　我不禁看了眼他放在手边的烟。

"其实我不常抽烟，被我妈看见要挨打的。"席磊说。

然后他问我："你说，女人到底是喜欢男人抽烟，还是不喜欢？"

"通常不喜欢。"我回答。

他怔了一下，立刻把烟收了起来。

这个动作让我狐疑起来，想到刚才他和我说话的时候，一直朝窗外看，而且总的来说，他的神情并不自然，有些紧张。某个猜测浮了上来。

"今天……你不会……"

"今晚七点半，荔枝在波特曼有一个粉丝见面会。我们约在十点。"席磊假装镇定地回答。

"哇哦。"我半真半假地给了个惊叹，"那我该早点走。"

"没事，我一直看着呢，看见她进来我就告诉你，你可以坐到别桌去。"他冲我眨眨眼，"如果你愿意的话。"

"当然。"我说，"不过她肯定会改扮，你得盯紧点，否则她见你带了朋友来，可就坏了你的好事了。"

"没事，她怎么改扮我都一眼能认出来。"

接下来的时间就在我们有一句没一句的闲聊中慢慢度过，不管是他还是我，都分出了一半心思看窗外，等待那个窈窕身影的出现。

高中少年对阵大明星的约会，这是只有网络 YY 小说里才会出现的场景。荔枝会怀抱着怎样一种心态来赴约呢？她大概不知道，自己的身份，早就被"未来的情人"猜透了吧。

在聊天中，我发现席磊真是有追女生的天赋。他在十几封往来的情书中，有节制地慢慢传递自己的信息。他没有撒任何谎，因为终究是要准备见面发展进一步关系的。但是他也没有说自己只在读高中，而是营造了一个忧郁博学专情的大学生形象，或许前三个形容词都是真的。至于真实的年纪，只要这第一次见面效果良好，就不再是越不过去的障碍了。

　　时间已经过了十点。

　　"粉丝见面会不太好控制时间，大家都太热情，还有那些狗仔，他们太关心荔枝的夜生活了。"席磊说。

　　我知道他更多的是说给自己听，一个十七岁的少年，坐在这里的每一分每一秒都是煎熬。

　　十点四十分。

　　一辆银色的奔驰在酒吧不远处停下。从车里下来一个穿着白T恤热裤球鞋的女孩。她戴着墨镜，把棒球帽的帽沿儿压得很低很低。

　　"就是她，她来了。"席磊兴奋地压低声音说。

　　荔枝似乎向酒吧的方向看了一眼，却往反方向走去。

　　她走到后面停下的一辆出租车旁，敲了敲车窗。车窗摇下来的瞬间，那里面有光一闪。

　　是闪光灯。

　　"见鬼，她没甩掉狗仔。"席磊懊恼地说。

　　"这下子，恐怕……"

　　我没有说下去，但显而易见，荔枝是绝不可能在有狗仔跟踪的情况下，来和席磊约会的。

荔枝摘下墨镜和车里说了几句话，又把墨镜戴上，往奔驰车走。但她并没有上车，而是和驾驶员做了个手势，那车就开走了。然后，她走进了酒吧。

那辆出租车，竟也跟着开走了。

这怎么可能？

我想不通里面的门道，但有一点毫无疑问，我得立刻坐到另一桌去。

楼梯声响起。

这一刻，我突然相信了，年龄绝不会成为问题。我打开纸盒，看着里面的愿望满足器。这一切，都在它的计算中。荔枝的秘密，席磊的秘密，荔枝的性格，席磊的性格，两人之间可能产生的化学反应，一切一切，甚至那些狗仔的离奇离开，都尽在它的计算中吧。

又一次，无力感把我吞没。

站在这小小机器背后的，是命运吗？

那么，是否我提出一个愿望，它也能满足？

楼梯声停了，荔枝已经走到了二楼，但我没有抬头去看。

我拿起愿望满足器，指尖轻轻一滑，屏幕亮了起来。

然后，我输入了愿望。

只有三个字。

你是谁？

第三章

你是谁

Chapter 3

你是谁?

发送。

我看着屏幕暗下去。

"我是谁"是一个终极哲学命题。但此时我问出"你是谁",却也恍然有对着冥冥中不可测度的庞然巨物发问的错觉。

如果它真能满足我所有的愿望,那么,就告诉我,它是谁吧。

满足这样的愿望,会付出什么代价?

我把愿望满足器放回纸盒。回去之后,我会把它放在床边,如果它在半夜发出声响,可以第一时间查看。

然后，我的注意力终于转移到初次见面的席磊和荔枝身上。

我坐的位置，和他们隔着三张空桌。荔枝背对着我，墨镜搁在桌上。

可惜我没有看见荔枝摘下墨镜那刻席磊的表情。这是极考验演技的时候，作为一个早已经知道荔枝身份的人，他该怎样把面部肌肉合理地调动到合适的位置呢？

此时席磊是正面对着我的，他的表情有些怪异。

他带着笑容和荔枝小声说着话，又有一点点拘谨，总的来说相当自然，但我就是觉得不太对劲。

觉察到我的目光，有一瞬间，他的视线越过荔枝，和我四目交接。

那眼神里的内容，很复杂。

荔枝到底在对他说什么？

我竖起耳朵，但还是听不真切。

真是心痒难熬。

过了约半小时，我决定离开。这样干坐下去毫无意义，也许我不在席磊能更放得开一些。至于具体的细节，回头再问席磊吧。

我站起来走向楼梯，席磊又忍不住看过来，荔枝似有所觉，也侧过脸扫了我一眼。我没有停留，直接下了楼。

那不是荔枝！

那竟然不是荔枝！

我站在酒吧门口的马路上沿，脑子依然处在一片混乱之中。

我总算明白席磊那古怪的表情和复杂的眼神是什么来由了。

怎么可能不是荔枝呢？席磊提出这样的愿望，愿望满足器给出这样的反馈，那么这邮箱里的邮件，就必然是荔枝所写的呀，是我们对愿望满足器过于信赖了吗？

而且，这个判断，之后被一次次印证了呀。那些邮件里，有许多封，和那封坎昆浮潜的情信一样，可以透露出写信人的信息，这些信息，都和荔枝在同一时间的行程状态完全吻合。所以，我们从来都没有怀疑过写信人的身份，她必然是荔枝无疑。

即便这些都撇开不谈，如果她不是荔枝，刚才那辆一看就载着狗仔的出租车，又如何解释？

我真想立刻就打电话发短信给席磊问个清楚，但终究不妥。而且我想席磊在第一时间的错愕之后，现在恐怕也进入状态了，因为这个女孩虽然不是荔枝，但身材相貌也是惊艳级数的，绝对辣啊。所以我还是忍着吧，明天再问他。

结果没等到第二天，这个谜就解开了。

接近十二点的时候，我的手机收到一条短信，席磊问我睡了没有。我立刻就回拨过去。

"是她的妹妹。"这是席磊的第一句话。

"荔枝的妹妹？可是……"纵然这女孩的真正身份，竟是荔枝的妹妹，但还是有诸多说不通的地方。

"她是荔枝的助理。荔枝的助理是她的亲妹妹，这点我们都知道的。"

席磊口中的"我们"，自然不包括我，指的是荔枝的粉丝们。

这样一说，所有的一切就都能解释了。

身为荔枝的助理，当然荔枝去哪里，她也去哪里。所以邮件中透露出的工作状态，和荔枝完全重合。

而先前那几个出租车里的娱记，不用说也是被她摆了一道。荔枝在粉丝见面会之后，一定另有去处，不想被盯梢，于是她妹妹就假扮成荔枝，引开盯梢者。那些娱记见了她拿掉墨镜后的真面目，知道自己跟错了对象，当然就立刻离开了。

唯一难解之处，就是席磊许下的愿望，是希望荔枝成为他的女朋友，结果怎么换成了荔枝的妹妹？

是愿望满足器搞错了吗？

我忍不住问席磊："你确定那些信是她妹妹写的，而不是荔枝？说不定是荔枝派她妹妹来探探你的底。"

"也有这个可能。"席磊说，"但是聊下来，不太像。我觉得，应该是 Linda 写的那些信。"

"不过这 Linda 和她姐姐长得一样漂亮哦，你有没有改主意啊，你们今天接触得怎么样？"

席磊有些羞涩地嗯啊了两声，忽然说他妈正在打电话进来，肯定是催他回家呢。

放下电话，我咂咂嘴，席磊才十七岁啊。荔枝的妹妹，应该也比他大几岁吧。

之后一段时间，我和席磊通过几次电话。听上去，他和

Linda 进展顺利。尽管他许的愿望是荔枝，但那终究只是个幻想，和千百万少男们相同的幻想，作为一个有理智的人，他很清楚幻想和现实之间的差距。虽然一度以为要美梦成真，旋即又破灭了，也能够接受。况且 Linda 的容貌姿色，完全是梦中情人级的，如果他一心想着荔枝，完全无视 Linda，那才真是不正常了。

我半开玩笑地说，你可别是想着借 Linda 来接近荔枝吧?

怎么可能，当然不会。他生气地回答。

我一听，就知道这小子完全陷进去了。

至于 Linda，恐怕也已经沦陷在爱情中了。她在那五十八封情书里倾注的感情，是毫无保留的，只要席磊这个"未来男友"不过分令她失望，这份感情就会转注到他身上。可以说，席磊是穿着"王子服"出现的，而这美丽的王子服，是 Linda 亲手编织的一个梦，这叫以彼之矛攻彼之盾，当然轻轻易易就将她迷住了。

再说，从席磊回信的手段来看，他在这方面的天分不可小觑，认真起来对女孩子可是很有杀伤力的。

席磊陷入爱情中难以自拔，对愿望满足器的关注明显减少了。然而我心中的狐疑却怎么都去不掉，这一次，真的是愿望满足器错了? 还是说，现在席磊陷入的这段爱情，只是达成最终愿望之路途上的一环呢，就如冯逸的死一般?

愿望满足器白天塞到我的随身包里，夜晚就放在我的床头，但始终没有动静，不知是否换了主人，不再灵光。

拆开愿望满足器是件并不麻烦的事情，打开外壳，里面是块连着触摸屏的集成电路板，和它表面看起来一样，十足十的人类现阶段科技产品。

我把愿望满足器拿到我的一位朋友梁应物处，他本身是位物理学家，在一个庞大的政府背景的科研机构任职，掌握着许多实验室与学者资源。这个机构的职责是用发展的眼光解决或解释诸多不被现阶段科学体系认可的事件或现象，维护社会的基本稳定。最后这句话不带有任何政治色彩，如果你了解那些事情，就知道确有此需要。

在此前的冒险生涯中，我或主动或被动地与这个机构打过许多次交道，因为老同学梁应物这道缓冲，还算能够相处，没有被封口封笔勒令遗忘。之前的许多故事不适合在这里多谈，总之关于这块电路板，我相信梁应物能告诉我的，会比大街上修手机的更多一些。

梁应物总是很忙，我直到 9 月中旬才约到他。

他很认真地听我讲述，眉头皱得越来越紧。

我说完后，他沉默着思考了很久。

这是很少见的情况。我和他有过无数次类似的讨论，不管是我或是他遇到何种离奇状况，通常总会有一些尝试性的分析，一些未经现有科学完全证实的理论可以试着解释，比如空间折叠、平行宇宙、时间的多重性、生物突变、人体的各种潜能等。尽管最后事实的真相，往往和我们讨论时的设想有所出入。

而现在的沉默，代表梁应物想不出任何一种假想，来对应我这一次的遭遇。

同样，我也没有。

有一些念头是我们不愿意拿出来讨论，甚至不愿意去触碰的，比如命运。命运可以解释这一切，我们自以为是有着自由意志的生命，我们的未来取决于我们现在的行为，而我们现在的行为取决于我们脑中的想法，可如果有一个高于一切的命运，那么这一切就都成了笑谈，我们只是一具具不自知的牵线木偶。如果拿命运来解释我所遇到的一切，我们最根本的活下去的信念就将首先遭遇毁灭性的打击。这也是为什么去年经历了杨展和阳传良自杀事件后，我会有一段下意识遗忘的记忆，和梁应物一起把事件的来龙去脉梳理清楚之后，我们就绝口不提此事，仿佛它从未发生过。

其他诸如这世界有一个无所不能的神，或我们生活在如电影《黑客帝国》般的虚拟世界，本质只是一段程序等的推想，也能对愿望满足器进行解释，但这些设想，其实和命运是一回事。

将这一切抛开，我们两个竟想不出任何另一种可能，来解释愿望满足器。

梁应物看了愿望满足器里面的电路结构，说除了触摸屏的电子元件之外，应该就只有一个简单的发送接收装置。也就是说，愿望满足器本身并没有任何特殊之处，这也正是我的判断。关键在于，那个隐藏在某处，接收席磊的愿望，并发出满足愿望指令的人——关于最后这个字，其实我们并非那么确定。

　　我问梁应物，能否追踪信号，他说很难。追踪信号的一个前提，是要有信号，不仅要有发送的信号，最好还要有接收的信号，得有来有回。现在对方迟迟没有回复我那个"你是谁"的愿望，除非我把愿望满足器一直放在梁应物处，并且在收到回复后，又提出新的愿望，把新信号发送出去。如此一个以上的来回才可。但这样，就很可能被对方察觉。

　　"老实说，这样一个愿望满足器被造出来，送到席磊的手里，不可能不考虑到信号追踪的问题。而现在，有太多种方式来摆脱追踪。不是说我们一定追不到，但这就变成一场较量，较量的前提是存在较量，你明白吗？"

　　我咧了咧嘴，只要对方不是吃饱了撑的，一发现有人试图追踪，当然就会把线断掉，哪还会较量得起来。这又不是间谍战，有了情报非得送出去。

　　"那你要不要把这东西放在我这里？"梁应物问我。

　　我当然摇头。

　　"但你有没有觉得，这个愿望满足器，其实名不符实？"他问。

　　"你指的是席磊的第二个愿望？"

　　梁应物摇头："不。我举一个最著名的关于愿望的例子，阿拉丁神灯。灯神在满足三个愿望的时候，会说你去做一件什么什么事情，然后你的愿望就会实现吗？不，他直接就满足了阿拉丁的愿望。"

　　我琢磨着他话里的意思。

"初始动作，愿望满足器会要求席磊做一个初始动作。"

这意味着愿望满足器并没有想象中的神通广大，否则它完全可以直接满足席磊的要求。

"也就是说，愿望满足器做不到那个初始动作，这个初始动作，必须许愿者自己亲自动手去做才行？"

"这倒不一定。"梁应物摇了摇头，"如果说追求女人，必须得自己来，别人无法代回信的话，换掉一箱水来杀死冯逸，谁做都是一样，而且做起来并不困难。"

"那你的意思？"

梁应物苦笑："我只是说出疑点，可并不代表我有任何结论。但有一点是肯定的，这世界上从来没有天上掉馅饼的事情，这个愿望满足器落到席磊的手里，绝不会是偶然，满足他的愿望，也绝不是一种不求回报的恩赐。只不过就我们现在了解的情况，还判断不出他的目的而已。"

"有能力满足席磊这么离谱的愿望，他还会有什么必须借助席磊才能达成的目的吗？"

"他也不是无所不能的，这第二个愿望，不就出偏差了嘛。"

我摇了摇头："我倒是不敢这么早下断言，我总觉得，或许还会有变化。"

"还能有什么变化，你难道以为会发生一个高中生通吃姐妹花的事情，这又不是网络 YY 小说，也许席磊会因此和荔枝有接触的机会，但两个人之间的距离实在是遥不可及。老实说，就算是席磊和 Linda 的关系，都不会保持得太长久。迟早有一天，Linda 会回过神来的。你不要因为自己在冯逸的事情上被算准了反应，就把藏在愿望满足器背后的那位神化了。这个世界上没有神。"

"我不是把他神化。"梁应物话里的意思让我有些不爽，"但就换了水这一个动作，就能导致……"我挥了挥手停下来，觉得再说下去的话反而显得我过度在意，反正我的意思梁应物是明白的。

一叶知秋，很多时候，只需要一个动作，就可以做出判断了。只凭换水这一件事，不论多拔高他都不为过。现在就认定席磊的第二个愿望会落空，未免草率。我看梁应物会这样说，是不愿意相信那个愿望满足器背后的神秘人物，竟能把一切掌控到如此可怕的程度，几乎可以操控别人的命运。这也是一种回避。当然，我没有把这个想法说出来。

"不过，说起一个动作导致的连锁反应，我倒是想起了一个人。"梁应物说，"一个叫朗克凡的新锐社会学家。他这几年接连在国际顶尖的学术刊物上发表论文，这些论文很有开启一家学说流派的分量，让他成为现在世界范围内风头最劲的社会学家之一。很多人说他可能会是继费孝通之后中国第二个获得赫胥黎奖的人。"

"他的论文就是关于这种连锁反应的？"我问。

"他不是这样的提法。他提出的是人际场模型。"

梁应物在纸上画了几个边缘相交的圆圈。

"你往水中扔一颗石子，以石子为中心会激起涟漪。石子就是一个人，涟漪就是以这个人为中心的人际场。每个人的人际场又分为几层，受影响最大的是伴侣，其次是发小、闺蜜和工作伙伴及关系密切的亲属，再次是关系更疏远的人。而每一个人际场，又同时受到其他人际场的影响，在场与场的交界处会发生震荡，这些震荡是非常复杂的，这是复杂科学或者说混沌理论的领域，这些极端复杂的震荡最终会形成一股方向一致的力量，而这股力量又会在更上一级的层面上与其他力量发生复杂震荡关系，这样一层一层，构成了整个社会。这是他理论的一个方面。"

然后，梁应物又在那几个圆圈边上，画了一个大得多的圆圈，于是之前的几个圈就成了篮球身边的乒乓球。

"朗克凡提出，各人的人际场，并不是一样大的。人际场的大小，和这个人有多少朋友略有关系，但最重要的，是这个人的能量。这个社会前进的方向，是由这些强力人士的能量场合力决定的。比如政治领袖、商界领袖的人际场，就要比普通人大得多。普通人里，有魅力的人、态度坚决的人的人际场，也会大一些。所以，他的人际场模型，是由许多大人际场，和更多的处于大人际场之间夹缝位置的小人际场共同组成的。"

这样一个网络，随着梁应物的叙述在我的脑海中慢慢成型，这必定不是平面的，而是立体的、多层的，并且极端复杂。我不太懂社会学，但听上去，这是一个相当精彩的模型体系。

"朗克凡没有用一篇论文把他的理论体系都说清楚，实际上他搭出了一个骨架，然后正在一篇论文一篇论文地往里面填血肉。老实说他第一篇论文很不完善，竟能被发表出来，恐怕是刊物编辑看到了这个理论的无限潜力。他在最新一篇论文里表示，截至目前，所有的社会学和经济学理论，其针对的都是他模型中的大人际场。而这些理论的设计者没有意识到这一点，他们以为自己的理论的基础是每一个个体，其实并非如此。这些杰出理论之所以会在实践中得到验证，是因为我们社会的主体方向，确实是由大人际场合力决定的。然而，所有的意外、突变，却是由那些夹缝中的小人际场造成的。朗克凡正在和一些数学家合作，试图建立一个兼顾大小人际场的数学模型，如果这个模型真的能被做出来，并且得到一定程度的验证，那么他就会成为社会学领域还活着人里的 No.1 了。"

"这么说，如果朗克凡的人际场数学模型成功建立起来，就能够做到类似愿望满足器的程度？"我自以为把握到了梁应物话里的重点。

"这怎么可能，如果这个数学模型建立起来，能做到的也只是对社会领域或经济领域总体态势的更准确预言，是很宏观层面的东西。"

"那你说这些有什么用？这不是更打击人嘛。一个仅仅提出构想，还远未完成的数学模型，就是人类科学相关领域现阶段最前沿最领先的东西了，即便这样的模型完成之后，还只能对宏观层面进行预测，那愿望满足器背后这位神秘人物，能做到对微观个体层面的一系列连锁反应的完全把控，这不是神还能是什么？"

"话不能这么说。微观的个体层面因为就在我们身边，就发生在你自己的身上，所以才觉得神奇。可实际上，它涉及的相关元素，却要比把控宏观层面的元素少得多。我并不是说这种把握更简单，但也未必更难。只不过朗克凡的模型不是针对这个层面的而已，如果这个模型做出来，再往后进一步发展，会有关联的数学模型出来，将来有一天，未必不能做到愿望满足器的程度。"

"但现在的问题是，它已经在这儿了。"我指了指放在桌上的愿望满足器。

梁应物盯着它看了很久，叹了一口气，说："是的。"

席磊终于在电话里问起愿望满足器的进展。我告诉他，还没有进展。

你和 Linda 的进展怎么样，我问。他回答，很好。

还处于蜜月期呢，我想。

然后他试探着问我，要不要对她说实话。

我吓了一跳。

"什么实话？"我问。

"就是那个邮箱，那个邮箱并不是我的啊。我总觉得这是一种欺骗。"

我连忙让他别犯傻，这事情一说，欺骗不欺骗还是小事，追问下去，就会把冯逸的死和愿望满足器全扯出来，到时候如果他还想保住这段感情，恐怕就得向愿望满足器许第三个愿望才有可能。

好在席磊还听劝。这只是恋爱中的少男想把一切向对方坦白的一种冲动，我能理解。

说起来，我仿佛在教唆一个少年骗取感情。但这是他自己选择的剧本，演到一半想改，晚了。人生如戏，但如果真的当戏来演，又总是悲剧。正如梁应物所说，我也不信他和 Linda 会长久。

我试探着问他，和荔枝有没有什么接触。他说有过几次碰见，毕竟 Linda 是她的助理，更是她的妹妹。席磊说起这些的口气轻描淡写，应该没有值得在意的事发生，而且他的感情已经被 Linda 占据得满满的了。

是还没有事发生，还是不会再有事发生？挂了电话，这个念头在我心里一闪而过。

早晨，我被闹钟吵醒。

可是我今天早上并没有采访，为什么昨晚要设闹钟呢？我也根本不记得昨晚调过闹钟。我带着起床气郁闷地伸手去把手机按掉，猛然意识到那声音并不是闹铃，我手碰到的，也不是自己的手机。

我立刻全醒了。

这是我"许愿"的第二十八天，愿望满足器终于给了我回应。

回应只有三个字——一个人名。

朗克凡。

我万万不曾想到，在梁应物和我提到他不久之后，这个名字会以这样一种方式，再次出现在我的眼前。

这意味着什么？

这是最直接的答案吗？我许的愿是"你是谁"，愿望满足器回答"朗克凡"，是说站在他背后的神秘人物，就是朗克凡？

这是看起来最明显的答案，但从逻辑上说，却基本不可能。

我这个愿望，是再显然不过的刺探，不管那个神秘人物想通过愿望满足器达到什么目的，都不可能这么简简单单把自己的身份告诉我。

再者，根据席磊两次许愿的经验，愿望满足器是不会直接满足许愿者的，它总是给出一个初始动作，需要许愿者自己推倒第一块多米诺骨牌。

可这一次满足器的回应，只是这三个字，并没要我做什么。

还是说，我只要顺着自己的本能去做就可以了。我的自然反应，就是最正确的反应，因为以我的性格阅历会做出怎样的反应，都已经被愿望满足器计算在内了。

那么依我的本性，会做何反应？

这再简单不过，我是一名记者，当然是找个理由约他采访，在采访的过程中见机行事。

但等等，愿望满足器原本是在席磊的手上，席磊会做何反应？还是说，愿望满足器从席磊手中转移到我的手上，早已经被那位神秘人物看在眼中了。呵，把这样的对手往高里估计，总不会错。

我不太相信神秘人物就是朗克凡，但如果说从朗克凡着手，能找到破解愿望满足器之谜的线索，却大有可能。毕竟是他提出的人际场，如果成功建立数学模型，是据我所知最能解释愿望满足器的理论了。尽管两者之间等级上的差距，就像计算器和计算机那么大。

只是依然有难以理解的地方，愿望满足器真的会如此大方，给出破解它自身秘密的线索吗？它真的会满足所有的愿望，哪怕这个愿望会损及自身？

又或者，愿望满足器的回应并不是一个巧合，无所不能的神秘人物知道了我和梁应物的谈话，这才故意让我去找朗克凡？但目的何在呢？

多想无益，我是行动派，希望朗克凡不是一个难以接近的采访对象。

这是个有着玻璃顶棚的半露天咖啡馆，有几丛竹子和养着鱼的石缸，太阳很好。半小时之后，我会在这里见到朗克凡。

我查到朗克凡在上海有一个博士点，每个月都会有几天来上海带学生。我通过校方要到了他的邮箱，写了一封热情洋溢的约访信过去。

我在信里对他的学术成就大大赞誉了一番，表示他是现在中国最有大师范儿的学科带头人，希望可以耽误他一小时的时间，做一个当面的访谈，并且附上了采访大纲。有了梁应物之前对他理论深入浅出的分析，我相信对他人际场理论的问题，都挠到了痒处。我断言这是个划时代的伟大理论，迫切期望了解相关数学模型建立的进展情况。这样一封塞满了奉承话的约稿信，是我的必杀技，从没有哪个人能拒绝这样舒服的采访。

但朗克凡拒绝了。以没有时间为理由。

所以我只能来到这里。他的学生告诉我，朗克凡的课都在下午，通常他会在这里吃午饭，然后喝餐后的咖啡，他非常享受这一段独处的时间。可以想象我的突袭会多么惹人厌，所以我辗转托关系，请某处开了封不伦不类的采访介绍信。以朗克凡的地位，这信原本没有什么效力，但我恰巧知道，他正在向该处申请一笔研究项目经费。

朗克凡到了，看上去四十岁光景，比实际年龄更年轻一些。他直接点了份三明治简餐，我就坐在他对面的桌子，看着他吃完午餐，上了咖啡，这才上前去自我介绍，然后用最快的速度把介绍信推给他。

他扫了一眼介绍信，就推在一边："我很讨厌纠缠不休的记者，我希望有自己的时间和空间。"他说。

这样的口气，好吧，他一定不是愿望满足器的直接相关者。

"如果你在我吃饭之前就这么冲上来，我一定不会给你机会采访。"

"我也不会这么不懂道理。"我摆足了姿态。

最初的几个问题，我是照着采访大纲上问的，比如人际场理论的诞生，和现有理论的横向比较，朗克凡的回答，并没有出奇的，这些早已有记者问过，在网上也能查到相关的报道。

在我准备转向针对性问题的时候，出了点小岔子，我的手机不识相地响了起来。我按掉手机，开成会议模式，揣进兜里，向朗克凡道了声抱歉。是席磊打来的，我会在采访结束后回给他。很快手机又震了一下，有短信进来。

我问了数学模型的进展，他说进展顺利。我问大约还需要多长时间，他说应该在明年会有比较完善的模型，但是还会有一个验证的阶段，争取在三年之内，发表一个有案例数据支持的论文，这样一篇论文会和之前发表的论文一起，形成一个完整的学术体系。

还要三年，我想，那么和愿望满足器之间的差距有多少年，三十年？

"这个数学模型出来，会在实际的社会生活中起到怎样的作用，它的预测准确度会有多高？"

朗克凡没有直接回答，而是兜了个圈子用我不太明白的学术语言给了个模糊不确定的答案。我换了个角度再问，他就有点恼火，说我这些都是外行的问题，他已经回答得很明确了。

"这是一个基础，我在铺设一整个学科方向的理论基础，我不是在造一个扳手或锤子这样现实的工具，数学模型的成功建立可以证明人类社会的确是以人际场的模式建构起来的。我给你举一个物理学的例子，这就像是对宇宙本质重新解释的一个新理论，数学模型可以确认这个新理论的可靠程度，但不能指导你造一艘超光速飞船。"

"因为我的报道是写给普通读者看的，所以免不了要问一些大众感兴趣的问题，可能这些问题在您看来有点不靠谱儿。我也是大众之一，听了您的理论，忍不住就会琢磨，会不会根据人际场理论，今后有一天会发展到对个体的小人际场的变化可以精确预测，比如我今天对您做的这个采访，所引起的反响变化，就会通过我的人际场传递出去，可能就会对某个我完全不认识的人造成影响，像蝴蝶效应，然后就有一个数学模型，可以算出这个影响是什么样的。这样的话，甚至都可以像阿拉丁神灯那样许愿了，做一个愿望满足器说出愿望，然后机器根据人际场理论算出要达到这个愿望需要怎么做。"

"我真是不知道你在说些什么。"朗克凡大声说。

他说得对，其实我也不知道自己在说什么，只是在用一种很牵强的方式，把"愿望满足器"这几个字说出来，看看朗克凡的反应。

"这一类的问题我没办法回答，我不是科幻小说家。社会科学是严肃的。"他用相当严厉的口气说。

这算是过度反应吗？我不确定，因为我刚才的话的确挺扯。

我为自己的"浅薄"道歉，然后看了眼手上的打印材料，盘算着接下来该问怎样的问题，好把局面重新稳定下来。

"这是你事先准备的关于我的资料？"他盯着我手上的纸问："给我看一下。"

我有些犹豫，但也只能把资料递过去。我想他是看到了那张照片，一张他在海滩上的照片，露着一身白肉。

实际上，这是一封邮件附件的打印稿。邮件是在愿望满足器上出现"朗克凡"三个字后一小时寄到我邮箱里的，正文空白，附件里是朗克凡的生平资料，并附以这张明显度假时拍的照片。中国同名同姓的人很多，我想这封信的主要意图，就是帮我锁定朗克凡。至于那一位是怎么知道我的邮箱，这根本不是问题吧，还有什么是他不知道的？

我自己也在网上搜了一下，搜到的东西，没有这份资料全，所以就打印了下来。这照片是嵌在文档里的，自然就一起打印了出来。

我有些尴尬地看着朗克凡把目光投到自己的泳照上，好在他没有停留多久，也没有勃然大怒的意思，而是接着往下看，很快翻到第二页。

第二页他看了很久。

突然，他把两张纸揉作一团。没等我有所反应，他站起身，说："采访就到这里。"说完便走了出去。整个过程，他没有再看我一眼，甚至他都没有为自己的午餐埋单。

我完全愣住，不知道发生了什么。然后我把那团纸重新打开，对着第二页研究了半天。

到底是哪一点触怒了他？看起来都是很正常的信息啊。

我揣摩了很久，还是摸不着头绪。得回去想办法查一下，难道这上面那些我没在网上查到的信息，有什么问题？

我叫了结账，然后想起刚才席磊的电话，摸出手机。

一条未读短信，果然是席磊发来的。

荔枝来找我了，我该怎么办？

首先攫住我的，不是惊愕不是荒谬，是一丝寒意，这一丝从心里爬出来，一圈一圈把我缠住。

这短信的意思是……席磊的第二个愿望，就要达成了？

第四章

是　我

Chapter 4

一段时间不见席磊，他整个人的穿着打扮，都有了明显的变化。上身着衬衫马甲，下面一条细格子纹的裤子，十足英伦风，还戴了一副没有镜片的眼镜，很潮。

"你现在是不是成校草了？"我问。

他很勉强地笑了笑。

我们见面的地方是一家高级宾馆的一楼大堂。想必Linda和荔枝正住在这里。

"好吧，到底是什么情况。"

"上午……我们……荔枝她吻我了。"

"怎么会突然这样。"我吓了一跳，"你把前因后果都告诉我。"

"没有前因后果，我也不知道怎么会这样。Linda 和荔枝昨晚到的上海，我和 Linda 约了今天见面，结果 Linda 临时去片场了没见着，留了房卡在前台让我在她房间歇着，等她下午回来。我待了会儿，荔枝就敲门进来，好像是要找件什么东西，就坐下来开始和我聊天，问我和 Linda 的事。之前我也和她打过几次照面，但没说上什么话。结果聊着聊着，她忽然就凑过来吻我。"

"然后呢？"

"然后我差一点就忍不住那啥了，趁还有理智的时候我跑出来了。然后就给你打了电话发了短信。"

"你短信里可够含蓄的啊，只说她找你了，结果差一点就上到本垒了。"

"她后来还给我发短信，约我吃晚饭。"

"你怎么回的，Linda 不是下午回来吗？"

"我还没回……Linda 说在片场有活要干，今天不一定回得来。"

我摸着下巴不说话。

"你说我该怎么办啊？"席磊急着问。

"这问题该问你自己啊。愿望是你自己许的，现在已经触手可及了。你自己想想，是要荔枝呢，还是要 Linda 呀，我怎么帮你做决定法。"

"我可不能对不起 Linda，而且这他妈的是怎么回事啊，我都不知道荔枝是吃错什么药，明明她之前还有些瞧不上我的意思。"

"你喜欢 Linda ？"

"我爱她！"

哈，少年郎说起这个字总是如此轻易。

"哪怕是和荔枝之间，你也会选择她？"

"对，别管我之前许的那个破愿望了，但我真不知道这是怎么回事，我很怕一个处理不好，我和 Linda 之间就完了。"

"那简单，走吧。"

"走去哪里？"

"去找 Linda，把这些当面告诉她。"

尽管我很急着想要搞清楚，究竟是什么让朗克凡拂袖而去，但席磊第二个愿望以这种诡奇的形式达成，我当然也想弄明白，其中的原因是什么。是的，我认为愿望可以视作达成了，因为现在要不要达成愿望的选择权在席磊的手里，如果他选择去和荔枝吃晚餐，那不用说是一夜春宵，Linda 显然是被她姐姐支开了。这一夜之后，两个人的关系至少也会保持哪怕一小段时间吧，这样荔枝当然就可算是席磊的女朋友了。

我的判断是正确的，愿望满足器并没有失误，席磊和 Linda 的恋情，只是达成最终愿望的必要一环，尽管我还不知道，这一环环间的关键连接点在哪里。

希望 Linda 能告诉我们答案。而这个答案，也许会有助于我了解愿望满足器满足愿望的运作模式。

一路上我好好盘问了席磊一番，想找出些荔枝突献殷勤的前因后果。但他完全说不出个所以然来。他说原本没接触，还有许多幻想，和 Linda 在一起后，多多少少也会和荔枝有碰面，却越来越觉得，和这位大明星之间有着难以接近的距离，早就死了原先的心思，一心一意对 Linda，甚至想要告诉 Linda 邮箱的事情。

席磊和荔枝在之前一共也没说过几句话，他都回忆给我听了，我觉得没什么问题。那么，恐怕这缺失的一环，就要在 Linda 那里找了。

我让席磊到了影视基地再打电话给 Linda，Linda 很意外也挺高兴，告诉了席磊她的位置。我让席磊先走，我在后面慢慢跟着，不让 Linda 知道我的存在，毕竟席磊要和她说的，是非常私密的话。

Linda 戴了顶棒球帽在片场忙前忙后，席磊喊了她一声，她跑过来亲了席磊一口，低声说了几句话，就又忙去了。女孩子总是往小里看，而席磊现在的打扮则老成许多，两个人完全看不出年岁的差距。

我远远看着，片场总是有许多的围观群众，多我一个，一点儿都不显眼。

席磊找了棵大树靠着，看着 Linda，最初时脸上还有焦虑和不安，但慢慢地不知怎么，就挂上了淡淡的微笑。他是真心喜欢这个女孩子啊，这段情真能长久吗，希望吧。

终于 Linda 朝席磊快步走去，看样子是告一段落，可以有时间说会儿话。席磊脸上的表情明显又紧张起来。

席磊拉着 Linda 往僻静处走，我远远跟着，见他们转到一座仿古大殿的廊柱后说话。我不方便靠近，就在外围远远地来回走着，假作踱步参观。

有大圆柱子挡着，他们两个在我的视野里时隐时现，席磊在对 Linda 说着些什么，两人的表情都很严肃。

就这样过了几分钟，我看见 Linda 用手捂住了脸，慢慢蹲了下来。席磊显得不知所措，愣了一会儿，弯下腰拍着她的背。

Linda 的情绪如决堤的洪水，哭得身体抖动，还在叫喊着什么，有几句传到我耳中，但辨不清内容。

此时我能做的只有等待，Linda 是荔枝的助理，更是她的妹妹，这时的心境，恐怕是复杂难受到极点吧。

直到十几分钟后，Linda 才慢慢平静下来，席磊一直抱着她。随后他们坐在扶栏上开始说话。

约半个小时，席磊陪着 Linda 回到片场，两人拥抱深吻后分手。我心急着要知道答案，却还是只能压着步子慢慢晃出去，直到出了大门，在外面的路沿上和席磊重新会合。

"真的没想到，荔枝会是这样的人。"席磊劈头就说。

"Linda 说了什么？"

"这次来上海之前，Linda 才告诉荔枝，我就是那个她通了那么多年信的'未来男友'，她把我说得很好，说就是她梦想中的样子。"

"所以呢，这和荔枝突然引诱你有什么关系？"

"因为她要最好的，什么东西，她都要最好的。"

美与丑有时只隔着一层皮，当席磊把原委告诉我之后，愕然、恶心、可怜，种种情绪在我心中拧巴在一起。

一个不怎么富裕的家庭，如果有两个女儿，那通常的模式都是姐姐的东西用过后给妹妹用。往往妹妹会因此对姐姐有怨恨，觉得所有一切的好东西，都被姐姐占去。然而在荔枝和 Linda 之间，却是相同的情境，截然不同的心理。

从小到大，荔枝占尽了家里的资源，她就像个公主，而 Linda 一直是她的小跟班。所有的东西，她都要最好的，哪怕是 Linda 有什么玩具，看中了也会被荔枝抢过来。

这种情况，到荔枝进入演艺圈，迅速蹿红后，得到了很大的改变。因为这时候，Linda 已经不可能再有什么胜过姐姐了，而且她被荔枝强拉着成为助理，说是要让她也进入演艺界，但实际上，以 Linda 的条件，如果不是荔枝借帮妹妹好好把关之名暗中作梗，恐怕早就被经纪公司签走成为正式的艺人了。

Linda 心里很清楚，她当然不甘心，但她想自己年纪还小，还有机会，就留在荔枝身边多磨炼一下，把这一行看得更清楚些，将来出道时，总会有帮助。

向未来男友寄出的情书，竟然得到了回复，而未来的男友，也真实出现了，并且似乎很不错。这恍如一场美丽的梦境。Linda 忍不住向荔枝吐露她的兴奋与甜蜜，童话般的爱情令她情难自抑。她对荔枝说，这是她从小到大，得到过的最好的礼物了。

也许正是这一句话，让荔枝决定勾引席磊。并不是席磊有任何地方吸引荔枝，而是这种扭曲的姐姐对于妹妹的心理使然。什么东西，荔枝都要最好的。

所以，她要把妹妹最好的礼物抢过来。

这种变态心理的形成，必然和小时候的成长环境有关，也必然和许许多多 Linda 没有说出来的童年阴影有关。很可能 Linda 自己，也有一些没有说出口的"恶因"。只是我并不关心这对姐妹花纠葛的来由，我只是心惊，这一环一环，又被愿望满足器算中！

荔枝和 Linda 的这种关系，是不宣于口的秘密，Linda 心里向来是清楚的，但绝不会对外人说。可是愿望满足器背后的神秘人，竟对此了如指掌。他是怎么知道的？而 Linda 写情书的习惯，也同样是个不会对外人说的秘密，他又是怎么知道的呢？最可怕的地方在于，席磊许的愿望，完全是天马行空毫无规律可寻的，对于神秘人来说，可算是随机的。一个随机的愿望，所涉及相关当事人的种种隐密，竟都能在他的了解掌控之中，难道说这个人，知道这世上所有的秘密？

绝没有人能了解所有的秘密，这是显而易见的。我无法再深想下去了。

这个世界，变得恍惚起来。

以至于我回到家，对着电脑分析那封材料里是什么触怒朗克凡的时候，走了很长时间的神。

我真的要再继续下去吗，我会触碰到什么样的存在呢？

当然，我当然要继续下去。我回过神，定下心，看起材料上第二页的朗克凡资料。

大致来说，第一页的材料上除了那幅不伦不类的海滩泳照，就是人际场理论的介绍和朗克凡的简历，如就读的学校，何时工作，等等。第二页是履历的继续，具体的内容是朗克凡发表论文的时间，发表的刊物为何，梁应物说朗克凡在几本国际刊物上都发表过论文，但在这里，只列出了一本名为《人类社会学》的刊物，即朗克凡发表第一篇论文的刊物。继第一篇之后，朗克凡又在上面发表了三篇论文，看起来，这是克凡最主要的学术阵地。

除了论文发表情况之外，还有朗克凡参加历次国际学术会议的具体时间。最早一次，还是在他发表第一篇论文之前两年，可见这份资料的详尽。当然以朗克凡的身份，每年参加的国内外会议就有很多，这上面列出的，估计只是特别重要的，大概两年一次。

我来来回回把这些信息瞧了好几遍，都没看出任何问题来。很正常啊，为什么朗克凡会色变离席而去呢？

我之所以会把这封神秘人发给我的邮件附件直接打印出来带去采访，是因为其中有一些我在网上没有查到的东西。我本以为，这仅仅是个更详尽的背景资料，现在看来，并非如此。估计问题就出在那些网上没有的信息里，这其中藏着解开"你是谁"秘密的钥匙。当然，以神秘人的风格，这只会是钥匙之一，连环套中的第一环。

　　我比对了网上能查到的公开信息。第一篇论文的发表情况几乎到处都有，不是秘密，接下来的几篇论文，花了些力气，但也都一一查实。然而那些学术会议，网上可查到的很少，偶有提及，也是出自朗克凡自己之口。学术会议是很小众的，搜索引擎抓不到也正常，而且我不知道这些会议的英文名称，估计输入的关键词也有问题。但基于"查不到就可能有问题"这条逻辑，这些会议是最可疑的。

　　资料上一共列了六个国际会议，两年一次，跨度十二年。我猛然想，怎么这里面的时间间隔就这么规整呢？这又不是奥运会每四年举行一次。我开始意识到，这些两年一次的会议是被精心挑选出来，呈现到我眼前的。

　　全然不同的主题，相对规律的时间间隔，这意味着什么？

　　不能吊死在网络上，这样的国际会议，中国未必只有朗克凡一人有资格参加。我通过上海社会科学院，电话联系到几位上海最知名的中年社会学家，打听这些会议的情况。第一位对这六场会议全无印象，让我险些以为这些会议是编造出来的，好在第二位就确认了其中三场会议是他知道的，但并未参加，而第三位社会学家，则参加过这六场会议中的一场。

　　这是五年前的事了。

　　"那个会，朗克凡也去了吧，您和他熟吗？"

　　"对，他也去了，我和他认识，但没有多少私交。"

　　"他在那个会上发言了吗？我想了解一下他当时开会的一些情况，不知道您还记不记得。"

"我没什么印象，记得他是提早走的。"

"提早走了？"

"应该是，五天的会议，我就在第一天见过他。"

"呃等等，您说会期是五天？"

"对啊。"

"我想问一下，就您参加过的此类学术会议，通常会期是几天？"

"短的两三天，长的会到一周。"

"会不会有两三周这么长的？"

对方笑起来："那怎么可能，又不是去旅游。"

破绽终于显现了。

资料上写着的，朗克凡参加会议的周期，没有低于两周的。如果这些会都只有五天左右，而朗克凡在第一天之后就离开了，那么他去了哪里？

这些会议的地点都在欧洲，但我想，他绝不是跑去旅游了。

资料上，他参与的最近一场国际社会学会议，是去年 5 月，在瑞士举行的。就在我联系瑞士领馆，想要查询主办方以确认朗克凡的出席情况之际，我收到了新的名字。

来自愿望满足器上的新名字，而且不止一个！

这完全在我的意料之外，因为我原本以为，每一个愿望，愿望满足器只会闪一次，只会给出一个初始条件，然后一切就会渐次发生。

但这次，它破例了。

胡显阳，楼怀晨，方振，裘文东，王累，侯冠。

一共六个新的名字。

我立刻打开邮箱，没有新邮件。我随即在网上检索，在同名同姓的人里，最有可能的是：胡显阳，著名基因学者；楼怀晨，著名细胞生物学家；方振，著名脑科学家；裘文东，著名心理学家；王累，著名数学家兼复杂学家；侯冠，著名计算机学者。

这些人的年纪，在四十岁至六十岁之间，都是中国当下该领域内最拔尖的人物，就像朗克凡在中国社会学界的地位一样。

我判断出这些人的身份，只是基于朗克凡身份的相同模式推断，可对为什么这些人的名字会出现在愿望满足器里，却一点头绪都摸不着。

难道说，这些不同学科的著名科学家，都和朗克凡一样，有着自己的秘密，而这些秘密将汇成一条线索，指引我解答那个"你是谁"的问题？

如果是这样，那这条线索牵涉之深之广，也太耸人听闻了一点。科学家本该是最单纯的人，但如果科学家不单纯起来，尤其是这样级别的科学家不单纯起来，多可怕的事情都有可能发生。

我转念一想，嘿，尽管这些不同学科的学者有可能织成一张极宏大的网，但相对于那个"你是谁"的问题，相对于愿望满足器的神秘，这种宏大也并不值一提。

这些想法，伴随着我的网络搜索，在我脑中生长发酵。忽然，电脑响起提示音：有新邮件。

我急忙点到邮箱页面，又是一封陌生邮件。点开，内容空白，只有一份附件。

两秒钟后，附件的内容呈现在我眼前。

是这六个人的资料。

如果没有朗克凡的资料在前，如果这六个人的资料单独拎出一份来，我都不会看出其中有什么问题。

看起来是再正常不过的背景介绍，照片，专业成就，论文发表情况，参加国际学术会议情况。

只不过，资料中所列出的国际学术会议，不论是什么主题，都有一些相同的特点。比如地点全都在欧洲，比如会议的间隔都是两年，比如参加会议的时间，都在两周以上。我几乎可以肯定，这些会议本身的时间绝没有那么长，这些学者在会议之后，甚至在会议的第一天之后，就离开去了另一个地方。

这些会议的召开，集中在两个时间点，一是 5 月，二是 11 月。比如去年 5 月在法国和瑞士就有关于生物学和社会学的三个会议，涉及的人是朗克凡、胡显阳和楼怀晨。而这三个人，在三年前的 5 月、五年前的 5 月、七年前的 5 月，也都各自有不同的会议。其余的四位，则是在前年的 11 月、四年前的 11 月、六年前的 11 月参加了会议。按照此模式，他们将在下个月，参加一个在欧洲举行的会议，会议的主题是什么不重要，重要的是这个会议会很"漫长"。

欧洲固然是传统的学术中心，但对一个中国学者来说，参加的国际会议，不可能仅局限于欧洲，比如日本和美国，也该占到相当比重才对。如果说这些学者，以参加学术会议为名，实则去往另一个地方，那么这个地方，必在欧洲无疑。这是我的第一个推测。

第二个推测是，这些学者之间，存在着一个把他们连接起来的纽带。比如，他们同属于一个秘密团体。如果这个团体的大本营在欧洲，那么现在我所知道的这七位科学家，可能只是团体中的一小部分，其大部分应该是欧洲人才对。至于为什么他们要分成两组，在双数年的 5 月和单数年的 11 月聚会，而不放在一起，我却没能得出有说服力的推测。

一个包含了社会学家、心理学家、生物学家、计算机学家和数学家的团体么？这样说来的话，也许还有物理学家、化学家等，是类似那种精英分子的沙龙吗？全球最高智商者们的秘密俱乐部？

以现有的条件，会议相关的推理只能到此为止，难以为继。

但却有另外的新线索。

是一个我此前忽略的问题。

原来朗克凡的那张泳照，也隐藏了秘密。

因为这一次的附件里，所有的学者照片，全都是泳照。

如果不是娱乐圈的明星，普通人是很少会有泳照上网的，上了网，搜索引擎也抓取不到。这份资料放着大把的正装照不用，却一律是不知从何处挖出来的泳照，当然别有用心。

用心何在？

先前那些推测，如果能继续下去，明白这些学者打着会议的幌子，究竟去向何方，也许一切隐秘都能大白，但要补全缺失的条件困难重重，我即便实地走一次，寻访会议主办方，都未必能找到有用的线索。相比起来，泳照背后隐藏的秘密，虽然未必是条直抵核心的捷径，但好歹所有线索都是明明白白放在眼前的——就在那些照片上，只看我能不能瞧出来。

　　我去打印社把七个人的照片打印出来，按像素放到最大。打印社的胖姑娘在收钱的时候，拿眼睛在我身上勾来挖去的，我就知道她把我往腐里想了。我冲她笑笑，她的嘴角却不自禁地往下弯。这年头固然腐女当道，可我手里这叠泳装照的主儿，都是中老年人，体型着实不怎么样，这口味大概对她来说太重了些。

　　我把七张照片在床上排成两排，上三下四。然后沏了杯金坛雀舌，坐在前面端详。

　　并不需要很久，茶刚凉到堪堪可以入口时，我便微笑着把杯子放下，找来支笔，在每个人的身上都画了个圈。

　　是时候继续出击了。这六个人里，我该挑哪一个呢？

　　我选了侯冠，六个人里最年轻的一个，今年四十岁。他就在上海。

　　年轻人，总是比较容易突破，何况他是搞计算机的，与人打交道方面，要更弱一些。呵，好吧，当然我比他更年轻，但工科男的心灵成长是出了名的滞后。如果我选裴文东这位心理学家做突破口，没准被引入歧途都不自知。

和侯冠打交道，我采用了与朗克凡截然不同的方式。在和朗克凡见面时，我并没有意识到，朗克凡这个人身上藏着大秘密，还以为大概是朗克凡的人际场理论能帮我解开愿望满足器之谜，所以并未精心准备。而现在，我所做的一切，全都有着极强的针对性——突破侯冠的心理防线。

我相信自己有很大的机会，能撬开侯冠的嘴。

侯冠是有微博的。只要一个人热衷于微博，那就等于把自己袒露于众人视线之下，再没有比微博更好的研究一个人的地方了。

看他发表的微博是最基本的动作，但更重要的是，看他转了什么，看他关注了谁，看他的评论，看他对评论的回复。这些常常会不自觉地流露最真实的自我。

侯冠爱吃，好色，闷骚。这是我的结论。

于是，我直接在微博上私信他，以一个记者兼小说作家的身份，希望和他认识，采访只是小事，更想听他聊聊未来的计算机人工智能会对世界带来的巨大改变。他一听我在王宝和摆下蟹宴，立刻就同意了。

吃蟹时我所做的唯一一件事，就是捧着他，让他觉得与我相处非常愉快。然后我提出找个地方喝一杯，我还有两位朋友，非常希望与他结识，他略略犹豫，就答应了。当然这里面一个重要因素是，我假作不经意地透露，那两位朋友，都是漂亮女人。

然后，我们便来到了一家酒吧——我所选定的真正战场。

刚才的饭局，只不过是抽血前对血管的拍打，好叫它放松显形，以便片刻后一针刺入。

卡座已经订好，那两位朋友，一位已经等着，另一位也在二十分钟之后到来。她们很主动地和侯冠握手，递名片。名片是今天才印好的，印着什么全不重要，实际上，我前一天才见到这两位"好友"，并预先支付了每人五百元。介绍人是我一个爱混酒吧的朋友，我向他提的要求是，要两个能迷倒一切理科男的女孩。见面后我非常满意，两个女孩的类型全然不同，归类的话，一个LOLI一个OL，基本上覆盖了正常男人审美的所有宽度，并且没什么风尘气。

我对她们的要求非常简单：让侯冠高兴，让侯冠喝酒。

酒色这两样东西，自古以来，都是最能侵蚀人的。不知有多少秘密在酒色间泄露，只因色能迷人心，酒能壮人胆，脑子乱了胆子肥了，还有什么话套不出来。

两个女孩演技都不错，所作所为，符合扮演的身份，没有一接触就黏上去，而是保持了相当的距离，一点点靠近。侯冠一开始还有些拘束，一杯酒下肚，话就多起来，竭尽全力地展现自己的男性魅力。而他用的方式，是谈论他最最擅长的话题——计算机、网络、人工智能、未来二十年的人类社会……天知道这些东西对女人来说有多么无趣，但两个漂亮女人的反应让他觉得一切尽在掌握，那无与伦比的满足让他兴奋不已。这大概是每个工科男梦寐以求的场景——用专业知识征服女人。哦天哪，听我一句，扔掉这种不切实际的幻想。

而我，则在旁边计算着火候，看着侯冠的脸色慢慢红润，眼神渐渐迷离，呼吸开始不那么规律，声音越来越大，手则试着往香腻处触碰。这所有一切融成的味道，预示着出击点正在靠近。

酒酣耳热之际，我示意两个女孩把敬酒速度慢下来。

终于到我的时间了。

侯冠早把外套脱下，衬衫上两颗扣子也开着，整个人从里到外冒着热气。

"喝这点酒没关系吧？"我说。

"没事，没问题，才这一点点酒。"

"酒喝太多对心脏不好，我看您胸口这边，是动过手术？"

他有些疑惑地低下头去看自己的胸口，却发现并没有敞开到足以令人看到疤。然而酒精令他迟钝，犹豫了一下，他还是回答我说没有。

"是胎记。"他解释，"你……怎么知道？"

"我看到的。"的确是我看到的，却不是现在，而是在照片上。

侯冠又不禁低头去看，不知他心里面转过怎样的思绪，再抬起头时对我说了声对不起，然后多扣了一颗扣子。

两个女孩这时站起结伴去上洗手间，真是好眼色。

我向侯冠敬了杯酒。他饮酒的时候，我说："但胎记，不应该是从小就有的吗？"

侯冠突然呛起来。

"可是你小时候并没有这道胎记啊，你知道，网上能看到你小时候的照片，很可爱。"

网上并没有侯冠童年的光膀子照片，但我确信那绝不是胎记。因为那天摆在我床上的七张照片里，每个人的心脏位置，都有一个疤。

侯冠咳得放下了酒杯，疑惑中带着些警惕和慌张。酒精在让他迟缓的同时也影响了他的判断力，这时侯冠或许还在问着自己，网上真的有自己小时候的照片吗？他还不能确定，我这个问题意味着什么，他是该继续等那两个女孩回来，还是立刻抽身就走。

我坐到了他身边，慢慢凑到他耳边，轻声对他说："下个月，时间又到了吧。"

他猛地一躲。

"什么时间？"

"我是说下个月在欧洲的那个会。"

"没有会。"他下意识地否认。

"但王累说有啊。那个会叫什么来着，人工智能方面的。"

"哦对，是有一个，计算机 AI 的混沌学模式，一个国际论坛。"侯冠回过神来说。

"可是王累参加的会不是这个啊。"

侯冠的脸色一下子就变了，变青。

"还有裘文东参加的也不是这个，但你们会碰见的是吧。两年一次。"

"你知道,另一些人,会在5月,明年的5月,对吗?"

侯冠忽然探手抓住我的胸口,用力一拽。我的衬衣纽扣顿时飞了几颗,露出胸膛。

他盯着我的心脏部位看,那儿既没有胎记,也没有伤疤。

我并不气恼,微笑着对他说:"那么,能引荐我加入吗?"

他松开手,竖起一根手指轻蔑地摇了摇:"你,不够资格。"

他又要再说些什么,却停了下来,又张开嘴,然后努力关拢。如是者几次,令他看上去像个可笑的小丑。他突地愤怒,摇摇晃晃站起来,倒抓起桌上的红酒瓶。瓶里的残酒顺着袖管流淌,染红了他半边身子。他冲我举起酒瓶,用力一敲。

他敲在自己的额头上,瓶子碎了,血流下来。

他笑了,似乎很满意自己的决断,然后慢慢向外走去,这时两个女孩从厕所回来,见他满头是血,尖叫起来。他用肩膀撞开路,径自离去。

我从钱夹里拿了叠钱扔在桌上,让女孩子帮我结账,待要追出去,却见侯冠又走了回来。

他手撑在桌上,血滴下来,恶狠狠地看着我。

"我可怜你。你不知道自己在面对什么。你,没有未来了。"

"我知道自己在面对什么。"我从口袋里拿出愿望满足器,在侯冠面前晃了晃。

他盯着愿望满足器,我等着他再度开口,然而他却直挺挺倒下去,睡着了。

我在一小时后才到家。我曾想过把醉倒的侯冠拖回家里，结果他在我把他搬上出租车之际突然醒来，不管我再对他说什么，他都不回答，并且拒绝我送他。

好吧，反正我已经得到了些东西，回去慢慢整理分析。

我家楼下站着一个女人，一瞥之间，只觉得她虽已不再年轻，但身姿笔挺，颇有风仪。我并没有意识到她是在等我，直到她叫出了我的名字。

"你是？"我确信自己之前并未见过她。

反常的是，她并没有回答我的问题，也没有说任何话，而是沉默着拿出自己的手机开始摆弄。

看上去是个麻烦。我耸了耸肩，刷开了楼道安全门，走了进去。

我不想废脑子去猜她到底是谁，所为何来。既然要来找我，那就别装腔作势，该说的一会儿总要说。我倒看你跟不跟上来，别到时候再摁门铃。

出乎我的意料，那人竟真的没有跟来。

门轰然关上了。关门的震鸣声还没有停歇，另一个声音从我的口袋里冒出来。

我的心猛然一跳，掏出愿望满足器。

它正在一闪一闪。

新的信息！

只有两个字。

是我。

第五章

一百年来人类最大的隐秘

Chapter 5

楼道里的声控感应灯已经灭了，我犹自盯着愿望满足器发呆。

是我。

在半分钟之前，我问门口候着我的中年女人是谁，回复却出现在愿望满足器上！

这不可能是巧合，那就是对我问题的回复！最直接，毫无异义的回复。至于她是怎么通过手机来发信号到愿望满足器上，想来只要编个软件就能达成，要想不被追踪，改装一下硬件难度也不会太大。

如果她说自己就是一直通过愿望满足器答复我的人，说自已就是站在这小匣子背后，不知多少次被我想象成各种神秘形象的人物，我未见得就会这么轻易地相信。但这样的两个字在我面前一闪一闪，却是以最直接甚至粗暴的方式，证实了自己的身份！

一个月前，我向愿望满足器提出了我的愿望"你是谁"，而今收到了这份回答。但是，之前在愿望满足器上显现的那一串人名，朗克凡、侯冠、胡显阳……又意味着什么呢？

我知道，解答就在几步之遥，一门之隔。

只是，伴随着即将到来的答案，更有巨大的惶恐扑面而来，仿佛有一头来自洪荒的巨兽就趴在门外，它低低喘息着，原本的命运被它的牙齿割成支离破碎的危险湍流，等着我踏入。

我努力让自己从这种臆想中挣脱出来，没有怪兽，糟糕的命运预感是错觉，那里只有一个中年女人……还有她带来的秘密。

然而，即便剔除感性，回归理性，我也明白，我的处境已然不同。

之前的一个多月里，我抽丝剥茧，步步追查。尽管从冯逸的死开始，就感觉周围有一张若有似无的网，而那些人名更是将我引向某个未知的方向，但无论如何，我是掌握有一定主动权的。至少，我自认为，随时可以抽身而退。

但如果我重新踏出这扇门，来到那女人的面前，我的主动就彻底丧失了。

我不禁笑了，在想什么呢，既然她已经来了，已经站在那儿，已经在愿望满足器上打出"是我"，难道我还想抽身么，我还能就这么上楼睡觉，幻想着一切没有发生过吗？

我已经身在湍流中！

也罢，就看它会把我卷向何方。

踏前两步，转动门锁，锁芯发出"喀"的轻响。我推开门走出去，她就在几步之外，没有任何表情地注视着我，仿佛一切都在她的掌控之中。

"你好。"我说。

"你好。"

"怎么称呼？"

"王美芬。"

普通到极点的名字，不知是否真实。只是我却觉得这名字有些熟悉，似乎在什么地方听过。

我晃了晃愿望满足器，说："这么说，这东西，是你给席磊的？"

"可以这么说。有时间吗？"

我摊了摊手："你已经在这儿了。"

我以为她会去我家，没想到她却引着我往小区外走。

时间已近午夜十二点，小区里没见到其他行人，只有一只猫从车底下蹿出来，没入草丛。我等着她开口，她却一直沉默着，直到走出小区，来到街上。

"你……相信这世界上，有全知全能的神吗？"

淡淡的一句话，却让我的心脏猛地一跳。

"不相信。如果真有全知全能的神，能掌控我们的命运，那么我们的人生还有什么意义。"

虽然从冯逸之死到现在这段时间里的经历，让我时常生出"也许真有命运之网"的感触，但我还是这么回答了。与其说是我坚信如此，倒不如说，是我期待如此。我希望命运能掌握在自己的手里。

"看见那家药店了吗？"她指着马路对面。

"看见了，怎么？"

她穿过马路，走到早已关门的药店前，开始用力拍打上了锁的玻璃门。

"这不是 24 小时的药店，没人的。"我说。

"有人。"她继续敲门。

我皱着眉，站在她身后看着。一分钟后，店内亮起一盏灯，一个男人穿着拖鞋啪哒啪哒走出来。

"买药。"她说。

店主咕哝了几句，然后问："什么药？"

"西瓜霜喷剂。"

"你们现在改 24 小时了？"我奇怪地问他。

"哪有，今天家里来了人住不下，我临时在店里睡一晚，算你们运气好。"

店主回去拿了西瓜霜从门缝里递出来，王美芳付了钱，然后把药给我。

我把药接在手里，傻住了，不仅因为药店里竟真的有人，

还因为她买的是西瓜霜，并且把药给我了。

她真的什么都知道？

王美芬冲我微微一笑。

我的心沉了下去。

没错，她竟真的知道。

我从来没有对任何人说过，我嘴里正在发口腔溃疡，很痛。

有些人经常发口腔溃疡，但我却是极少发的。

她是怎么知道的？

知道店主今晚会临时睡在店里的，知道我需要治疗口腔溃疡的药物？

还有她是怎么知道荔枝姐妹的秘密，又是怎么知道我们的推理游戏，并且我在那个时候会说那样一句话。

难道这世界上真有全知全能的神，而这神就是她？

我不禁上上下下地打量她。

四十多岁，脸庞瘦削，眼睛很亮，眼角上挑，如果她愿意，那会是有风情的一双眼睛，但现在却显得深邃莫测，不知道藏着什么。除了这双眼睛，她的整张脸都偏刚毅，下巴薄且向后缩，显得有些刻薄。她穿了一身黑色的套装，严肃之中带了几分难以测度的气息。

一个穿着背心短裤的壮汉从前面跑过来，与我们擦肩而过。

"如果我说，这个人每天晚上要跑一个多小时的步，她老婆会趁着这时间和别人偷情，而他假装不知道，你相不相信，要不要赶上去问问他？"

"不用了，我怕被打。"

"所以你现在相信了？"她问我。

我欲语还休，是啊，既然脱口而出怕被打，就意味着心里已经信了。

荒谬，无稽，哪里会有这种事情，世界上可没有神。这种种信念或者说情绪在我脑中交错，但依然无法改变一件事，即我真的相信，那身上满是肌肉疙瘩的壮汉默认了老婆出轨。

我只能笑一笑，说："你想说，你是神？"

"我不是神。"她说，"我只是一个程序员。"

"程序员？"这真是意味深长的三个字，里面隐藏的东西太丰富了。莫非她想说，这个世界就是一组程序，而她是程序员？

"就是字面上的意思，没有任何特殊的指代。"她猜到我在想什么，"程序员，或者软件工程师、计算机学家、互联网学家，但归根结底，我就是个程序员。"

我终于想起，她是谁了。

她真的是个程序员，中国最好的程序员之一。

身为一名记者，接触到的信息很庞杂，会需要采访各行各业各种各样的人物。我自然没有采访过她，但曾经看到过关于她的报道，具体的内容现在已经记不清楚了，总之是一个在编程方面很牛的人，计算机和互联网一些细分领域里的权威。最近一次看到她的名字，恰恰是在查阅侯冠资料的时候，有两个地方对侯冠的介绍里，有类似"和王美芬并称为中国最……"。

要知道，凡是说和谁谁谁并称的，一般来说，名气或实力还要稍弱一些。

在这个领域里最活跃的天才人物，一般是十几、二十几岁的男性，王美芬能把她的地位保持到今天，可见她有一颗怎样惊人的大脑。测智商的话，压我几十分是稳稳的。

好在她还不是神。

"既然你不是神，那我这里就有太多问题了，简直不知该从何问起。"说到这里，我忽地灵光一闪，问："你该不会和朗克凡他们一样，也要每两年开一次会吧？"

她转头瞧了我一眼，微微点头："看来我没有找错人。"

"找我？你，或者说你们，不是无所不能的吗？"我半认真半调侃地说。

我们走到街头转角，这里有个露天小公园，移种了上百棵大树，林中小径有几把长椅，我们在最外面一把上坐下来。

"希望我没有做错，你将要听到的，是这一百年里，人类最大的隐秘。"

作为一个真正意义上见多识广的人，十年来经历了太多秘密事件，任何一宗拿出来，普通人都会惊呼绝不可能，如果在这件事之前，有人声称有一个人类最大的隐秘要告诉我，我只会笑她见识太少，但现在，我却情不自禁地咽了口唾沫，竖起耳朵。

"你大概对我不是很了解，但相信朗克凡、胡显阳、楼怀晨、方振、裘文东、王累、侯冠这几个人，你应该很熟悉他们的情况吧。"

"是的，那些邮件，也是你发给我的吧。"

王美芬点头。

"这些人在学界的地位，如果放到世界范围，也是有相当影响力的，是第一流的学者，以他们现在的学术成就，即便有几位还没有获得各自领域内最高学术奖项，也是迟早的事。"

说到这里，她停下来，露出一个奇怪的笑容。这笑容里有无奈、有嘲讽，还有更多的复杂内涵，在星光和路灯下，一闪即逝。

"我想，你已经看出，他们背后有着某种联系，甚至已经推断出，他们是某一个组织的成员吧。"

"他们？难道你不应该说'我们'？"

"是的，我们。"王美芬坦率地承认了，"像我们这样的人，中国也就只有这八个，因为毕竟在学术方面，比欧美还是有差距。"

"你的意思是，你们这个组织，汇聚了人类各学科最顶尖的学者？"

"不是各学科，是生物、社会、心理、经济、气象、天文、数学、计算机和网络这些领域。此外，说到最顶尖的学者，其实也不是你想的那样。"

"什么意思？"

"你觉得，我们，是最顶尖的学者？"

"难道不是吗？你刚才自己也说了，是第一流的水准。"

"有些事情，光表面的资料，是看不出来的。一般来说，一个人的学术理论，有一个形成的过程，特别是突破性的理论，从灵光一现，到形成雏形，到慢慢完善，要经历几年乃至几十年，这个过程，身边的人比如同事，会看得很清楚。但是，就比如朗克凡吧，他的人际场理论，是突然出现的，第一篇论文就相对完整了，而在此之前，他的同事同学同行们，没有一个人知道他有这方面的想法。也许你会觉得这是天才式的灵感，或在书斋中埋头研究不与他人交流以期一鸣惊人，但如果我告诉你，包括我在内的这八个人，基本上都是类似的情况，你会做何感想？"

"难道，难道……"

"如果你做一个对比，发现所有人最重大的学术突破，都是在参加了你刚才提到的那种每两年开一次的会议之后做出的，你又做何感想？"

"那不是你们的理论，是别人告诉你们的？"我的心脏猛烈跳动起来，如果这个推断是真的，简直太惊人了。

没等我细想，王美芬又发出了更强力的一击。

"如果我再告诉你，这些理论，这些一出现就被全世界惊叹的理论，其实只是一些落后的过时的甚至似是而非的东西，这世界上有一群人，他们有的执学界牛耳，有的默默无闻，然而在各自领域内，领先时代至少三十年，却把这些成果秘而不宣，你又做何感想？"

我深深吸了口气。

"生物、社会、心理、数学、天文、气象、经济、计算机及网络。这些合起来，你们究竟想要做什么？"

"无所不能。"

"什么？"我听得很清楚，但还是情不自禁地再问了一遍。

王美芬却叹了口气。

"让我从头说起吧，你知道摩尔根吗，T.H. 摩尔根。"

"他是……是……"这名字也依稀有些熟悉，比王美芬的名字更熟一些，但我还是反应不过来。

"果蝇。"她提示了一句。

"啊，你是说遗传学之父，通过对果蝇的研究创立了染色体遗传学理论的那一位？难道说他也是你们组织的成员？"

王美芬摇头："我要说的是摩尔根就读霍普金斯大学生物系时的一位同学，爱略特。"

"摩尔根……读大学时？那是 20 世纪初？"我记得摩尔根获得诺贝尔奖，肯定是 20 世纪上半叶的事。

"1886 年。当时的霍普金斯大学是全美国最重视生物学的大学，造就了一代美国动物学家，而摩尔根和爱略特，是生物学系最早的一批学生。因为爱略特，摩尔根曾有一度起意放弃生物学改修其他学科，他在和家人的信件中多次提到这个想法。"

说到这里，王美芬看了我一眼，用略带感慨的语气问我："你知道为什么吗，因为爱略特太过优秀了，他的光芒让摩尔根无法直视，更令他开始怀疑自己在这门学科上到底有没有前途。"

我几乎以为自己听错了。让后来的遗传学之父怀疑自己的天赋以至差点放弃生物学，这是个什么概念。打几个不恰当的比方，就好似钱钟书被打击到不敢写小说，林彪被打击到不敢指挥打仗，我那位惊才绝艳的好友梁应物被打击到弃理修文一样，当然尽管我对梁应物一向有很高的评价，但还不至于觉得他的才华足够和遗传学之父比肩。

"那这个爱略特后来呢，难道摩尔根对果蝇的研究也有他的一份？"

"不，这就要说到最让摩尔根难以接受的事实了。爱略特之所以会去霍普金斯修生物学，是因为他对一门当时的新兴学科——社会学感兴趣。他从来就没有想成为一名真正的生物学家。"

"哈？"

"爱略特坚信从生物学着手，可以对社会学的许多问题进行解答。当时他的主要观点有两方面。其一，他认为对动物或昆虫的种群研究可以极大帮助到对人类社会的研究，身为万物之灵的人类和动物最大的区别在于人类学会了撒谎，惯于掩饰自己的真实目的和性情，还时常披上道德的外衣，给自己戴上一重又一重的面具。但生物的原始本能是不会变的，只是经过了这一重重的面具后扭曲了，所以拿其他生物的群体模式来比对人类社会，常常会有豁然开朗的感觉；其二，微观层面上，搞清楚细胞是怎样分工合作，以维持人体的正常运转，也有利于研究整个人类社会，包括因为细菌病毒的侵入使得人体局部或整体系统混乱，也就是生病，同样可以用来比对人类社会的各种突变，比如战争、灾荒造成的后果。"

"呵，这真是天才的想法。"我一听，就觉得非常有道理。由小见大，触类旁通，这样的理论，更有种哲学的美感。

"那是当然。当时社会学还处于开创期，没有多少前人的论著可以学习，大学里也很少开设相关课程，所以爱略特为了实践他的理论，先系统学习生物学，也是理所当然的事情。而摩尔根了解到爱略特的真实想法后，更是大受打击。一个生物学天赋让他难望项背的人，竟然只是把生物学当成社会学研究的手段！"

我摇了摇头，不禁有些同情摩尔根。如果梁应物算是精英，摩尔根是天才，那么爱略特这样的人物，该怎么分类？让天才绝望的，已近乎神。

或许能相提并论的，只有爱因斯坦、牛顿、达芬奇这样的人了吧。

"那后来呢？"

"完成了在霍普金斯大学的学业，爱略特去了巴西雨林。那里有原生的未受人类打扰的自然生态，复杂而神秘。在那儿，爱略特迎来了一生最重要的发现——几种菌类，这些菌类和当地的蚂蚁之间，有一种可怕的联系。具体地说，这些菌类可以通过孢子，感染木蚁，接管并控制木蚁的躯体，令其寻找适合菌类生长的环境，并最终将其杀死。其实博物学家华莱士曾经在 1859 年于印尼苏拉维西岛发现过类似生物，他将之称为'僵尸蚂蚁菌类'，可惜回程的船起火，他丢失了所有的标本。不得不说，同一件事情，同一个发现，不同的头脑，会得出截然不同的结论。如果是你的话，发现了这样的僵尸蚂蚁菌类，会有什么想法？"

"我？我既不是爱略特，也不是牛顿，大概就是写篇报道，或者编个恐怖小说吧。"

"爱略特最初思考的方向，集中在这些菌类是如何控制住蚂蚁，让它们变成听从命令的僵尸的，他觉得也许是一种病毒，或者是什么化学反应。不过他对生物学的研究，终究是为了社会学的目的。突然之间有一个念头闪现，如果搞清楚蚂蚁是如何被控制的，建立起一个类似的模型，是否就能对人群，甚至整个人类社会达成定向影响？"

"这太不可思议了，定向影响，你是说，控制？"我有一种深深的恐惧感，全身发冷。

"定向影响做到极致，就是控制了。"

"他……成功了？"

"快了。"

"等等，你是说，他还活着？"

1886 年读大学，怎么可能还活着呢。有记录的最长寿者也就一百一十岁左右，那些忽然冒出来号称自己一百三五十岁的人，全都拿不出可靠的出生时间证明，不是老糊涂就是老来博名。要是爱略特活到现在，不得一百四十岁以上？不过转念想到，王美芬说过他们这群人掌握的科技领先了三十年，没准……

"爱略特在 1961 年的时候去世了。不过从某种意义上，他的确还活着。"

王美芬没有在这个耐人寻味的话题上深入下去，而是回到了 1891 年的爱略特身上。

1891 年的夏季，爱略特在人迹罕至的巴西雨林里发现了四种僵尸蚂蚁菌，它们利用雨林里的木蚁进行繁殖。这种利用不是通常的互利共生，比如蚂蚁和蚜虫，也不是简单的寄生，比如各种寄生蝇类和毛虫甲虫。僵尸蚂蚁菌的方式，是控制。当它散出的孢子遇到对应的那种木蚁，就可以感染乃至完全控制木蚁的行动，让木蚁此后所有的行为，全都以菌类的繁殖为第一目的。

这样的菌类对生物学家来说就是一座宝库，诡异的控制究竟是如何进行的，如果能搞清楚，必然会获得一系列重大生物医学成果，对物种演变理论的完善也会有帮助，邪恶一点的，甚至可能去研发针对人类的控制药物。

但爱略特不是生物学家，作为一名社会学者，他的思路别开生面又宏大广阔。他想到，木蚁的僵尸化，本质上是一小组入侵细胞——孢子或孢子携带的某种东西，通过一连串未知的反应，最终令一个庞大的细胞群——木蚁，改变原先的正常运作模式，转而服从入侵细胞的命令。也就是说，再复杂的群体，都可能被极简单的方式彻底改变，只要找准开关的位置。那么，这是否意味着，在人类社会里，也存在一种"开关"模式，只要找准开关，按下它，就如推倒多米诺骨牌的第一块，就能以极小的代价让整个社会产生可控的改变。

这就像是蝴蝶效应的反向解读。所谓蝴蝶效应，即一只亚马孙雨林里的蝴蝶扇动翅膀，对周围的空气造成轻微扰动，而这微弱气流的影响一层一层扩散放大，可以造成几周后美国的一场龙卷风。但是，每时每刻世界上有难以计数的蝴蝶在扇动翅膀，更多时候它们的翅膀气流就如水中的涟漪，很快湮灭平复，怎样设计出一套程序，来找出能造成深远影响的"关键蝴蝶"呢？而爱略特的野心，或者说一个天才人物的直觉，让他觉得必有一条路，不仅能找出"关键蝴蝶"，更能为了在纽约下一场雨刮一阵风，创造"关键蝴蝶"。

王美芬说起当年爱略特想制造可控的蝴蝶效应，我却听着不对味，问："等等，不对吧，蝴蝶效应，是 20 世纪五六十年代才提出来的啊。"

"是 1963 年，由美国气象学家罗伦兹在一篇提交给纽约科学院的论文里最先提到的。"她肯定了我的说法，却说："但是，这并不意味着蝴蝶效应就是罗伦兹发明的。"

听明白了她的言外之意，我难掩惊愕，问："难道罗伦兹也是你们的人，拿着爱略特在几十年前创造的理论的边角料，博得巨大声名，就像朗克凡那样？"

王美芬却没有正面回答我："其实同样的道理，几百年之前就有人知道。像一首西方民谣里说的，丢失一个钉子，坏了一只蹄铁；坏了一只蹄铁，折了一匹战马；折了一匹战马，伤了一位骑士；伤了一位骑士，输了一场战斗；输了一场战争，亡了一个帝国。"

"如果是那个帝国的敌国，为了胜利，偷了最初的那个钉子，呵，这就是爱略特想做到的事情吧。"

"是的。他从巴西雨林获得启示，带了僵尸菌和木蚁回国，埋头研究。随着研究的步步深入，爱略特终于意识到，尽管对自己的才能有充分信心，但他却为自己选择了一条过于艰难的道路。直觉告诉他，顺着走下去会获得成功，可是其间要解决的问题，是预先估计的十倍百倍，就像藏在水下的冰山主体，如果你能看见它，就知道水面上的巍峨浮山，只是微不足道的小丘。"

王美芬说到现在，我早已经猜想到，所谓愿望满足器，就是爱略特的研究发展到今天的结果。从爱略特最初在僵尸菌面前的灵光一现，到今天的愿望满足器，中间自需跨越千山万水，但经王美芬的解说，我才意识到，这一路涉及的学科，比想象的更繁杂。

光是生物学方面，对当年的爱略特来说，就已经有一大堆不可能完成的任务。以僵尸菌孢子入侵木蚁来说，其间究竟是怎样的机制，细菌还是病毒还是其他什么，通过怎样一层层的化学反应，步步击溃木蚁本身身体系统的抵抗，最终全盘接管木蚁，这放到今天的生物学领域，也一样是个需要时间攻克的难题。当今任何一个生物团队，都会觉得是块难啃的骨头，因为其中很可能会涉及基因层面，人类在这方面起步不久。

而今天的生物学，和爱略特时代，隔了一百二十年，其间无数的重大生物学医学成果，再怎样妖异的天才头脑都弥补不了，只要他还是人，不是神，就绝做不到！退一万步说，如果真有所谓的穿越，爱略特其实有一颗 21 世纪的生物学博士后的灵魂，他也一样做不到，因为除了理论之外，研究工具是变不出来的，随便举一个例子，1891 年能造出每秒运行几百亿次的电脑吗，把图纸摊出来都没法造，这事关人类文明在当时的工业水准。别说 1891 年，就算爱略特去世的 1961 年，都不可能。而研究清楚僵尸菌，需要的实验仪器多了，可不仅仅是电脑。

要完成爱略特的最终设想，生物学只是提供借鉴帮助的工具之一，而对僵尸菌的研究，充其量是这把工具上一个小小的零件。其他的零件包括对大脑的研究，对神经系统的研究，等等。此外，有了僵尸菌的启发，爱略特又意识到了更多的生物现象可以给他帮助，比如癌细胞的扩散转移，再比如对人局部刺激带来的整体机能改变，像中医的穴位及针灸。

光生物学就已经有这么多的课题，对这些课题的研究，有助于爱略特建立一个仿生物的社会学模型。在这个模型之外，当然得有最基本的人类社会蝴蝶效应模型。这两个模型最终必须达成统一。其实远不止两个模型的统合，还有仿气象的社会学模型、仿天文的社会学模型等等，这是向天地万物求法，以获得最终极的智慧！对自然界中以牵一发而动全身的现象研究得越多，就离终点越近。

爱略特很快意识到，自己不可能独立完成这个研究。他已经侵入了神的领域，如果成功，将无所不能，这是一座通天塔，一个凡人的狂想。但他并未放弃，而且决心投入所有。爱略特姓杜邦，是杜邦家族的一员，杜邦作为延续到今天的巨大财阀，从来不缺钱和各种社会资源。钱之外，爱略特本人也极具魅力，这使得他招揽到一批当时顶尖的科学家。这些人类最优秀的头脑能聚集到一起，除了充足的经费和爱略特的魅力之外，顶顶重要的，是爱略特指给他们看的那条路，那条通向神之领域的路——一旦成功，世界就在指掌之间了。

吹一口气，就能引发一场台风；摔碎一个杯子，就能赢得一场战争；撕掉十块钱，就能使世界经济崩溃。只要算出最初的那个动作是什么，一切皆有可能。

建造通天塔对参与的智者们有着致命的吸引力，但对公众，却是绝对不能公布的，万一泄密，举世皆敌。就比如我，冯逸因我而死后，得知自己的行为竟早在别人的剧本中时，有极度的不适感，正是这种不适感让我追查到现在。没有人会享受命运被别人掌握的感觉，哪怕这种掌握不是强制的，而是润物细无声式的不知不觉。对于更大的社会团体，比如财团、党派乃至执政者们，这种致力于让蜉蝣能够撼树的研究是最危险的，一旦成功，那些势力所掌握的资源再多，被蝴蝶翅膀轻轻一扇就要易主。所以他们的态度必然是不能掌握就消灭。爱略特对此有清楚的认知，从一开始，他就制定了严格的制度，让整个研究，隐藏在黑暗中。

生物学家、社会学家、心理学家、气象学家……这些天才的头脑在爱略特的指引下相互碰撞，智慧之光激荡，前路虽然漫长，但他们在各自领域的成果却一个接着一个。只不过基于守秘原则，他们形成了一个封闭的学术联盟，从不把最新的成果对外公布。人类的文明之河照旧慢慢流淌，却有一叶轻舟在阴影中迅猛前行。

"对所有的喂食者来说，爱略特是永远的精神导师，不灭的灯塔。你难以想象，在他最终因为脏器全面衰竭而死之前半个月，还掌控着整个项目的进展，那时他已经九十一岁，竟依然能保持旺盛的精力和睿智的头脑，这简直是生理上的奇迹。但想到他如此传奇的一生，这点奇迹也没什么好大惊小怪的。也正因为这样的奇迹，当他终于死去，也同时意味着所有人的核心突然熄灭了。我当然没有与他共事的幸运，但听许多人谈起过那段虽然短暂但差点令整个协会分崩离析的艰难时期。最后……呵，你注意到我附在邮件里的那些照片了吧？"

我不知道她为什么突然提起，答道："你是指每个人胸口的那块疤痕？"

"那是爱略特。"

"什么意思？"

"我们的生物技术在 20 世纪 60 年代已经达到了很高的水准，足以保持爱略特躯体的活性，不是常见的遗体不腐处理，而是近似于植物人，割一刀会流血，也会慢慢愈合。当然这需要耗费代价，但对喂食者们，这是值得的。从那时起，每个喂食者都会在心口移植一块爱略特的皮肤，他们觉得，爱略特与自己同在。在那之后，这成了传统，每个新加入的喂食者都会进行这项小手术。当然，实际上由于排异反应，大多数情况下植入的皮肤会被排斥，经过一段溃烂期后最终被自己的皮肤取代，不过既然这已经变成一项仪式，实际效果怎样并不重要。"

"喂食者"这个词我连续听王美芬说了好几遍，但总听不明白到底是哪几个字什么意思，就直接问她。

"爱略特喜欢养狗。他常常说，训狗的关键就在于喂食，什么时候喂，用什么方式喂，从这个意义上说，我们正在做的事情，是让自己成为全人类的喂食者。所以，当这个团队越来越庞大，需要一个正式的名称时，就有了喂食者协会。"

成为人类的喂食者，我不禁打了个冷战。这是要把全人类当成狗，随便喂点东西，想让它摇尾就摇尾，想让它转圈就转圈啊。

"所以你、朗克凡、侯冠还有其他名单上的人，都是喂食者？"

"是。"

我慢慢站起来，最远处长椅上本有一对抱着啃的情侣，因为我们的到来早已悄然离开，现在这个小公园里，就只有我们两个人了。

王美芬依然坐着，她的坐姿很正，显示着她严谨的个性。她看着我后退了一步，微微侧头，以示疑问。

"你通过愿望满足器，一步一步引着我看见喂食者协会的轮廓，我不知道这到底是为什么，是我对席磊的兴趣，对愿望满足器的调查引起了你们的注意？你刚才说了太多太多，多到我都不太敢接着听下去。这些对于喂食者协会之外的人，应该全都是秘密吧，哦是的，你刚才说过，这一百年来人类最大的隐密，你们正在把全人类训练成一只听话的狗，而且差不多成功了，是吧。"

我一边说着，一边用眼角余光和耳朵观察周围，从刚才我就一直在注意着，但那对情侣走后，确实就没有其他人了。树叶在风中一阵一阵地响，这平静夜晚的寻常声音，现在听来却危机暗伏。尽管我什么都没有发现，但是一路走来王美芬表现出的无所不知，让我觉得一切都在她的掌控之中。

这感觉糟透了。

哪怕还有许多疑问没有解答，比如他们为什么会弄出个愿望满足器，为什么会送给席磊，又为什么会在愿望满足器上给我追查的线索。相信只要耐着性子听下去，这些疑问大多会得到解答。但我不想跟着她的节奏继续听下去，我得打乱她！

就像是一只被粘在蛛网上的飞虫，总要鼓起翅膀，最后挣扎一下。

"你对我说了这么多秘密，我想，我只能有两个选择了，要么死，要么加入你们。那么，到底是哪一个呢？"

说完这句话，我全身的汗毛都炸了起来，双腿和双手的肌肉不自禁地颤动，我告诉自己要准备好面对任何可能的突变，哪怕是袭击，然而身体的实际反应却是如此的虚弱。

王美芬长久的沉默。

　　凝固的十几秒钟。

　　然后，她忽然笑起来。

　　"不。"她说，"我之所以向你说这么多，是希望你能帮助我。"

　　她站了起来。

　　"帮助我，摧毁喂食者协会。"

第六章

钓鱼岛

Chapter 6

在很多文学作品里，这样的时刻会被形容成命运之相逢。夜幕下，两个关键人物的谈话，承诺，合作，然后改变了世界的进程。

摧毁喂食者协会？

说实在的，这话从她嘴里出来，我并没有大吃一惊。我想过这种可能，至少在潜意识里。

但当我真的听到，恍恍惚惚间一阵窒息。刚才王美芬罗织出的喂食者协会的轮廓，忽然来到面前。它来自细碎的风里，来自凌乱的树影间，来自时有时无看不清面目的夜行人，来自稀薄的路灯、惨白的月色和脚下沉默的土地。它是山一样的固体，随着那句话，从黑暗里显形，停在离我鼻尖一厘米的地方，抽干了我和它之间所有的空气。

然后它又消失了，退回黑暗里，化身整个黑暗世界。但刚才一瞬间，那种梦魇般动弹不得的无力感，已刻在我心里。

是预感么，提醒我将会面对的，是个怎样的存在？

"帮我摧毁喂食者协会。"王美芬又重复了一遍，"这听起来是个不可能完成的任务，你一定也很奇怪，为什么会找到你头上。"

我重新在椅子上坐下。

"我从不过低估计自己的能力，如果你知道我之前的经历，应该会认同。但不管我再怎样高看自己，也不过是一个运气好一些的、想法多一些的、见识广一些的人而已。而且我年纪越大，胆子越小。也许你找错了人。"

"是你先找我的，不是吗？"王美芬一笑。

想起对愿望满足器许的愿望，我不禁哑口无言。

"其实，虽然是你先找我，但在那之前，我就一直在找你。"

"找我？听起来你像在说找一个拯救世界的超人，我可不觉得那是我。"

"不，我的确一直在找你。我不知道你是谁，叫什么名字，但我知道一定有一个人能帮助我，我要做的，就是把这个人找出来。所以，看起来是你先找的我，其实，是我先找的你。"

"你把我搞糊涂了。"

"呵，因为你刚才急于知道我的来意。"

我摊了摊手："哦好，我现在很有耐心了，如果刚才打断了你，请你继续。好让我明白，为什么既是我先找了你，又是你先找了我，这明明是个逻辑悖论嘛。"

"到爱略特晚年时，喂食者协会实际上已经变成了一个极具势力的组织。这是最优秀的头脑和几乎无限的金钱和资源的组合，在半个多世纪的发展之后，协会对于整个世界的潜在影响，已经超越了任何一个财团势力，包括杜邦。"

听到这里，我心里又是一凉，从爱略特死到现在，可又是半个世纪过去了啊。

"当时，协会所涉及的学科，都已经走到了全世界的前面，一直持续到今天的新血计划，就是那时开始的。协会开始渗透乃至收购权威学术刊物，进入相关学科重大奖项的评选委员会，给吸收新血创造条件。包括你注意到的两年一次聚会，你可能无法想象，一群像我这样或者比我更优秀的人，开诚布公毫不保留地进行讨论，对各自的好处有多大。看起来学科不同，但能触类旁通，呵，我们十几年前讨论过的东西，可能正是现在协会外顶尖科学家的远期课题呢。啊哈，扯远了。"

"我明白，这种聚会产生的'化学效应'，足以令你们的研究速度比其他人快许多。而你们本就领先一程，所以只要方向不错，喂食者协会与正常人类文明的差距，会越拉越大。不过你们为什么要分成两组，分奇数年和偶数年分别聚会呢？"

"因为成员太多。"

呵，有时候看起来复杂的问题，答案却简单得出奇。

"我们已经跑远了，我想说的是，在爱略特晚年，虽然协会取得了巨大成就，而初步的模型也成功建立，但离成功依然遥不可及。你知道是谁改变了这一切？"

我摇头。

"我这样的人。"

我拧起眉，从之前的交谈看，王美芬不像是个口出狂言的人啊。随后我反应过来："计算机？"

"对，20世纪五六十年代，计算机技术高速发展，协会意识到，离终点的路缩短了。自那之后，协会开始在计算机方面投入资源，吸收相关人才，一直到今天，你们能看到的全世界超级计算机的排名，都漏了一个零。"

"零？什么意思。"

"第一名、第二名、第三名、第四名……但在一之前，始终漏掉了一台，你可以把它看作是隐形的第零名，全世界最快的计算机，当然是协会的计算机。到了20世纪70年代，协会的计算机专家开始把模型程序化，但一直到差不多1980年，后来被外界称为复杂学的综合学科的出现，才终于完成了第一代的托盘。"

"托盘？"

"呵，我们是喂食者，把整个人类社会当成被喂食的狗，托盘就是盛着食物的盘子。"

"很合适的比喻，所以托盘就是一段程序，我想今天的托盘，已经可以称为人工智能了吧。"

　　"今天的托盘，已经是虚拟电子世界里的庞然大物了，它不仅在第零号里，更存身于整个网络中。说到网络，这是最终使托盘完善的关键。在互联网出现之前，喂食者协会已经完成了绝大部分的理论和硬件准备，但软件却怎么都跟不上。好比他们掌握了一套公式，只要往里填数字，就能得到答案，但数字从哪里得来？说得更具体点，在一些千人团体实验中，托盘的表现很好，但这是在搜集了实验团体详细个人资料的基础上达成的，中国有句古话，知己知彼，百战不殆，可喂食者协会势力再大，又怎么可能搜集全人类的个人资料呢。没有这些基本资料，托盘就是无本之木、无源之水，样子货而已。而网络，把这最后的问题解决了。"

　　说着王美芬微微一笑："刚才这么一路走过来，从药店到那个跑步的人，是不是让你很惊讶？"

　　我点头。

　　"说穿了也简单。既然我要来见你，就顺便准备了点能镇住你的东西，方便让我们的对话进行得更顺利。那我是怎么知道的呢，以你的口腔溃疡为例，也许你没有告诉过别人，但今天上午，你在网上搜过口腔溃疡该用什么药。任何网络活动都会留下痕迹，只要有足够强大的系统，就能够查清楚你的一举一动。网络是个广义的概念，包括任何与网络相连的设备和数据，比如街上的摄像头——高架上的、街角的、小区里的甚至ATM机边的，只要存放资料的终端没有以物理的方式和互联网彻底断开，托盘就能查到，而且你知道，现在大多数人的电脑上都有摄像头，手机上也有，呵。"

我开始有些明白了，但这明白反让我更毛骨悚然。光是公安系统的摄像头，就已经遍布城市的每个角落，再加上小区的、银行的和其他一些系统的摄像头，如果这些都能被统合起来，那世界上还有秘密可言吗？更不用说操控电脑和手机的摄像头了，如果植入一种先进的木马程序来操控这些摄像头，你以为自己在写作在聊天在看片，但电脑的摄像头无声无息地开启了，哦，我的天！

"摄像头只是一个方面，只要是网络到达的地方，就都在托盘的视距之内。现在很多人通过看朋友的微博关注、转发、留言回复，都能够推断出很多隐私，那么像托盘这样一个超级智能，知道你的电话、短信内容、留在民政公安等部门的档案、读书时的成绩、购物记录、上网的一切痕迹、朋友在网上聊天时提到你时的评价……总之任何你能想到的和你有关的数字化的东西，你是不是有种赤身裸体的感觉。"

"这哪是赤身裸体，这已经完完全全透明了。怪不得你会知道药店老板今天在店里睡，怪不得你会知道跑步男人的家事。对托盘来说，这根本不是秘密，而是明摆着的事。"

"对，我请托盘给我准备几条能镇住你的私人隐秘，那个男人每天这个时段会出来跑步，走对路线碰上的概率很高，其实除了他之外，我还准备了两条可能碰见的路人的隐私。"

"所以你准备了五个，结果用上了三个，我、药店老板和跑步男。"

　　"是的，拿出实际的证据，总比空口白话来得有效。当然，托盘进化到今天的地步，不仅需要计算机技术进步和网络的发展，更需要开创性的领先于时代的算法和拟人化乃至超人化的人工智能成就。最后一次进化，是在去年完成的，也直到那时，整个喂食者计划，才进入了最终阶段。"

　　"最终阶段？"

　　"是的，经过了一百多年上千位各学科的顶尖人物，数十代计算机硬件和软件的变更，现在爱略特的梦想已经近在眼前。可以说是万事俱备，只欠东风。"

　　"东风是什么？"

　　"科学么，无非大胆想象，小心验证。现在协会最主要的工作，就是对托盘进行测试。而这，就是愿望满足器的来历。"

　　"愿望满足器实际上是为了测试，这么说，不只有一个愿望满足器啰？"

　　"那是当然，这是大面积的测试，你可以把它看成是网络游戏的公测阶段，呵。光中国，就投放了一百多个愿望满足器。当然不是所有的愿望满足器都会发挥作用，有些获得者把它丢在一边，也有一些则提出诸如长生不老之类的不切实际的要求。"

　　"但这样不是风险很大吗？被发现的概率太大了吧，比如有人到网上去说我拾到了一个神奇的愿望满足器之类，或者交到政府有关部门的手里，对你们也是很大的麻烦吧。要测试托盘的能力，你们自己提愿望来测试不就可以了吗，为什么要把无关的人卷进来呢？"

"刚才我用公测来比方，那么你所说的我们自己提愿望给托盘就是内测，已经进行过了。内测之后再公测，是因为如果就只有我们这些科学工作者来提要求，总有局限性，缺乏多样性。很多普通人的要求，是我们怎样想不出的，比如席磊的第二个要求。至于你所说的风险，这当然是我们的第一考虑。所以，我们投放愿望满足器的对象，都是经过托盘评估，在安全范围内的，不会有麻烦。你说的那些可能把事情曝上网或者交给有关部门的人，早被托盘排除在外。要知道判定一个人的性格和行为模式，是托盘最起码的能力。"

我笑了，拿手指着自己的鼻子说："既然托盘无所不知，那么为什么会有我？我因为冯逸的死而介入进来，开始对愿望满足器展开调查，这对你们来说难道不是麻烦吗？就算没有你提供的线索，我相信凭我的独立调查，或早或晚，总能知道真相。"

"是吗？"

"呵。"我耸了耸肩，其实心里却觉得未必如此。就算王美芬把朗克凡他们的裸上身照片发给我，我也猜不出那相似的疤痕竟是移植别人皮肤后的痕迹；把朗克凡他们两年一次的会议伪装记录发给我，我也只能推测出他们同属于一个组织，怎么都没胆猜到这世上会有喂食者这样一个堪称宏伟的计划。没有王美芬帮忙，我自己还真不一定能查出多少东西。

但我的疑问并没有错，哪怕查不出，只要我不断地查，对托盘来说，就是有危险的。既然托盘能把我在面对冯逸溺水时的反应都能算到，怎么可能推算不出我有极大的可能性一查到底？当然这前提是，托盘要预料到席磊可能提出这样的愿望，那么在实施这个愿望的过程中，才会把我牵扯进来。听上去很玄，但托盘既然要成为盛放食物的托盘，这种不可思议的预料，却是一切的基础。做不到这点，就休谈其他。

"你对自己很有信心啊。你说得没错，席磊并不是一个足够安全的测试人选。"

"那他为什么会收到愿望满足器？"

"因为他本就不在托盘的安全大名单里，换而言之，他在公测人选之外。"

"他……所以是你？"我醒悟。

"的确是因为我。我向托盘提了一个愿望，就是摧毁喂食者协会。而托盘让我做的事，是把愿望满足器给席磊。托盘向来只会告诉你第一步是什么，至于做完第一步后，会引起怎样的连锁反应，最终达到目的，这中间的过程，是无从查阅的。所以，当我私自把一个愿望满足器送到席磊的手上后。能做的就只是一边等待一边观察。直到你通过愿望满足器发出那个愿望，我问自己，这是不是一个有利于我的变化，这个变化是否在托盘的预计中，是整个计划中的一环。于是我开始查你的过往资料，才发现你的那些传奇经历，这让我有了八成的把握，托盘之所以要我把愿望满足器给席磊，为的就是把你牵扯进来，让你帮助我。慎重起见，我没有立刻和你见面，而是给了你那些信息。一来想看看你的表现，别误会了托盘的意思；二来喂食者协会的存在和目标太匪夷所思，由你自己一点点调查出来，要比我空口白话告诉你，更有说服力。"

我皱了皱眉，心里一阵不舒服，要看我的表现，好似我是一个还在考察期的新进员工。

"我想知道的是，身为喂食者协会的一员，你为什么想要摧毁整个协会。这个协会给你带来了很多好处吧，难道他对你们有什么苛刻的约束吗？"

"不，除了不能泄露协会的情况，没有什么其他的约束了，而从协会中获得的资源，却是非常充足的。至于我为什么想要瓦解协会，就和你为什么要调查愿望满足器，是一个道理。"

我眉梢一挑，却不接话，等她自己说下去。

"当你发现，自己只是席磊达成心愿过程中的一环时，是什么心情；当你意识到，自己的关键时刻的反应，竟然早在别人的预料中，是什么心情？"她问我。

我叹了口气。

"喂食者计划的最终效果，是要达到牵一发而动全身，把全人类多米诺骨牌化，就等于控制了全世界所有人的命运。没有人喜欢被控制，如果索性不知道，还能浑浑噩噩过一辈子，即便成为某个多米诺骨牌序列中的一环，也会以为是自己的自主选择，就比如你选择不救冯逸那样。"

听到这里，我想苦笑，却笑不出来。

"可是，一旦你知道这世界上有个喂食者计划，有个喂食者协会，就会浑身不自在。我不知道协会里还有没有人和我一样的心思，或许只有我一个。因为这毕竟是一个伟大的科学成就，人类文明史发展到今天，再没有哪一项能与之相比。能参与到这项研究中，本身就是最高的荣誉。在这样临近成功的时刻，恐怕每一个参与者，都像打了鸡血似的兴奋得发抖吧。"

王美芬用嘲讽的口气淡淡说着。

"我也曾经是发着抖的一个，觉得自己的名字，将永远刻在人类文明殿堂上。科学家固然是最聪明的一群人，但也是最单纯最幼稚的一群人。至少其中的绝大多数是。直到有一天，我忽然问自己，整个喂食者计划就要成功了，那么成功之后呢？在去往成功的路上，大家都埋头研究，被伟大梦想激励着不想其他，可是成功之后，这一百多年许多代人的努力成果，会被怎样应用？当我一旦想到这个问题，就知道，成果当然是要被应用的，被协会最核心的那些人应用，而应用的结果，就是包括我自己在内的人，都成为了骨牌，成为了被喂食的狗。"

她沉默了一会儿，问我："这个理由够不够？我希望得到你的帮助。完成喂食者计划无疑是一个伟大的成就，但无论怎样的成就，都不值得用全人类的命运去换。托盘指引我找到了你，从你近来的一系列表现，我有理由相信，要想摧毁喂食者协会，你是不可缺少的一环。或者说，关键先生？"

"我拒绝。"

"什么？"王美芬有些讶异，但依然保持着镇定。

"我拒绝。"

"可是从你过往的经历和你的性格来看……"

我打断她说："别扯这些，我拒绝是因为你不够坦诚。你可以通过托盘获得情报，而我则对你们一无所知，在信息严重不对称的情况下，如果你还不坦诚，那么……呵，或许我真的是不可缺少的一环，但这并不意味着，等我这一环用过之后，我还能活着。如果要从死亡和偶尔被控制一下命运之间选择，我当然会选前者。"

王美芬竟然笑了。

"是么，你是怎么觉得我不坦诚的？"

"你想要反抗，或者用你的话来说，摧毁喂食者协会，理由并不足够充分。别和我说不甘心命运受控制之类，这当然是个好理由，但有的时候，我更相信自己的直觉。我就觉得这里面不踏实。我不知道喂食者协会的结构怎样，也许如你说的有一个核心圈，而你是外围，可我呢，是一个纯粹的局外人，我们的处境是完全不同的。打个不恰当的比方，核心圈好比中南海，你就是直属部委，一样属于决策层。我这样的老百姓会觉得身不由己，你是喂食者协会的成员，即使有类似的感觉，也不会和我一样强烈。"

"有些道理。"

"更重要的是，你最初通过愿望满足器只给了我朗克凡一个人的名字，你说那是因为不确定我是否是蝴蝶效应里不可缺少的一环，这理由我能接受，要颠覆喂食者协会这个庞然大物，再怎么谨慎都不过分。可是，你的态度突然改变了，节奏乱了，这背后必然有原因。为什么你第二次一下子给了我这么多名字，为什么在我今天刚和侯冠见面，取得了突破性的进展之后，你就立刻来找我？你加速了，是什么在背后推着你加速，而不像最初那样，给我一个名字，慢慢等着我一点一点去查，然而在旁边观察我呢？"

王美芬的微笑不见了，她收紧了腿，身体前倾，变得非常严肃。

"你今天从侯冠那里取得了突破性进展？"

"我把他灌醉了，他透露了自己和朗克凡他们属于一个秘密组织。但他没来得及说更多，就倒了。"

"所以他知道你在调查他了？"

"如果他醒来还记得的话，是的。你的意思是，他会把我对喂食者协会的好奇汇报上去，我会因此而有麻烦？"

"当然，你以为喂食者协会的组成仅仅是几百上千个科学家吗？一百多年，两次世界大战和冷战，多次局部和全球的经济危机，多次地区战争，协会遭遇过多少次麻烦，却至今没让CIA、克格勃和摩萨德抓住过尾巴。光靠科学家可干不了这些，需要各种各样的手段。我想你明白我的意思。"

"听上去你很关心我的安危。不过让我们先回到之前的问题，所以，你也并不是因为我有了突破性进展后可能会遇到危险，才等在我家门口的。那是什么原因让你决定突然表露身份？"

"我只知道你今天约了侯冠见面。托盘虽然无所不知，但也有一定的滞后性，更何况我不是托盘，我也没有权限，我只是一个……黑客。你说得没错，除了不甘心命运被控制之外，还有另一个原因，最终令我下定决心。但我从未想过要瞒着你，事实上你不提出来，我接下来也会告诉你，因为那正是我们现在要面对的问题，大问题。"

"我们？和我有关吗？我可没答应和你共同面对喂食者协会。"

"当然和你有关，不仅和你，和我，和每个中国人都有关。在托盘的最后公测阶段，愿望满足器只占测试内容的二分之一。愿望满足器是投放到个人手中的，个人提出的要求，通常是作用于个人身上，比较简单。所以测试的另一部分，是对复杂要求的测试。往小说，是涉及某种经济态势，比如股市、区域楼市等；往大里说，涉及整个国家。公测在世界各地不同的文化区域里同时进行，而每个区域，除了投放一定数量的愿望满足器之外，都会进行多至三个少至一个的复杂测试。所有的协会成员，都可以出复杂测试的试题，但最后选哪个，则由托盘随机抽取，普通的成员无从得知。托盘的最后一次进化，我的参与度很高，所以偷偷取得了托盘的一些边缘权限。"

说到这里，她微微有些自得。所谓偷偷取得，当然是黑客手段，能黑托盘，哪怕只是些边缘权限，也足以说明王美芬的能力了。

"我查到了一次已经成功完成的区域复杂测试，在埃及。"

我心头迅速掠过了埃及近来发生的重大事件，脱口而出说：

"难道是埃及政变？"

"对，那个复杂要求，就是埃及民主化。你知道托盘给出的第一条指令是什么？"

"第一条指令？就是第一个动作？蝴蝶翅膀的第一次扇动，那一定是一件微不足道的小事喽，但你既然这样问我，代表我应该知道那件事。"我一边说着，一边在心里梳理埃及政变的前因后果。

"埃及政变的导火索是突尼斯政变的成功，而突尼斯政变的导火索是……那次自焚？"

突尼斯政变，戏剧化的程度史上罕见。其源头当然是民众经年累月积累下来的对当局的不满情绪，但点燃这情绪的，却是一件相对极微小的事。那是去年 12 月，一个在突尼斯南部西迪布吉德地区的市场里摆水果摊的青年布阿吉吉，被城管查了，竟怒而自焚，最终抢救无效在医院死去。不满城管的人们走上街头抗议，进而引发骚乱，骚乱扩散到全国，最终导致执政二十三年的独裁总统本·阿里下台。这样一宗由城管查水果摊引发的政变，本身就被媒体称为蝴蝶效应的政治版典范，所以我很容易就想到了。

"是的，就是那次自焚。第一条指令，是关于当天的一名执法者的，他因此才会在那一天去那个市场。我并不关心埃及怎样，当我查到这一切的时候，我突然想，大中华区域的复杂测试，到底是什么呢？"

想到王美芬刚才说的，和每个中国人都有关之语，我有了很不好的预感。

"于是我想尽办法，终于查到了中华区的复杂测试的具体内容。你知道么，被抽中的这条试题，是一个日本生物学家出的。"

"日本人？不会是重建大东亚共荣圈之类的混账要求吧。还是和七三一生化部队有关？"

"那倒不是。"

她叹了口气，我越发地紧张起来。

"是钓鱼岛。中华区的复杂测试，是中国政府放弃钓鱼岛。"

"操！"我忍不住骂了一句脏话。

"所以，你明白了？"

"但这怎么可能，中国政府怎么可能放弃钓鱼岛，退一万步说，即便政府有这个想法，在滔滔民意面前，也不可能实施啊。"

"正因为想不到任何可能，所以才觉得可怕啊。"

"战争？通过战争吗？"

王美芬摇了摇头，也不知是不认同，还是不希望，她看着我，说："那么现在呢，你答应帮我了吗？"

"我还有别的选择吗？"

"当然没有。"

我以为她指的是，作为一个中国人，不可能看着领土有被分割出去的危险，还无动于衷。

然而她却说："托盘永远是对的，既然把愿望满足器给席磊是为了把你牵扯进来，那么你当然会帮我，即便你刚才说拒绝，我也从未担心过。"

这种托盘永远正确论，消极得让我心里直堵，便问她："如果托盘永远正确，那么中国的复杂测试一定会成功，我们还怎么想办法阻止钓鱼岛被分割出去，是不是我们做任何的努力，都在托盘的计算之中，反而成为帮助钓鱼岛分割的助力呢？你有点太迷信托盘了吧，它真的永不犯错，那么还要公测做什么；况且席磊的第二个愿望，虽然他有机会达成，但毕竟他自己放弃了。严格来说，这不能算是完美达成愿望吧，事实上他并没有和那位交往。"

王美芬想了一会儿，点点头，说："希望如此。真是可笑，我现在居然要寄希望于托盘的错误上。"

"并不是寄希望于托盘的错误，而是我不相信，托盘真的能掌握所有的命运，至少我们还有挣扎的余地。另外，我想到了一个矛盾的地方，你的权限是通过黑客手段获取的，以这种权限向托盘提出的愿望，和正常的权限有没有优先级的差别？因为既然你的愿望是摧毁喂食者协会，托盘根据你的行为模式，能不能预测出你会偷偷查看大中华区域的复杂测试题，能不能判断出你对测试题持怎样的态度？应该可以吧，在这种情况下，他回应了你的愿望，是不是意味着在给出指令时，已经把怎样阻止'中国政府放弃钓鱼岛'考虑进去了呢？那这不是自相矛盾吗？"

王美芬用阴郁的口气说："并不自相矛盾，我提出的愿望是摧毁喂食者协会，谁敢说催毁协会和破坏协会的一个区域测试之间有着必然的联系呢？但这也不意味着分割钓鱼岛是不能阻止的。愿望和愿望之间是有优先级的，但优先级和权限无关，只和提出愿望的时间有关。托盘的原则是，如果后提出的愿望和先提出的愿望有冲突，在没有任何回旋余地的情况下，后一个愿望优先。"

她的意思是，如果要达成摧毁喂食者协会这个愿望，必然会和中国政府放弃钓鱼岛这个愿望冲突，那么破坏中华区测试是有希望的。但到底是否一定冲突，除了托盘，谁都不知道。而不论是我还是王美芬，也都不可能赌咒发誓说，如果不能阻止，就不去摧毁喂食者协会了。一面是中国几平方公里的土地被分割，一面是全人类的命运被掌控，孰轻孰重，总还是能分出来的。

当然，对于我们来说，只要有一点希望，就会全力阻止。就事情的难易程度来说，如果连一个中国区域的测试都无法破坏，难道还能摧毁喂食者协会这个科学怪兽吗？

我在心里做了一番自我激励，却忽然意识到王美芬刚才话里透露出的一个信息，急着问道："你的意思是中华区的测试在前，你提出摧毁协会的愿望在后，也就是说，让中国政府放弃钓鱼岛这个测试，已经在进行中了？"

"是的，早在几个月前就已经开始了。这一类的复杂测试和针对个人的愿望满足器测试的最大不同在于，由于要达成目标需牵扯的方方面面太广泛，单一的推动力很难直达最终结果，所以托盘往往会给出两个或两个以上的指令，每个指令产生的影响力复合在一起，混合发酵共同起作用。而不像针对个人的愿望满足器，通常只需一条指令就能达成愿望，以席磊来说，完成第一个愿望只要换一盆水，完成第二个愿望只要打开一个邮箱。可是埃及民主化，托盘就先后给出了三次指令，执行第一个指令促使布阿吉吉自焚，点燃突尼斯政变的火种，执行第二个指令促使突尼斯的政变蔓延到埃及，执行第三个指令促使埃及军方统一意见放弃支持总统穆巴拉克，最终导致政变成功。所以，尽管关于放弃钓鱼岛的第一个指令早已经被执行，但托盘一直没有给出第二个指令，让我觉得还有一点时间。"

我深深吸了一口气，问："现在，是不是托盘已经发出了第二条指令，所以你才不再等下去，急着来找我？"

"是的，这意味着分割钓鱼岛计划的执行已经进入了第二个阶段。也许还会有第三条指令，也许这第二条指令就足够达成目的。想要破坏的话，就不能再冒险等待了，我急需你的帮助。光我一个人，猜不透托盘藏着的计划，那需要想象力，而你，如果我看过的那些资料是真的话，呵，从托盘那里拿到的资料当然是真的，所以你就是我所知道的最富想象力的人。"

"我不明白，既然你可以查出托盘发出的指令是什么，为什么你不能直接去询问托盘，这样的指令会产生怎样的连锁反应，然后切断反应不就行了吗，为什么要去猜？"

"我先前说过，托盘只会说出第一步该做什么，而做了第一步会引发怎样的连锁反应，从不会告诉我们，这不是权限的问题，而是在绝多大数情况下，托盘说不清楚。这涉及核心模型和核心算法里应用到的复杂学。"

"复杂科学，其实我听过很多次这个名字，但从来没有真正搞明白过。"

"复杂学里最为人所知的是混沌学，这是一门非线性科学，相对于精确的线性科学来说，非线性科学可以用模糊来形容。实际上，混沌学正是由蝴蝶效应的研究而来，起初是研究一个大动力系统中的混乱变化，后来发现在生物、经济、社会等诸多领域都存在此类现象。即往往一个最简单的动作，会引发非常复杂的结果，也有时看似随机的杂乱无章的复杂结构，在某个时间点会趋于有序。混沌学就是研究此类现象的学问。"

"我还是不太明白混沌理论和托盘之间的关系。"

"如果托盘的程序是基于线性科学，那么它就会有一个十分明确的一环扣一环的流程，每一环都精确而无可替代，就像公式，代入数字就一定会有确切的结果。但这实际上是绝不可能的，以席磊换水这个指令来说，要怎么做到分毫不差的精确呢，时间上必须精确到天小时分钟秒毫秒，地点上也是如此，席磊做得到吗，没有人做得到。这是一个随时随地在发生随机事件的世界，线性科学对此束手无策。非线性科学就不一样，托盘可以知道全世界所有人的过去和现在，知道这些人的性格和行为模式，但就算他的运算能力再提高一万倍，也不可能根据这些信息，推导出一小时后这些人都在干些什么。比如甲走在路上，本该在下个街口被掉下的广告牌砸死，可是他突然去买了一杯咖啡，死的人变成了乙，而甲会突然想到咖啡，是看见面前落下鸟屎，记起了印尼的猫屎咖啡，勾起了咖啡瘾。即便托盘再怎样了解甲的性格和行为模式，都不可能预判出他在这一刻想喝咖啡的冲动。所以，如果你拿着放大镜，去看社会的每一个细节，发现都是由偶然组成的，但整个社会并未因此失控无序。托盘也是如此，它并不知道，第一个指令被执行之后，中间要经过多少环节，才能达到最终的目的。中间环节是处于混沌状态的，也许会夹杂着一些随机事件，无法预先判断，但第一个指令自会产生一股力量，推动着一切往最终的方向去。"

"你的意思像是在说，要观察处于混沌状态的中间环节，就像是量子物理的不可测，想要知道速度，就不能知道位置，想知道位置，就不可能知道速度。"

"还是不太一样。应该说，根据混沌法则，托盘只知道第一条指令如果被执行，会产生一股宏观的趋势，这股趋势会推动事情去向最终的结果，或者去向预计的中间关键节点，再由托盘发出第二条指令产生新的推力。而在这期间的任何时间点，对下一步到底会发生什么，哪一张多米诺骨牌会被接着推倒，托盘也只能进行推测。推测的准确率也许高达99%，而每往后多推一步，准确率会下降，但即使下一步就发生了1%可能性的偶然事件使得推测失准，也并不影响最终的结果，愿望依然会被实现，只是经由另一条路径而已。所以，我才会说，在中间环节的推算方面，更需要想象力和直觉，并不是仅靠全面的数据和计算力就行的。"

"所以我们现在要做的，是根据托盘先后发出的两条指令，去猜这条指令会引起怎样的连锁反应，最终达到分割钓鱼岛的结果。而且按照你说的那什么混沌原理，即便猜中了，破坏了，由第一指令产生的大趋势推力还是有可能另寻途径达成愿望？"

　　"不，托盘在给出第一指令时并没有把我们两个的介入计算进去，所以我们是变数，只要猜中，就有很大可能破坏成功。"

　　"好吧，希望如此。那么，托盘先后给出的两条指令，具体是什么呢，让我们开始猜起来吧。"我说。

第七章

无尽猜想迷宫

Chapter 7

　　湖州，浙江北部的一座小城，陆羽在此作《茶经》，蒙恬在此制笔，然而我此刻想到的，却不是那些文化事儿，而是项羽在此起八千江东子弟。因为那是动乱之源。

　　我正坐在去湖州的长途客车上，昨天上午，复杂测式的第二个动作就是在湖州完成的。我心里有种深切的不安，以至于我想起湖州这块地方，所联想到的，都是死亡、危险、混乱，以及不可知的未来。

　　所以，尽管王美芬已经把情况都告诉了我，我还是坚持自己到现场看一看。事关重大，我更相信自己的眼睛。

　　这种如坐针毡的感觉也不都来自对国家领土的担忧，自身安全当然是更直接的威胁。如果喂食者协会决心要辗杀我，我能做出的反抗用螳臂当车来形容都嫌高抬了自己。王美芬要我多加小心，但她又说，一百多年来，我并不是第一个觉察到协会存在并展开调查的人。协会毕竟是一个以科学家为核心的团体，虽然科学家偏执起来也会很可怕，但他们对待此类事件，并不会总是采用最极端的方式。

通常会根据对协会的威胁性画两道红线，如果只是起些疑心，只要对协会秘密的洞悉和影响没有越过第一条警戒红线，协会是不管的，随便折腾，所谓见怪不怪，其怪自败。一旦判断越线了，就会根据具体情况制定对策，无非威逼利诱，同时放出一些烟雾弹，让调查者自以为接触到了真相，比如把协会包装成一个密传宗教、恐怖集团、秘密财阀、极端政治团体等。若有人不为威逼利诱所动，再接着往前走，就不免触碰第二条红线，那才是肉体抹杀之时。因为这些人之前已经被引入歧途，所以哪怕抱着死的觉悟，都要把"真相"捅出来，那些"真相"也会很快被证明是无稽之谈，只能作为笑料，不会对协会造成真正的损害。

王美芬说，依她判断，我肯定还没有到触碰第二条红线的程度，但多半已经过了第一条红线，是威逼还是利诱，得协会里专门处理此类事务的拇指研判后决定。拇指是一个部门的统称，我并没有问她为什么叫拇指，因为这再明显不过。相对其他几指，拇指既丑又短，但却是最有力的。缺了拇指也许还能打打电脑弹弹琴，但绝握不了刀。

　　既然我已经从王美芬处得知了喂食者协会的真相，当然就不会再从侯冠和朗克凡这些人处下手，希望拇指能以为我就此安分，不来找我的麻烦，或者利诱一下也可，我就假意从了吧。这样美好的愿望自然是建立在我对复杂测试的破坏不会再度引起拇指注意的基础上，所以注定成不了，顶多是拖延些时间罢了。

　　我坐在一个靠窗的位置上，客车启动后，我拿出平板电脑，开始看今早王美芬传给我的资料。

　　资料是关于第一个动作的，昨晚王美芬给我讲了个大概，但一份详尽的调查报告仍是必需的。

　　第一个动作，是今年年初时作出的，具体时间是1月4日。这个动作的指令内容是，在新浪微博平台上，让一个指定用户去关注另一个指定用户。拇指（复杂测试的起始动作也由他们执行）在接到指令的当天就通过黑客手段完成了这个动作。

　　王美芬作为中国最顶尖的计算机和互联网专家，手里明面上的资源就有许多，其中甚至包括一台超级计算机的部分权限，所以即便不动用托盘，她也能用自己的技术和资源在网络世界里呼风唤雨。这份调查报告上的所有情报和分析，都是她用自己的力量完成的，毕竟每私自用一次托盘，就多一次被发现的危险。

　　第一个动作最直接涉及的是两个人，关注者和被关注者。两个女人。

　　这个动作立刻引发了一系列的变化。玩过微博的都知道，除非你是每天增加几千个几万个粉丝的名人，否则当出现有人关注的提示时，你一定会去看看那位关注你的人是何方神圣。而当被关注者跑到对方的微博浏览时，赫然发现了对方与自己老公的合影。

等她再进一步拿着放大镜逐条逐句逐字地看对方的微博和每一条评论后，终于确定，这是她老公的小三。她一直怀疑自己的男人有外遇，但她万万没有想到，这个外遇对象居然嚣张到大大方方在微博上关注了自己。

这是赤裸裸打脸的挑衅！

当然，第一个动作可能产生的反应远不止这些，在两名直接当事人的纠缠之外，还有当事人的朋友，网上留言和转发的人，只看不说话的潜水者，等等，比如一个完全不相干的旁观者借此开始怀疑自己老公的忠诚，或者另一个过于气愤的旁观者由此种下抑郁症的种子，所有这一切的变化，都有可能是通往放弃钓鱼岛这个可怕的最终目的中的一环。而这些变化，要一层层的监控、分析、排查，恐怕到了间接的第三层，工作量就会庞大到必须动用超级计算机的程度了。

幸运的是，没过多久，对直接当事人的跟踪监控就有了成效，这令王美芬松了口气。也正是因为她自认为在一定程度上，正监控着事态的变化，所以初期还能不紧不慢地对我进行"考察"。

那位自觉受到小三严重挑衅的大房，进行了激烈的反击，不仅在网上对小三破口大骂，对自己的老公也是火力凶猛。更具体的情况王美芬在资料中都有提及，甚至有不知从何而来的一些细节，但这些都不是重点。重点是，她把事情闹到了老公的公司去，颇有些歇斯底里破罐破摔的感觉。

她的老公是中海油的一位高层，再晋升一步，就是集团副总一级了。事实上，那个位置正空了一个出来，她老公是最有可能上位的三人之一。然而经过这位发飙的大妇在办公室一闹，丑闻传得全公司皆知，威信大失之下，也就绝了升迁之途。

于是，那个位置的竞争者就只剩下两个。

这两位，一位是出了名的风流中年大叔，一位是老处女式的铁娘子。原本三人中，这名姓陈的铁娘子是希望最小的，但小三丑闻一出，自动排除一位之后，不知怎么，另一个风流中年的事情也开始被大家提起。原本这算不得什么事儿，集团内部也不算是秘密，但在这样的背景下，尤其是牵出了两位集团女员工，似乎风向就慢慢地变了。

到了 2 月中旬，最终定局，铁娘子上位。

一直到这个时候，王美芬同时在跟着的线索，也都列在给我的资料中，足有数十万字之多，这还已经是精简过了的。而铁娘子上位之后，其执行的一个重要决策，让王美芬相信自己终于找到了多米诺骨牌倒下的正确轨迹，就此放弃了对其他方向资料的收集工作。

这项重要决策，和钓鱼岛有关。

钓鱼岛是钓鱼列岛八岛中面积最大的一个，也通常用来指代整个列岛群。而附近海域，则有 17 万平方公里之广。原本这个区域无关紧要，也就无所谓什么争议，但 20 世纪 60 年代末，钓鱼岛附近海域被证实有大量石油天燃气资源，自此就有了钓鱼岛之争。这实质上，是能源之争，是未来国力发展之争。

而陈副总裁的决策，就是在已经全面投产的东海春晓油气田的东面另打井探油。那位置直逼钓鱼岛。

因为那里现在实际上是日控区，所以这井得打在日控区的边缘海域，而且不是大规模的打井，只是探油，毕竟虽然那一片的海底下有油，但也不等于你随便找个地方打下去都行，其中涉及一系列复杂的测算，也常常要打几个才能确定最佳位置。

即便是这样在普通民众看起来过于小心翼翼的试探，实际上也是一次很大的冒险，这样的事情，不会被看作简单的中海油的企业行为，而是带有了极强的政治色彩。

这不是一个部级的中海油副总能独自拍板的事情，但她的上位本身就代表了国家高层的取向，所以，在她的坚持和运作下，最终竟真的得以实施了。

当然，为避免过度激化事态，避免不必要的麻烦，这次大振人心的试探举动，对普通民众是绝对保密的，对媒体也下达了封口令。而日方竟也没有反弹，虽说最终选定的探井离钓鱼岛本岛还有一定距离，但原本对东海油气田就有诸多非议的日方，这次罕见的沉默，内里必然有着许多不足为外人道的利益交换，才能有此妥协。

深海探井是一项艰难漫长的工作，这个决策出台到现在的大半年时间里，历经了选址阶段和建钻井平台阶段，到三个多月前开始打井，至今没有进一步的进展。也就是说，尚未打到油。

在这三个多月里，王美芬一直在等待着探油井的结果。在她想来，虽然日方现在保持沉默，一旦油井出油，事情未必会没有变化，极可能就是一场大风波。到时就是一场各方角力的大剧登场。而对中国放弃钓鱼岛这个最终目标来说，油井出油就是一个关键时间节点，这个节点没有出现，就不必担心事态恶化。而托盘给出第二个动作，也必然是在这个节点之后。却没有想到，第二个动作居然在油井尚未出油的时候就给出了。王美芬这才在促不及防之下，于昨夜慌忙找我说明一切。

让她失措的另一个重要原因是，这第二个动作，和第一个动作完全不同，没有任何头绪。这个动作，怪异而离奇，且没有一点可供观察到的后续反应。

若在以往，我遇到这样难以索解的困局，会感到挑战，更会因此而兴奋。此时此刻，我却只有重重的压力。

两小时后，车抵达湖州长途客运总站。我本要打车，瞥见公交车站，看了眼站牌，就改了主意，上了一辆 2 路公交，慢慢往市区里去。

我站在后车门旁，脑子里一团纷乱，似有千头万绪，还化作一片空白，只听着自动语音一站站地报下去：二环南路、港南路、红丰西路、花岛市场……就这样过了十多站，我突然听见报出"临湖桥"的站名，陡然一震，回过神来。车门在面前打开，我几乎是跟跄着跳下车去。

临湖桥，这就是我要来的地方。

确切地说，是 2 路公交临湖桥站。我当下正站着的地方，就是昨天，第二个动作发生之处。

我抬起头，便看见了第二个动作留下的痕迹。

和王美芬告诉我的并无二致。

一片黑。

一共有三条公交线路在这个站台停靠，除了 2 路之外，还有 1 路和 26 路。所以，这里有三块公交车牌。而现在，这三块公交车牌，全都是黑色的。

第二个动作指令，是托盘于昨天早晨八点十七分发布的。指令的具体内容是，于当日上午十一点三十分前，把湖州 1 路、2 路、26 路公交临湖桥站的公交车牌刷黑。这个动作，在十点四十分时，被一个收了一千元的流浪汉顺利完成。

现在才过去了二十四小时，所以公交车队还没来得及更换新的站牌。我此时看到的，是"原貌"。

被涂黑的三块站牌，就像三个黑洞，吸收所有光线，不吐出一丝一毫的信息。

第一个动作直接导致了一场家庭战争，对于观察者来说，重点很好把握。但这第二个动作，是完全开放式的，有着无限的可能性。王美芬坦言她面对这样的局面，一时不知该从何处下手。

我往四下一瞧，有个等车人也和我刚才一样，正看着全黑的站牌发愣，而三三两两过路的行人，也多把目光投注到那三团黑色上。从昨天到今天，这样的情形，肯定已经上演了无数次。

我花了近一个小时，在附近走了一圈。这站以"临湖桥"为名，不远处当然就是那座取名临湖的桥，架在一条还算清澈的河上，南岸有个咖啡厅，北岸有个茶馆，隔桥相望。这里四周多是居民小区，比如计家桥小区、宏基花园等，也免不了有些餐饮店、美发店，都是些居民区必备的店铺，总体感觉相当安静。

一圈逛完，我掏出愿望满足器，把初步的感想写下来发给王美芬。这是我和她昨晚商定的联络方式，要比用手机联系安全得多。

从初始动作到最后达成目的，中间可能会需要推倒一百个多米诺骨牌，产生一百个变化。但不管怎样的变化，都是人的变化。托盘再神奇，喂食者们建立的模型再先进再超越时代，我也不相信它可以把一切非人的因素都考虑进去，比如一只狗的哀怨，一只鹦鹉的快乐，一只被取胆汁的黑熊的愤怒。虽然这些生物的行为常常也能对人产生影响，甚至刮风下雨日晒也会影响人，但起决定性因素的，还是人的性格。所谓性格即命运，现在被很多人相信的星象学说，其最主要的一块内容，就是根据出生时间方位对应的星图，来判定一个人的具体性格，由此决定一生的命运。如果把一个人的星座命盘给星座师看，听到的最多的内容不是你今年会走运会倒霉，而是你的性格是什么样的，三十岁之后性格又会变成什么样，遇见怎样的事、怎样的人，你的性格会让你做出怎样的反应。这叫基本盘，即一生命运之基础。

所以，要破解涂黑公交站牌这个初始动作会带来怎样的变化，还是要从看见涂黑公交站牌的人身上着手。这是很简单很基础的判断，但厘清之后，接下来就算有了方向。

基于此，我给王美芬指了两个方向。

首先，是那些可能会看到公交站牌正在被刷黑的人。

看到一块已经被刷成黑色的站牌，和看到有人正在把站牌刷黑，是两个不同的概念，也会造成不同的情绪反应。刷黑站牌不是为了让某个人看见黑站牌，而是让某个人看见站牌正在被刷黑，这样读来拗口的可能性，虽然低但也是存在的。

说可能性低，是指托盘发布动作指令时的用词。它给的时间限定是"十一点半前"，这是一个时间范围，如果它要某人看见可能只持续两三分钟的刷油漆动作，那应该给出一个具体的时间点才对。除非托盘知道十一点半前会有人一直盯着站牌看，或者托盘很清楚拇指的人员配制和行事方式，能精确推算出拇指雇人涂站牌的时间。关于后一个推测，以托盘的能力似乎可以做到，但它却没有必要用那么间接迂回的方式。此外，托盘在指令中没有给出具体涂刷站牌的动作要求，如果它的目的在让人看见涂抹动作本身的话，难道不该对动作做出些限定，以便传递出去的信息更明确有效吗？

但我现在的态度，是宁可错杀一万不可放过一个。我不知道托盘的编程方式设计理念，也不知道这个人工智能是不是发展出了别扭的性格，万一它就爱用这么古怪的方式来发布动作指令呢。

关于这第一个调查方向，主要就是从拥有良好视角的人中间筛选，除路人外，就是站牌所在马路两侧房子里的人，加上稍远些高楼里正对站牌一侧房间里的人。

其次，就是第二个最主要的调查方向。

列出第一种可能性，只是为了拾遗补漏。实际上，我觉得把站牌涂黑，是针对某个十一点半后会在这个站乘车的人。

这个人应该并不每天在这里乘车，不熟悉他要乘坐的那一路车的行车线路，所以有看站牌的需求。当这个需求因为站牌被涂黑而无法得到满足，他就会改变原本的行为模式。可能他会坐错车，可能他会改乘出租车，可能他会选择步行，也可能他因此取消原本的行程。不管是哪一种改变，都是第一块倒下的多米诺骨牌。

因为原本的计划被打乱，所以这个人抬头注视涂黑站牌的时间，必然比一般人更长些，他甚至会有一些懊恼不满的表情或动作。相信这样的特征，能帮助王美芬缩小嫌疑人名单。我在附近逛的时候已经注意到了，街道的关键点上都有着路面监控探头，就只是不知道分辨率是多少，是否能看清楚站台上的人脸。

至于王美芬能否拿到监控录像，我是不担心的，大不了她就再黑一次托盘呗。只是光凭监控，是很难直接查出可疑人的身份的，至少警方就做不到这点，必须有其他的线索一起综合起来。托盘行不行呢，我看行，如果王美芬能调用托盘资源的话。

此外，指令时间是十一点半，我觉得这里面一定有提前量。那个人最有可能出现的时间段，是十二点到下午两点。如果对托盘的能力再信任一些，就是十二点至下午一点之间的这一个小时。

把以上这些条件加进去，王美芬应该能在监控中圈出些重点关注对象来。到时根据这些人生活工作中出现的变化，再做进一步的筛选。

我把这些建议通过愿望满足器发过去，很快收到了她的回复。

很好，有头绪了，等初步资料搜集出来，再和你讨论。

午后，我回到了上海。

其实，我极想走访站牌附近的店家，像一个调查重大事件的记者一样，用脚把真相一寸寸地"量"出来。这不是职业病，而是这样的做法常常有效。以这次来说，如果动作链第一人（我打算就这么称呼他了）真的在看见黑色站牌时，有什么奇怪举动的话，那么总有人会因此对他留下印象，这可比想办法去看监控录像直接方便得多。我没有这么做的原因，是拇指。

拇指是初始动作的执行者。喂食者协会对复杂测试明显要比个人化的愿望满足器测试更重视，愿望满足器上只会给出初始动作的指令，指令的执行要靠愿望满足器的持有人自己完成，协会根本不会插手，只观察过程和结果。复杂测试协会的参与度要高出很多，昨天才刚由拇指执行了初始动作，今天就有一个人去挨家挨户调查，难道不会被拇指发现吗？既然是测试阶段，那么喂食者协会一定也很关注整个动作链是怎样一环一环扣上去的，说不定类似王美芬现在做的事情，协会里有一组人专门负责呢，我这个正在第一条红线和第二条红线之间徘徊的人，就这么直愣愣地把自己再度曝光，等于是主动要求让人给自己判死刑，而且还会连累王美芬有暴露的危险。

做完下午的采访，回到报社里写稿，旁边两个女同事在讨论昨晚的宫廷穿越剧剧情，心里想着，现在电视剧越来越不靠谱，一个现代女人穿越回清朝可以让所有皇子打破头抢，宫廷戏码幼稚起来比儿童剧还幼稚，阴谋起来比谍战剧还阴谋。正默默吐着嘈，忽然之间，想到涂黑站牌未必就是针对准备在此站乘车的人，还有另一个可能性。就像谍战剧里司空见惯的在窗台摆花盆的暗号一样，把站牌涂黑，这可能代表一种特殊的含义。当这个暗号一出现，接收到的人就要去做某件事。

没错，这仿佛是只有谍战剧和谍战小说里才见得到的戏码，但所谓谍战，并不是在那逝去的战火纷飞的岁月里才会出现。现在的和平年代，看似平静的海面下，谍战其实无处不在，小到老公调查绿帽大奶调查二奶，再到公司之间的商业战，大到极端组织与国家力量之间的猫鼠游戏，国家与国家之间的政治交锋，一场又一场的谍战正在常人无所知觉时此起彼伏。

况且，暗号是一种约定。收到暗号的人和看不清站牌的乘车人最大的差别在于，后者在面对漆黑一片的站牌时，反应是不确定的，哪怕对托盘来说，是要综合了大量信息进行推测的，但前者是确定无疑的，暗号一出现，就要按照既定的方案来实施。以我这颗不了解复杂学混沌学的简单脑袋想来，以第一块多米诺骨牌的推动力来说，前者更精确、更有力、更有效。

我连忙把新想到的可能性通过愿望满足器传给王美芬，但心里毫无一丁点儿的成就感，不安反而越发地扩散，甚至颓丧起来。

因为我知道，这种可能性意味着，王美芬的工作量，会暴增到可能根本无法完成的地步。

一个需要乘车的人，突然发现要看的站牌被涂黑，看不见具体内容了，肯定会诧异，而这种诧异会通过其外在行为反映出来，最常见的就是视线停留。这就给了观察者判别的依据，起码王美芬可以排除一大半的人。但看暗号就不同了，一个间谍最起码的素质就是保护自己，绝不会蠢到长时间注视暗号标记。所以，这就变成王美芬要把任何眼神在站牌上掠过的人都放入怀疑名单。且不说监控探头能否观察到人那么细微的眼神，这该是数量多大的一个名单啊。更何况，设身处地地想，如果是我，需要每天去看一次暗号有没有出现，会怎么做，扮作路人经过？未必。在远处楼里拿一个望远镜？未必。坐在出租车上经过？有可能。坐在公交车上经过？有可能。我按住额头，见鬼，有太多种不会被监控探头发现的方式了。

王美芬回复说，我说的第一个方向她打算先放到一边，主攻第二个方向。涂抹公交站牌是为了让人看见涂抹动作本身这种可能性太小了，和为此需要投入的成本不成比例。

好吧，面对巨大的工作量也只能选择性地放弃一些了，我能想象得到王美芬看到我关于暗号的补充时的表情，这让她的工作量直接翻了几番，估计不动用托盘是无法完成的。

而这才只是查找第二个动作的动作链第一人，接下来还有动作链第二人、第三人，天知道中间会经过多少环节，然后才与第一个动作产生的后果交汇，又要经过多少环节，才会抵达终点。我们现在还困顿于动作链第一人这环上，在我们圈出嫌疑人名单，再一个一个分析排除的时候，整个动作链已经进行到第几环了呢，这样下去，还赶得上阻止吗？

我心里浮起王美芬告诉我的话，当第二个动作出现时，意味着整个反应链，已经开始加速了。

唉。

其实，关键在于看破反应链轨迹。看不破，就只能跟在后面，眼睁睁地看着骨牌一张张倒下去。不对，看不破的话，根本就看不见下一张倒下的骨牌在哪里。比如黑站牌让二十个人的行为改变，其中五人有重要嫌疑，因为人力有限，我们就只观察这五个人。但这五个改变了原有行为的人，又各自让五个人有了可疑的变化，于是到了涟漪的第二圈，我们就必须观察二十五个人，到了第三圈，数字变成一百二十五人。即便我们在这个数字里再精简再排除，到了第四圈、第五圈的时候，也一定会面对三位数的被观察者。在五圈几百个需要观察的人里，实际上只有五个人在我们想要找的那条反应链上，要是我们还不能看破未来的轨迹，也许在第六圈上就要面对分析上千个样本的局面。这是不可能完成的任务。实际上，王美芬对我的期待，就是能够避免这样的局面，用我的经验、我的想象力、我的直觉，及早地看穿反应链轨迹，知道事态究竟要怎样发展，才会在未来的某一刻让钓鱼岛被分割出去，然后一刀将反应链切断。

王美芬给了我一个网址，她会把搜集到的信息第一时间传上去，让我至少每小时上去看一次有没有新的内容下载。这就是我和她目前的分工，她主攻搜集，我主攻分析。

回到家后上网，那地方已经有东西了。

王美芬已经通过监控录像统计出，昨天中午十二点至下午六点间现场的行人总数。其中，十二点至一点间有 273 人，一点至两点间有 221 人，两点至六点间有 947 人，共计 1441 人。其中，按视线角度划分可能看见站牌的人数，是 1069 人，其中能观察到有看站牌动作的，共 465 人。这 465 人中，注视站牌超过 3 秒钟的，有 79 人。

这 465 人的分布是，十二点到一点间 97 人，注视超过 3 秒者 13 人。一点至两点间 88 人，注视超过 3 秒者 13 人。两点至六点间 280 人，注视超过 3 秒者 53 人。

刚看到这串数字我就眼前一黑，这才是监控探头视野范围内的行人，只能算是第一圈涟漪的大部分。

王美芬特意在最后注明，同时间内来往车辆内人员的调查和附近拥有良好视角的建筑物内人员的调查，因为难度和工作

量的关系，调查优先级暂排最后。

也就是说，在其他所有信息都调查完毕，并且依然没有头绪的情况下，再调查这部分。

我叹了口气，也只能这样了。

我沏了壶普洱，喝一泡，刷新一遍。

喝到第二泡的时候，新的内容来了。

是关于第一小时里，13名长时间注视站牌的行人中，5人的具体身份，生活状态概述，以及昨天他们是为了什么事情经过临湖桥的。

到这壶普洱淡至无味，我起身将其倒掉的时候，13人的全部概要信息已调查完毕。

至夜里九点二十三分，第一小时97人全部调查完毕。

至次日零点十七分，第二小时88人的情况也齐了。

这样惊人的调查速度，除了动用托盘没有其他可能。查明了十二点至两点间所有可疑行人的情报后，王美芬在报告后有两行附注。

无法过于频繁地借用托盘，现在开始必须停用一段时间。后四小时的行人调查，会很慢。

然后就再没有新的调查报告传过来，估计她睡觉去了。

慢就慢吧，现在她的调查速度，已经远远超过我的阅读速度了。一共185个人的详细情报，每人两千到四千字不等，总计超过了五十万字的情报！

这可不是能一目十行读过去的休闲小说，这是需要一字一句读进心里，再用脑子整合梳理的。

　　我一边看一边在本子上做记录，到夜里三点多时，撑不住恍惚了一会儿，再睁开眼是五点半，继续看到八点，总算看完。感觉脑袋胀得都要裂开，实在撑不住，设了个十点整的闹铃，想再睡一小会儿。可是躺在床上，种种念头纷至沓来，一个个人名来回交错穿梭，感觉过了好久，都没能睡着，只好睁眼爬起来，看看时间，却只有八点五十分。

　　洗漱的时候，闹铃响起来。我满口牙膏沫地跑去关手机，心里有些奇怪，还没到十点呀，而且难道起来的时候忘了把闹铃删掉了吗？然后才发现那不是手机在响，找的时候那声音停了，其实和闹铃声有区别，是愿望满足器。

　　刚才还闹腾的愿望满足器怎么按都不亮，没电了。

　　出去买电池吧，我也正准备出门，今天上午我打算在星巴克里喝着浓咖啡把思路理清楚。

　　小区对面就是便利店，我走在路上一直在思考那些情报里的哪些人可以排除，哪些人有嫌疑，进了超市门，却忘了是要来干什么的。使劲地琢磨，觉得大概是来买早餐三明治的，又觉得不对，但怎么都回想不起来，就拿着三明治出门去了。如果是重要的事，总会想起来的，我这么认为。

　　这是我近几年来，犯过的最严重的低级错误。

第八章

死亡丛林

Chapter 8

咖啡已经喝到第二杯。

全盘分析也是要有重点的，人脑不是超级计算机，更不能和托盘去比。在所有 185 人中，我按优先级分了几个梯次。第一梯次是第一小时注视站牌超过三秒钟的 13 人，第二梯次是第一小时剩下的 84 人和第二小时中注视站牌超过三秒钟的 13 人，第三梯次是第二小时剩下的 75 人。我比较了他们的身份、社交圈子，在第一梯次选出了有些可疑的 6 人，在第二梯次选出了比较可疑的 23 人，在第三梯次选出了更可疑的 8 人，按照比例，差不多是第一梯次的二分之一、第二梯次的四分之一和第三梯次的八分之一。

这 37 个人，怀疑点各不相同。比如有一个人是税务局的公务员，他的一个大学同学现在在浙江省社科院研究东亚国际关系，是常被请去省政府的智囊团成员。这人是第一小时里长时间看站牌的 13 人之一，虽然他和那位大学同学联系不紧密，也不知道他这看站牌的举动会怎样影响到他的大学同学，更不知道他的大学同学有无可能影响到中央对日本的外交决策（一般来说是不可能的，省级智囊团和中南海智囊团之间还有相当差距），但好歹有个研究中日关系的同学，也算沾点边。要知道，在第一梯次的 13 人里，被排除的 7 个，连这点边都沾不上。当然，这指的是直接人际关系网，如果要说到间接人际关系网，比如他老婆的同学，或者他同学的老婆，这网就大了，要这么一层层推下去，每个人都能和国家主席拉上关系。王美芬给我的情报里只包括了每个人的部分直接关系网，相信借用托盘她倒也能查出间接关系网，但估计仅是间接到第二层，那五十万字的资料怕就得膨胀一百倍，看完就得几个月。

再比如说，有一个人的表姐，恰好就在中海油工作，但和东海油气田没关系，是做政府关系的。这是不是就比前一个人更可疑些？这个人是第一小时 84 人中的一个。

还有一个人，他本来要去面试一家公司的销售职位，结果站牌被涂黑把他搞糊涂了，怀疑这个车站被取消了，结果叫了辆出租车。出租车路上发生了擦碰事故，人没事，但面试迟到了。原本他很有希望获得这个职位，因为迟到未能通过。他很沮丧地改了 QQ 签名，并且专门在网上写了篇日记抱怨这件事情。我暂时没能发现这个人身上有哪点能和割让钓鱼岛沾上一点儿边，他去面试的也是个生活类的小网站。这人是第二梯次的，第二小时里长时间看站牌的一个。我认为他比较可疑，疑点在于，他是所有 185 人里，很少有的直接被黑站牌影响到生活的人。比如之前有亲戚在中海油工作的那位，还有同学研究东亚关系的那位，看似与钓鱼岛能扯上联系，可是他们自己当天的行为并没有受到黑站牌的影响，至少影响没能明显到在情报里反映出来。也就是说，黑站牌这只蝴蝶没能扰动到他们，那些联系都是死的。所以，对于能观察到生活被扰动的人，不管怎样都是要重视的。就好比先前第一个动作涉及的两名当事人，其中之一的丈夫因此不能升迁，影响到他的同事最终上位，上位后她的一个决策才使观察者发现了和钓鱼岛的联系，对当初那个暴怒的妻子来说，这已经是间接的第三层影响了。如果当时不跟踪下去，就不会有这样的发现。

所有 37 人里，我觉得疑点最大的一个，是一个叫刘朝华的淘宝网店卖家，他自大学毕业后一直靠开网店卖外贸服装为生，是个坚定的民族主义者，多次号召和参与抵制日货的活动，砸过日本车，因口角殴打过日本游客，特意赴日在靖国神社前抗议示威，并因试图破坏靖国神社被日本警方遣返。他曾经在两年前尝试组织去钓鱼岛示威，后因联系的渔船反悔未能成行，他多次表示并未放弃这个打算，正在酝酿一次新的保钓行动。

不要觉得他是一个反日者，就不会对割让钓鱼岛起到推动作用。很多事情，是有反对才有争端，有了争端就会激化矛盾，激化后事态朝什么方面发展，就很难说了。

刘朝华是第三梯次 75 人中的一个。他在下午一点三十五分左右，搭乘 1 路公交至临湖桥站下车，抬头看站牌的时候，足足愣了差不多十秒钟，然后他走到路对面福利彩票站买了一张彩票，等到下一辆 2 路公交后上车。临湖桥站是他转车的中转站。

他在看黑站牌的十秒钟里，一定想到了些什么，之后才会去买彩票，必然是受此影响。也就是说，他被扰动了。爱买彩票的人很重视所谓的灵机一动，但他买的彩票，开奖还要再等几天，是否中奖，现在还不得而知。如果中了大奖，那么他生活的变动可就大了。此外，那十秒钟内所思所想，除了让他去买彩票，还会不会有其他影响呢？比如令他对某个困扰许久的问题做出选择？究竟如何，需要进一步的观察。

第二杯咖啡见底，我总算把这些梳理清楚，并且做了厚厚的笔记。这时，我实际上处于相当痛苦的状态。大脑长时间的高速运转，不是两杯咖啡可以解救的。现在精神一下子松懈下来，感觉太阳穴一跳一跳，几十个人名在脑袋里钻进钻出，无数道人际关系线时隐时现，一勒一放的，松时仿佛飘浮在满是垃圾的太空，紧时脑袋都似被勒成三截。

放松放松，我一边揉着太阳穴一边对自己说，然后想起事情还没做完呢。

我要把对这 37 个人的判断告诉王美芬，看她有什么意见，如果没有，就要由她对这 37 人进行更细一步的调查，并跟踪他

们的生活变化。

我拿出愿望满足器，心里想着还是要约她见次面沟通，至少是约个电话，总之不可能通过这个玩意儿传达那么大的信息量。看见愿望满足器黑屏，才记起了先前进超市到底是为什么。

我想着自己是不是提前进入了老年痴呆，低笑一声，起身离开。还未出门，手机响起来。

陌生号码。

现在骗人电话骚扰电话泛滥，越来越多的人习惯于不接陌生号码，我的许多朋友就是这样，但作为一名记者，我还是得每个电话都接，免得误事。

"喂，哪位？"我问。

"是我王美芬。还是有点不放心，找了个临时号码打给你。不过听你口气好像没什么事情。"

"什么叫没什么事情，你不知道我连续工作了多久。现在我整理出了 37 个可疑的人，正要和你……"

"等等。"电话那头的语气变了，打断我说，"你没收到我的信息？"

"没有，那玩意儿没电了，我还没来得及去买电池。"不堪重负的大脑慢了一拍，直到这时，才开始反应过来，她说的第一句话好像是在关心我的安全似的。

"你……你现在在干什么，你在哪里，你……"王美芬的语气变得非常紧张，甚至急促到略有些结巴起来。

"你回头，你在哪里，呃，你走回头路！"

"我在星巴克里正要出去买电池呢，你是说让我再回去？"

"不，你做一件随机的事情，最好是做一件你正常状态不会做的事情。"

说完这句话，还没等我有什么反应，王美芬深吸了一口气，用更快的语速，说："现在你处于非常危险的境地，随时可能会死。因为拇指要你死。"

"因为拇指要你死。"这句话她飞快地重复了两遍，把我震得摇晃了一下，几乎摔倒。

不是说我还没有碰到第二条红线吗？

"这次拇指不会自己动手，他们以你死为目的，向托盘提出了请求。我不知道托盘什么时候会给答复，通常这样简单的要求会很快，我也不知道拇指会在什么时候完成第一个动作，但拇指的手脚也一向很快。最关键的是，因为你没收到我给你的预警信息，所以从今天早晨开始直到现在，你的行动都在正常轨迹内，没有一点变化。如果你一直这样下去，一定会死！"

我站在星巴克的门口，外面的阳光晃得我眼睛疼，一时之间，我竟觉得危险无处不在。阳光、空气、每个行人、慢慢开过的汽车、身处的建筑和看不到的身后，没有一个让我心安。

"托盘能算到我把这个消息捅给你，所以我帮不了你，不能给你实质的建议，只有你自己才能救自己。用你的直觉吧，这时候千万别用逻辑判断，你算不过托盘的。总之，要打破你现在的状态。"

她挂了电话，我驻足在星巴克的门口，感应门保持着开启的状态，迈一步是出，退一步是入，但我一时间进退两难。

做一件正常状态下绝不会做的事情？打破现在的正常状态？但如果托盘能算到王美芬会给我预警，那它能不能算到王美芬会给我这样的建议呢？

当然能。

所以托盘知道我会做一件正常状态绝不会做的事情？

如果我现在一切照常呢？是不是也会被托盘算到？

我想到王美芬的告诫：别用逻辑判断，你算不过托盘的。

那该怎么办，凭着感觉走？但如果托盘以我之前人生所有的行为模式为基础，能判断出我此时此刻，凭着感觉会怎么做吗？所谓感觉，还不是被自己的习惯、人生经验和思维模式所左右的吗？

思来想去，仿佛我不管怎么做，前进还是后退，出门左转还是右转，都会落入托盘的彀中。

先前作为一个观察者研判托盘的算计时，只觉得毫无头绪，处处都是可能，但还没有切肤之痛，比起现在，那真是轻松得很。如今知道了自己正在被托盘算计，那庞大的无处不在的阴影，立刻压得我喘不过气来，往何处走都是错的，任何一个念头都是会被猜到的，这种感觉，简直能让人逼疯？

也许把我逼疯，正是托盘的计划？

我给了自己一记耳光，引得店内人人侧目。我却不管这些，一边脸热辣辣地痛，正提醒了我自己此时此刻还活着，能痛能哭能笑，下一刻能不能活，且看自己是不是能赢托盘一局。

就当是个预考吧，如果我连这都破不了，怎么有能力破解割让钓鱼岛这个复杂测试呢？

我哈哈一笑，出门而去。

一脚踏出门的时候，我抛了个一元硬币。

硬币翻飞，撞在墙上反弹回来，掉在地上。

我低下头，见它已经被经过的一个年轻人一脚踩在下面。皮鞋移开，一元面朝上。

我把那"1"字当作箭头，视线顺之前移，那个方向……

我往那个方向大步前行。五步之外，一个戴着金丝眼镜的中年大叔似有所觉，转过头，看着我直奔他而去，表情变得有些错愕。他停下脚步，大约是以为我要问路，然而我抡起电脑包拍在他脸上，眼镜顿时飞掉了。

他"啊"地惊叫起来，把电脑包拨开。

对不起，我在心里默念，任凭电脑包掉在地上，挥拳直击。

旁边的路人为之哗然。

他踉跄着后退一步。我便进了一步，第二拳。

你进医院，或者我进医院，或者去派出所，怎样都行。这样，我今天的生活轨迹，算是有了大变故吧。

对不起，让你受了这无妄之灾，皮肉之苦。然后我挥出了第三拳。很好，这拳被挡住了，他终于回过神来，懂得先招架再说。

当然，两拳之后能招架，以他的瘦弱身板来说，显然是我手下留了力。我只想改变自己今天的轨迹，不想把人打出个好

歹，改变彼此一生的轨迹。

"你干什么？"他大叫。

"打的就是你，梁应物你这瘪三下流胚子。"我顺口把老友的名字借用过来，想必他不会在意。

"你认错人了。"他话辩到一半，胸口就又被我打了一拳。右胸，我怕他有心脏病。

他揪住我的领子，我以为总算要挨上一下，没想到他另一只手抓过来，一拉又一扑，我们两个就纠缠着倒在了地上。

如果硬币指的是个美女，该有多好。我摔倒的时候想。

周围的人退开，有个女人惊叫起来。

只是这惊叫声听来有些远。

我和中年人扭打翻滚着，我很轻易就压到了他的上面，一手掐住他的脖子，另一只手撑在地上，抬头往惊叫声的方向看。

已经有人围起来看我们的好戏，那个方向是几个打扮入时的少女，但她们这时却正扭头往身后看。她们身后是什么，我却看不见。

她们要闪躲开了！

我右脸挨了一拳，然后被掀翻下来，头朝下被他压住。中年人用胳膊卡着我的后脖颈，领带软绵绵搭在我的侧脸上。

"跟你说你认错人了，白痴！"他气急败坏地说。

我不去理他，努力把头昂起，但视线很有限。眼前是各种各样的鞋子，它们正在飞快地散到我视角之外，前方，只有一双鞋子，正急冲冲往这里靠近。一步两步三步四步。我急于把头抬得更高，用力上顶，于是看见了他的腰，手在腰间摆过，又一摆。

手上是……菜刀！

中年人的胳膊用力把我的头压回原处，我只来得及见到那双鞋一停。

"听见没有，你认错人了。"他再次大吼。

然后许多声尖叫同时响起。

中年人终于意识到那不是献给我们的，我背上的压力一下子减弱了，想必是他分心往那儿看。

我又昂起头，看见那双鞋又重新开始靠近了，还有那刀，刀上有血往下滴。

中年人像是傻住了，也许刚过去的这一分钟对他来说有太多变故，但你丫别在我背上愣着好不。

我弓背一扭，把他掀到旁边。这时我终于看清那双鞋的主人，是个脸色惨白头发乱作一团的男人，或者说男孩，一个中年女人跌倒在他身后几步处，双手捂胸，手下是红色的……丝巾，还有血。她被砍了一刀。

持刀者对受害者并未多看一眼，像是只随手一劈，死不死伤不伤与他无关。他红着一双眼睛，死盯着我看，嘴里赫赫有声。

那是个武疯子。

他加速了。

为什么是我？

红色。我今天穿的是橙红色外套。狂躁的精神病人对红色都极其敏感，对面这人的敏感度一定已经高到破表了。看来是我救了那中年女人。

我也不指望她报答救命之恩，先逃过这劫吧。

该怎么……逃？

凭我的直觉。

那就不逃！

我一骨碌爬起来，旁边的中年人还瘫在地上。

"认错人了不好意思，我挡住这家伙你快跑吧。"相信这句话能让他事后不再找我什么麻烦。

然后我不去管他，迎上去，一边扯下了外套。

橙红外套冲他一舞，然后被我抛向了马路中央。

他的头立刻随着外套扭转过去。

这时我离他还有三步。

赌他会因为红外套离身而不再关心我？当然不，我疯了才会和托盘赌！

而且一个拿着菜刀的武疯子而已。菜刀不是匕首更不是军刺，看起来吓人其实杀伤力很弱，砍一两刀在身上，除非是脖子凑上去，否则重伤都难。

我这么有准备的扑上去，干不翻他才怪。

武疯子胜过常人的地方，无非是胆气足而已。

他头还没转回来，就被我赶上去，一脚踢在裆里。断子绝孙腿，为净化人类基因做贡献。他立刻哀嚎着捂裆蹲下去，菜刀脱手掉在地上。

我进身一拳把他揍倒。干净利落！

我扭头去看那个中年人，他还没有爬起来，傻愣愣地看着我。他能回过味儿来我先前手下留情了不？

有时候手底下的动作要比脑袋里的想法快。前一个觉得菜刀威胁不大尽可以冲上去干倒武疯子的想法这时才刚隐没，眼前的一切就已经证实了我的想法，然而紧接着，一个疑问冒出来。

这个武疯子就是托盘的计划？

的确，穿着红外套的我就像个火炬，只要这个时段出现在这条街上，不管我是正常走路还是与人撕打，甚至还坐在星巴克临街的玻璃墙后，都会变成武疯子攻击的目标。但……托盘认为我在被王美芬提醒之后，还能被一个提着菜刀的武疯子砍死？

当然不！

那么它一定有别的计划！

然后我发现，面前中年人瞪大的那双眼睛，从我身上移开了。

他在看……

我霍地回头，武疯子还在地上痛苦呜咽。

车笛骤鸣。

一个凶猛的车头从几辆躲闭的轿车间狰然冲出。

后面紧跟的警车终于拉响了警笛。

那是辆重型集卡，见鬼，白天集卡是禁止入内环的，这就是为什么巡警会追它。瞧这架势，说这辆集卡会不出事谁都不信。

这十几吨的巨兽以推平一切的气势直扑而来，驾驶员让它从那几辆左闪右躲的小车间闯出来已经竭尽全力，然而他这时竟然还没有踩刹车。

即使踩了刹车也毫无用处了，一辆高速重型车从突然制动到停下，需要的距离比普通轿车多十倍。

这才是终级手段！

逃！

往哪里逃？

我脚上一紧，这种时候，武疯子竟伸出手死命抓住了我的脚。

操，枣红色皮鞋你也不放过？

我挣扎了一下，发现他真是下了死力，再看集卡奔啸而来的速度，就知道绝对没有机会逃开了。

是的，那车现在还算开在马路上，照正常情况判断的话，未必一定就在我面前出事并撞到我。但现在哪里是正常情况，有托盘这拨动命运的黑手，那车不撞我才怪。

差不多还有五秒，或更短。

那硬币掷了和没掷一样，本来想通过随机事件破局，却没料到，杀局竟来得这么快，而且托盘设计的连环扣杀伤面太广，武疯子不提，眼前这辆集卡的架势，恐怕就算我还坐在星巴克里，都逃不开这一劫——因为我一贯喜坐靠窗的位置。

五秒钟，我不能坐以待毙。然而这么短的时间内，我应该怎么自救，而这自救的方式，还不能落入托盘的算计内。

并且，脚下还有这该死的武疯子。

想到了那枚失效的一元硬币，那箭头般的"1"字又在眼前闪现。电光火石间，我心里一动。

电线杆。一根又粗又高，如"1"字耸立的电线杆，就在两步之外。这电线杆是水泥内裹钢筋的，坚固无比，普通轿车SUV的正面撞击，绝无法奈它何，但集卡嘛……我还有其他选择吗，且赌一下。不仅赌水泥电线杆的牢固程度，更要赌我在撞击到来时的反应能力。

我死命往电线杆冲去，第一步武疯子抱着我的脚不放，我甚至连鞋都没能脱下来，索性拖拽着他硬生生地移动。到第二步的时候，脚下一轻，他终于放手了。

我闪到电线杆后，背靠着柱子。这是人突遇巨大危险时下意识的逃避反应，好在我即刻反应过来，转身正对柱子，目视呼啸而来的货车。

那武疯子就在两步之外，毫无遮挡，傻愣愣地看着马路上的乱局，与四散奔逃的行人，形成了鲜明的对比。我突地发觉，原来那辆集卡是红色的，这是武疯子此时此刻能看到的最大一团红色了。

天。

集卡已经在眼前，那司机见武疯子直愣愣不懂躲开，顿时急了，他终于踩了制动，刺耳的刹车声响起，但哪里能停得下来，只能急打方向盘。这重型卡车本来已经不稳，方向盘再一转，立时就全然失控了。

集卡的突然变线，让迎面一辆本已勉强闪入安全路线的本田轿车无法做出新的闪躲动作，车尾当即与集卡相撞。我听着铁与铁的碰撞声，一瞬间压过了周围无数人歇斯底里的尖叫，与之矛盾的是，天地间在这一刻又仿佛无声了，其实不是无声，而是我注意力之外的世界变得混混沌沌。那是我注意力过于集中的缘故，我根本不去关注被撞的车子，有多少人被碰撞压倒也全与我无关，我只死死盯着集卡。这辆重装卡车的头部因为急打方向的关系，正往反方向偏离，但长长的尾巴却急扫而至。整个过程中，伴随着全车的侧翻，那一长溜的大轮子一点一点抬了起来，载着的货柜先脱离了底座，向另一侧掉了出来，拖在地上，那是装满了货的几吨重的箱子，钢铁边角和地面摩擦，火星飞溅。货柜的脱离加速了底盘的倾斜，我不敢眨眼，看着倾斜近四十五度的底盘，像一张宽阔的大嘴，一下就把那武疯子吞了进去，然后继续向我扑过来。

恶风。混杂了汽油烟尘和血。那是惊恐的味道，更是死亡的味道

就是……这个角度。我已经绕着水泥柱急转了小半步，侧过身，让柱子把我的全身都挡住，却又能看见急扑过来的黑压压的钢铁。

一瞬间我以为那就是末日。

下一瞬间，集卡在两尺之外轰然撞上水泥柱。

我下意识地退了一步，巨大的声响让我气血翻涌，退步的时候脚下一软，险些摔倒，但这个动作做对了，集卡以侧翻的姿势撞击在水泥柱上，底盘被柱子挡住，但突出的巨大轮胎越过柱身，带着焦灼气息的橡胶味强烈得凝结成实体，轰在我脸上，锤在我胸口，那仿佛是一排冰冷尖牙，喷着火烫的呼呼喘息，伸出死神之舌，在我面颊上一舔。我眼前黑下来，视力像是被剥夺了，只听见无数细碎的东西带着尖利的声响在我身边飞溅，那是被撞碎的水泥，我被击中了几块，但疼痛在此刻慢了一拍，还没被我感觉到。世界在这停滞不前的几分之一秒中是灰黑色的，或者已经不存在，直到我护在脸前的手突然被坚硬的东西压到，是柱子，水泥柱折了。我准确地躲在了撞击正对面，所以水泥柱倒下，我也是正下方。

集卡在远离，刚才是车尾扫到了水泥柱，被挡了一下后，改变了姿态，被惯性推着继续翻滚向前，不知多少人多少车被它辗压碰撞。

逃，往右前方逃。我在这以毫秒计的变化中竟还能有这样的反应。但那个方向，有车打横着飞过来。是最先被集卡撞到的那辆帕萨特，它被撞地转了超过一百八十度，上了我这边的人行道，临街一家甜品店的玻璃墙被它稍稍磕到，立刻粉碎，它犹未停下，反扳直了身子，裹带着一蓬玻璃渣，蹭着墙边就过来了。

右前换左后！我使劲把力改过来，但却无法做出正常的退步动作，甚至无法站稳，跟跄着用脚后跟往左后方退了一步，就仰天跌去。

往左往右，往右往左？人在半空，背未着地之时，我在心中急问自己。

相信自己的直觉？

我睁大眼睛，看着眼前一切。高楼，狭天，阴云浮动，阳光晦暗，一只麻雀飞掠而过。

它往哪里，我就往哪里，我跟着麻雀。

但……它是直飞的，不往左，也不往右。

着地。

我没有往任何一侧翻滚，就那么直挺挺砸在地上。

然后，我半个身子就在帕萨特车下了。

那车停在我肚子上方，不再往前，我完好无损，甚至没有被它的轮胎擦碰到。只是我已经失去了所有的气力，全身上下，从四肢到眼皮，都不再受我的控制，停在那儿一动不动了。如果这时候，从我上方掉下来块石头，我连侧一侧脑袋都做不到了。

我已经到了极限，不，我已经突破了自己的极限。

接下来，就听天由命，如果托盘还安排有另一环，那我也没有办法了。

好在托盘毕竟不是上帝之手，这一系列几乎致命的打击是通过预先某个小小推动达成的，哪怕它现在能通过监控探头看见我活了下来，也不可能再补上一击。严格来说，它只是一段程序，只不过是一段掌握了巨大资源的程序。

耳朵接收着各种各样的声音，但我觉得世界已经安静下来。刚才打开的血淋淋的地狱之门已经关上，咆哮的死亡气息已经消散。气力在一点一滴回流，我慢慢握紧拳头，然后又摊开手掌。我发现自己是双臂展开躺在地上的，就像个十字架。

当我感觉到痛的时候，才觉得自己完全活了过来。背、屁股、手、脸颊，有钝痛有刺痛。我用手肘撑着从车下慢慢挪移出来，站起来的时候，环顾四周，才知道，这片安静不是我的错觉。眼前的一切太过惨烈，身处其中，重伤者已无力哀号，轻伤者只有屏息，所有的车辆都停下，所有的行人都驻足。哦，那不是驻足，那些完好的人，或倚墙或瘫坐，仿佛是张黑白照片里的皮影子。只有警笛孤单地在风中号叫，甚至车里的巡警，在我站起来的时候，都还没能从车里下来。

我借以避祸的水泥电线杆并未完全折断，只是被撞得弯了，形成的夹角正好卡住了原本就在制动中的帕萨特。车的一侧严重受损，安全气囊弹出来了，但驾驶员应该没事。

马路中央一辆轿车底朝天躺着，还有一辆车撞在集卡留在人行道上的车尾，头部瘪了进去。而那辆肇事的集卡，侧翻着撞进了星巴克，看样子把星巴克和旁边一家服饰店的隔墙都撞塌了。我记得出来时，店里还坐着六七个人吧。有血从集装箱下渗出来，那应该是原本在人行道上的路人。更远些，一辆SUV冲上了人行道，一辆别克轿车拦腰撞到一辆公交车上，到处都是倒在地上的助动车，一眼望去，至少看见三个人躺在地上一动不动……

两名巡警从警车上下来了，他们站在车门边，用对讲机呼叫着。

哭声终于开始起来了。

我掏出愿望满足器，发了个消息。

我逃过去了。我还活着。

我沿街慢慢向前走，电脑包还在原地，没人来得及捡走它，也很好运地没被车压到。捡包的时候，那辆集卡就在几米之外，我并没有多看。经过公交车的时候，电话响了，拿出手机才发现屏幕裂了，但还能用。

是王美芬，她用了一个新的手机号，来问详细情况。但我无心多说。

"不会结束的。"她说，"这只是一个开始。"

我沉默着前行。

"从现在开始，你必须每隔一段时间，就改变自己的生活轨迹，包括住处、交通工具等。在你改变之前，不要告诉任何人，包括我。这样你会形成一个短时期的无序状态，会给托盘增加难度，直到它找出你的漏洞，重新找出规律。"

"用不着等那么久，只要我的目的还是阻止分割钓鱼岛，它就能抓到我的行为轨迹。终点不变，路线再怎么变都有限。"

"但总归会要困难一些。"

我沉默不语，过了会儿，问："总之，像刚才那样的杀局，我接下来随时都会碰上，走在路上会有车来撞我，待在酒店会有入室抢劫，坐在飞机上起落架会放不下来。对不对？"

电话那头沉默了一会儿，说："至少接下来几小时你应该是平安的。"

"呵，要让我死也没那么容易，能逃第一次，就会有第二次。但我如果逃过了第二次、第三次，那不是明确地告诉了拇指，我对喂食者协会有着很深的了解？"

"等你能逃过三次再说吧。而且，我们的目的是破坏中国的复杂测试，协会……终究是有觉察的。"

我把 37 人的名字告诉她，让她跟进。她说还是见一面吧，要听我怀疑这些人的理由。

"我原本就想约你见面。"我说，"但这是正常的轨迹，对吗，所以，先等一等。我有几小时的安全时间，得来不易，我有些事要做。"

走过两个街口，我进了家商厦整理了仪容，又买了新衣服换下脏破的，出门叫了辆出租车。

"先生去哪里？"司机问。

"湖州。"

"哪里？"

"浙江湖州。去吗？"

"去。"司机欢快地应道，麻利地按下了计价器。

"你是不知道，前面出特大事故了，我刚从那里经过，惨得不得了，至少十几条人命，救护车一辆接一辆。"司机兴奋地说。

"我知道。"我低声说，把头靠在头枕上，慢慢闭上了眼睛。

湖州，临湖桥，黑站牌。

昨天匆匆回返，心里一直抱憾，只因不愿过多查访，惹了拇指的注意。现在，哪还有那么多顾忌。

现在就把它拾遗补漏，也许会有收获。

对我更重要的是，这是表明一种态度。对喂食者协会，更对我自己。

从此正面对抗，再无回旋余地。

也许对于这样的庞然大物，只要先把自己逼至绝境，才能生出足够的勇气和力量吧。

我这就去让拇指知道，我所知道的内情，要比他们想象得多的多。还有什么招数，就更猛烈地来吧。

第九章

骨 牌

Chapter 9

我写了一长串数字递过去，还有张百元钞。

"有研究啊。"老头儿看了看数字说。

"瞎写的。"我说，这是实话，"就买一注。对面那几块站牌，怎么是黑的？"

"前天早上有个神经病用油漆刷的。"老头儿把彩票递给我。

"看起来有点吓人。"

"没事，过两天就会换掉的。车队已经来看过了，还拍了照片。"

"怎么会有人做这样的事情。你说小偷踩盘子都会在门前画个暗号什么的，这个会不会也……"

"是透着蹊跷,不过呢这两天也没瞧见有什么奇怪事情。"老头儿现在也没生意,很有耐心地和我扯闲篇儿。

"瞅着触心哪。这要看牌子乘车,冷不丁还不得吓一跳。"

老头儿笑起来:"我说娃儿你胆子也太小了,没见你这样的。"

我心里一堵,多久没被人叫娃了,今天劫后余生,照理我现在眼睛里还满是血丝挺沧桑的啊。

我故作不服气的模样:"怎么,就我一个人这么大反应?"

老头儿呵呵笑起来:"别说还真是,一般人就是多看几眼,也有好奇问一句的,你是反应过度啦。这世道,什么奇怪事情没有啊,样样关心追根究底,自个儿还过不过了。"

这是我问的拥有良好视角的第三家了,和前两家一样,没见到古怪的人。

我心里叹了口气,却并不后悔来这一遭,自从知道了喂食者协会的背景之后,我心底里一直有些犹豫,总是闪闪躲躲不坚决。一场浩大的车祸让我知道注定无法逃开,那就索性迎面而上。

算是对喂食者协会的宣战吗,我自嘲地一笑,人家可不会在乎。

问了这几家,说得嘴也干了,我进了旁边的超市,拿了瓶可乐。结账的时候,我回头看了一眼。这超市的收银台与寻常不同,不是设在进门的一侧,而是在门的对面。所以我这一回头,就透过玻璃移门,正正地瞧见了对面的黑色站牌。

这是第四家。

在路的这边，拥有良好视角能瞧见对面黑站牌的店家，有近十家。要不要每一家都问过来？对此其实我挺犹豫。通常来说这并无必要，有什么异常情况，照理大多数店家都能看见，所以前三家都说没见到盯着站牌看的奇人异士，我已经差不多放弃，这回是真心买饮料来的。

"看对面那公交站牌呐？"售货员却主动问了我一句。

"对啊。"既然你先开了口，那我当然就接上去了，"瞅着触心，却老忍不住去瞅，这是咋回事呀。"我又用了"触心"，基本上我在每一家都是差不多的说辞，反正他们相互也不通气。

"你还好了，我这么一直站着，瞧着别提多堵心了。你说咋回事，颜色影响心理呗，这就叫色彩心理学。"

其实我问的咋回事是指站牌是怎么变黑的，但他的这个误解，却让我心里一动。看起来，这店员是已经有阴影了，所以才会心理投射误解了我的意思。这样的情况是我之前没有预想到的，既居然会存在像店员这样的人，他不是看一眼或看几秒钟的问题，而是只要黑站牌还没有被换掉，就必须一直看下去，逃都逃不开。

我哈哈一笑，说："先前我和路口卖彩票的老头儿说这黑站牌瞧着不舒服，他还说我大惊小怪，没想到你比我更脆弱。"

这店员是个斯文白净的眼镜小伙，听我这么说却相当不服气，眼睛一翻说："你这是站着说话不腰疼，你路过随便瞄一眼就觉得不舒服，换你站在这儿八小时试试，还不知难受成什么样呢。"

看着斯文气性倒不小，和顾客抬扛。

"再说我这也是受了别人影响。你是不知道，我那同事才叫神经脆弱，前天站这儿瞧了几小时，说不行了生病了，我临时被叫来接班的时候，他的脸色那叫一个难看。现在可好，在家发高烧，不知什么时候才能来上班。真是倒霉啊，现在我们店里三个人得顶四个人的班。我就奇怪，几块黑站牌能把一个人看得发高烧了，怎么这么邪乎，这么想着吧，就忍不住瞧一眼瞧一眼，越瞧心里越堵得慌。你说我是不是受了他的影响？"

前天？那就是站牌被涂黑的当天。

如果这店员没说瞎话，那么他的同事，就是目前为止受黑站牌直接影响最强烈的人。换而言之，他的嫌疑升到了最大之一，与刘朝华并列！

实地勘察永远是最有效的手段。

我忍着兴奋，细问："有这样的事情，瞧了几小时就真生病了？"

"骗你干什么，我来接班的时候才下午三点多，也就三个多小时，他那张脸白的哟。"

三点多，三个多小时？

我猛然记起了托盘发布初始动作指令时的时间要求——上午十一点三十分前，把湖州1路、2路、26路公交临湖桥站的公交车牌刷黑。

"你同事是几点开始上的班？"急切间，我顾不上这样的问题已经显得过于深入而突兀了。

那店员有些奇怪地看了我一眼，但还是回答了。

"他那天上的是中班，十二点。"

十二点开始上班，通常会提早十分钟至一刻钟到，而托盘要求的是十一点半前把站牌刷黑。时间上完全吻合。而一个这样时间上班的店员，恰好就在黑站牌的正对面，只要他上班，就无处可逃。如果黑站牌能让他产生某种联想，那么在他上班的这几个小时里，这样的联想必然会发生，而且会反复在脑子里盘旋、强化。

没有之一了，那个生病在家的店员，就是嫌疑最大的一个！

我走出超市，用愿望满足器给王美芬发信息。

我相信她此刻必定确信，找到我加入，是她最正确的选择。

然后我就啐了一口，见鬼，这是托盘的选择。

这是一个为了"永远正确"而被造出来的怪物，而唯一消灭它的机会，在于指望它会偶尔不正确。而像永远在不断犯错的凡人，还得在那个指望中的偶尔出现的时候，立刻抓住它。

怎么想，都是件不可能完成的任务啊。

那就不想了，事情是做出来的，不是想出来的。

王美芬的回复很快来了，是当头一棒。

抱歉我暂时无法给予你帮助，由于你先前成功在车祸中逃生，现在必然已经被拇指重点关注。而你又去了临湖桥，拇指

很难不怀疑有一个我这样的知情人在你背后。所以我必须暂时休眠，哪怕只是用自己的资源来查那名店员，在目前都是极度危险的。

王美芬没说她要到什么时候才能"苏醒"。看起来现在就只剩我单枪匹马了，好在我也从来不是一个把希望寄托在别人身上的人。

我回头，再一次走进了超市。

店员瞪着眼睛看我径直走到他面前，递过去一张名片。

"记者？"他低头瞧着名片，喃喃自语道。

我想他心里一定奇怪，刚才这个问东问西的路人，怎么变身记者又回来了，还是个上海的记者。

这些年来，记者这个行当给了我太多便利，简直就是个追根究底的官方作弊器，不管问什么问题，都有天然正当性——只要你会掰扯。

至于我会不会掰扯，那还用问，否则我是怎么混到首席记者这位置上的。接下来我和这店员一通解释，说自己的报社接到报料，说在湖州出了这么档子奇怪事情，特派我来采访。涂黑站牌看起来简单，其实背后可能隐藏着大秘密，只因没人会做毫无意义的事情。

这本是通无稽之谈，但这店员原本看多了黑站牌心里就惴惴不安，居然也信了。

"但你刚才进来的时候，怎么没这么说？"他问我。

"因为我需要先摸一遍周围的基本情况，我每一家都问过

来，然后再选择特殊的典型进行深入采访。现在看来，你这儿
值得深入采访！"

我这么一讲，他顿时就神采飞扬起来。说起来，虽然现在
记者的声誉每况愈下，甚至有变成过街老鼠的趋势，但真实的
采访过程中，都还挺合作的，只要你不是要拿他做反面典型。

我装模作样地问了些他对于黑站牌的感受，都有些什么样
的猜测，然后话风一转，谈及了那位发烧的同事。

姓名、基本背景、电话甚至住址，以采访的名义，我没费
什么口舌，就把这些打听清楚了。

临湖桥在湖州市区最中心，而郑剑锋（就是那位高烧在家
的店员）住在孙家庄附近。其实也就离临湖桥约十公里，但湖
州是座小城，那儿已经算得上偏远了。

郑剑锋住在一幢有大花园的三层西洋风格小楼里。湖州一
带在 19 世纪出了一大批巨商，以南浔四象八牛为首，这幢小楼
看样子也有百年的历史，主人估计也是湖商中的一员，但资产
应有限，只因孙家庄一带，在百年前也不算是湖州的好地段。

郑剑锋当然不可能独占一幢楼，否则他也不必去超市里做
营业员。像这种洋楼，大多在某个特殊的历史时期，被许多不
相干的人冲进来盘踞，运气好的主人能保留一个层面，运气不
好的主人则全家都会被赶出去。这幢小楼就是此种情况，至今
仍住了七八户人家。

我从临湖桥超市出来，片刻都没有耽搁，约半小时就到了
小楼前。谁知道我的安全时间还有多少，趁这个空当，能多干

一点是一点。

先前超市里那营业员是个碎嘴，见我问起郑剑锋，絮絮叨叨说了一大堆郑剑锋的情况，非常配合采访。据他说曾去郑剑锋住处打过一两次扑克，但如果不是一个极富八卦精神的人，就这点交情是打听不出这么多事情的。

所以我现在不仅知道郑剑锋住在一楼哪间房，还知道他是个性格古怪的二十七岁单身宅男。说到性格古怪，是因为郑剑锋虽然宅，但并不像一般意义上的宅男。家里没有电动，不爱看漫画，对扑克兴趣一般，麻将索性不会，也不打 CS 魔兽或其他网游。最让同事意外的，有时谈论男人间的话题，也就是那些日本 AV，郑剑锋居然表现得相当木讷，完全插不进嘴，对于一些宅男们理应耳熟能详的名字，竟似很不熟悉。用那位店员的话来说，天知道他一个人待在家里都干些什么。

对此我也深感好奇，倒不是说现在的小孩子不知道 AV 女优的名字就不正常，但如果一个人和他这年龄的流行文化全都绝缘，那么必然有大秘密。

碎嘴店员把郑剑锋的古怪归结为他特殊的成长经历。郑父本是个挺有名气的大学核物理教授，但三年前去世了。至于郑母则从未听郑剑锋说起，也不知是离异还是早亡。

老房子的光线总是很差，我走进小楼的时候，感觉四周一下子阴冷下来。我想起碎嘴店员最后神秘兮兮地低语：我有一次听郑剑锋的邻居说，楼里闹鬼，半夜里会有奇怪的声音，像是有火车经过，又像不知什么野兽在地底下嘶叫。

笃，笃，笃。没有电铃，我屈指扣响了房门。

一楼的大多数住户都装了铁门，但郑家没有，还是一扇不知用了多少年的老旧木门，敲上去的声音，听着门里头像是被虫蛀过。

敲三响之后，门里并无回应。我又敲了三响，等了片刻，开始用手掌拍起门来。

依然没有人出来开门，倒是走道斜对门探出颗白头，朝我看了眼，我忙问他郑剑锋在不在，老头说不知道，反正这几天没看见他，说完就关了门。

我又拍了几下门，心里知道不会有人来开，捉摸着里面到底是什么情况。是郑剑锋根本就不在，又或病得在床上起不了身，还是出了意外？

说起来，这扇破木门的防盗作用还真是弱得很。门板本身就不厚，怕是一脚就能踹开，用的又是最老式的司别灵锁，这种锁可以说完全不防盗，但凡知道丁点儿窍门就能打开，包括我。这是我唯一会撬的一种锁，此时此刻出现在面前，完完全全是对我的诱惑啊。

我挣扎了很久，昏暗的走廊里一直没有人，仿佛在为我创造便利条件。

郑剑锋前天请病假回家，如果一直高烧，没人照料的话有点危险，更何况还有其他意外可能发生。

黑站牌让他想到了什么，急促到有些仓皇地逃离，是真的生了病，还是别有原因？

我取出了一张公共交通卡。

救人如救火，我没踹门进去就不错了，我对自己说。也不算是找理由，仅从表面掌握的情况来看，高烧卧床两天，邻居没见过他出门，这些足够判断为危急状况了。

我左手按在门上，门锁已经有些往内移位，门可以被推进去半厘米的样子。还有比这更容易开的门吗，小偷怎么没在门前画个"此门常年不关"的符号呢？

我右手拿着交通卡，贴着司别灵锁与门的缝隙插进去，调着角度，一捅，又一捅。只第二下，门就开了。

屋里拉着窗帘，没有开灯，比走廊里更暗。我闪进去，反手把门轻轻关上。

窗帘的布料不厚，下午的日光隔着窗帘，透进来后只剩下厚重的暮气。我没有开灯，屋里的陈设依稀可以看清。一张圆塑料桌围着几把椅子，过去些是米色布双人沙发，一张小茶几，对着电视机柜上的老式24寸电视机，墙角立着台小个子双门冰箱。没什么特别碍眼的东西，要说就是太简单朴素了些，感觉像是20世纪的家庭布置。

此时我也无心细看，这小厅里有两扇门，一扇后面看似是厕所，另一扇应该通往房间。至于厨房，这种老房子都是公用的，并不在套内。

门虚掩着，推开就见到一张床。

这是个不到十平方米的卧室，床直接对着门，按风水上说是大忌。床上很干净，薄被叠着放在枕边，并没有人。

称病请假的郑剑锋并不在家。我心里这样想着，回到厅里。我直觉他并不在医院，我猜他根本没有发高烧吧。

　　我推开了厕所的门。总要每间房都确认过。

　　厕所的格局很怪，显然是后来改建的。这更像是一条走道，宽不过一米五，一台洗衣机摆在进门后，往后依次是马桶、浴缸和洗脸池，全都靠着墙的一侧，另一侧供人走路的空间只有几十公分。

　　没有任何惊悚的画面，洗衣机开着盖子是空的，马桶上没有人坐着，浴缸里也没有泡着浮尸。我的视线掠过这些，落在这条通道式厕所的尽头。

　　尽头不是墙，而是另一扇紧闭的门。

　　我贴着墙走过去，拧动圆圆的铜把手。门关着，但没有锁。

　　推开，是个进深一米的小空间，什么都没有，除了地上。

　　地上有一块圆形木板，中心有个把手。

　　显而易见，这是个盖子。那下面，必有一道通往地下的阶梯。

　　恍惚间我想起了多年前的一次冒险。那也是在一幢三层楼里，也有一条往地下的通道，通道下有好几具白骨骷髅，和一个埋藏了两千年的秘密。

　　这次呢？

　　打开门之后，我就嗅到淡淡的臭味，应该是木盖子下面透出来的。底下腌着咸菜吗，还是……有一具正在腐烂的尸体？

　　我打开了盖子。

轻轻地把盖子拎起，让它斜靠着墙，不发出一点声响。那股味道浓烈起来，不是咸菜味，不是阴沟味，是……生物腐烂的气味。

是郑剑锋吗？不，我随即否定了这个猜测。哪怕他前天回到家立刻就死了，也来不及腐烂出这样的味道。

我把手机调整到手电筒模式，蹲在入口处，先伸手下去拿光一通照。下面没有一点声音，像是没有活物被这突如其来的光线惊动。

然后我走了下去。

手电光在前方不停地晃动着，照出一摊一摊的白，更衬出整个地下室的黑。应该有电灯开关的，但我没有找到。楼梯不长，十几级就到底了，我最先看到的，是地上一大摊的灰。

我用手掩着鼻子，先用手电往里头一照，地下室里的情形让人有些意外，但总归寂静一片，并无活物，也无危险，就先弯腰下去看那些灰烬。

是纸灰。

烧得很干净彻底，很大的一摊，至少有几百张 A4 纸的量，也可能里面有一些书，总之这样看是分不清原貌的了。

我并不纠结于此，这灰烬虽然奇怪，但显然并不是地下室里最特异之处。我站起来，小心地跨过纸灰，走向先前一瞥之下，整个地下室里最让我意外的东西。

竟是一台机床。

这钢铁家伙是怎么搬进来的，难道是分拆开后在这个地下室里组装的吗？可是为什么要把机床放在地下室呢，是用来做什么东西的?

我想到了所谓的闹鬼传言，那没来由的隆隆地铁声和奇怪野兽的嘶叫，现在知道是怎么回事了。

机床安静地盘踞在这间地下室的中心位置，手电光照到之处，泛着冰冷的金属光泽。

机床边还有个金属台子，上面很干净什么都没有。地上倒放着几只烧杯，还有一些一眼看过去认不清的东西，似是工具一类。我想应该不会有太多发现，以那堆纸灰来看，郑剑锋小心得很，不会把他的秘密这么简单就暴露出来。

我在机床边停顿了几秒钟，就继续往里走去。

纸灰是秘密，机床是秘密，但现在，这地下室中最大的秘密，还在更深处。

那气味。

那腐烂的气味，是从狭长地下室的最深处传来的。

这股气味不知多少天来积聚在地下室里，没有任何出口，就这么闷着发酵着，我以手掩鼻，但根本没有任何用处，用嘴呼吸，吸入的气体让我一阵一阵的恶心，胃里的酸水一股一股地上涌。

越来越近了，气味之源。

手电光落在最里面立着的大橱上。衣橱还是储物橱？反正那容量，绝对能容下一个人，不管他活着还是死了。

橱门紧闭，把手是凹陷下去的槽。我的手指伸进去，扣住，

181

往外一拉。

里面是人是鬼，见个分晓吧。

这是很老旧的木橱了，在地下也不知放了多少年，橱门的滚轴早已经不灵活，轻轻一拉，吱吱嘎嘎的声音就响起来，立刻压过了我剧烈的心跳声。

活脱脱像个老妇人在压着声音怪笑。

这时门才打开了一条缝，当然，这动作这声音，是串在一起连续发生的，但在这地下室里，时间仿佛被拉长了。我可以把它们分解出来，一样样摊开来说，空间和时间就这样被肢解成碎片，一时间我有种错觉，自己的人生也这样肢解开了，并且失去了所有的活力，将到此为止。

门开了一条缝，吱吱嘎嘎的怪笑才到第三声，或许是第二声，从我的手指发力把门往外拉开始算，秒针还要会儿才会跳到下一格。

有人笑了，在我脑袋后面。

是真真切切有个人在笑，不是什么其他声音引发的联想或错觉。一个男人，压着嗓子，却又满怀着兴奋的低笑，肆无忌惮的凶厉气息几乎要割断我的脖子。

橱门在被继续打开，我后脖颈的寒毛被激得竖了起来，但神经乃至肌肉的反应还要稍待。

秒针还没有跳到下一格。

门被拉开了一半。

身后有人在笑这个讯息终于从耳朵入大脑，又反馈到全身的神经系统，后背的肌肉先僵硬了，紧张状态迅速蔓延到双手双脚。第一反应应该是回头，同时得准备反击或者往左右闪避。

但是我偏偏在这关键时刻僵了一下。

这完全是车祸事件的后遗症，在危急时刻，我变得犹豫，本能地压抑本能反应，开始瞻前顾后。但现在可不是托盘设的局啊！

秒针跳到下一格。

门被拉开了，我听见了另一个声音。这声音被掩在吱吱嘎嘎的开门声里头，又在那声笑之后，如果我正常回头的话，即便听见了，也不可能做出任何反应。

是轻脆的一声"咔嗒"，机簧发动。

我右手的手机还打着光，往橱里照，只见寒光一闪。这一刻，人已经来不及完全躲开，用力扭身之余，只能用手机凭感觉一挡。一股极大的力量击打在手机上，虎口一震，手机脱手，被那寒光带着重击在我肩膀上。我的肩膀立刻就麻了，人向后退了半步。

机簧的嗡然余韵，如马蜂振翅，这时还在地下室里回荡。

小指粗的钢杆子，插在我手机正中，钉在我右肩。我反手把它拔下，肩膀一痛，看来它还是穿透了手机。

手机自然是坏得透了，地下室归于黑暗。

脑后的那一声笑，笑过之后就再无动静。那想必是个录音，分心用的，配合橱里的那记绝杀。

还得感谢托盘，否则那钢箭就插进我胸膛了。

橱门已开，我却什么都看不见。只是那气味，更浓烈了六七分。

咫尺之遥，一定有具尸体。

肩上刺痛，也许在流着血，但我无心退却，慢慢地慢慢地，伸出手去，探入橱内。

一点一点前探，一寸一寸往下，碰到了。

软绵绵的。

但却不是皮肉的感觉。

塑料么？

似是肩膀的位置，我的手慢慢移动。

软软的塑料脖子么，头歪在一边，的确是头颅，摸到五官状的东西了，眼睛的窟窿，还有嘴的窟窿。嘴唇软得快摸不到了，拨开，直接是牙齿的坚硬。然而一切都是干的，只有腐烂的气味，没有腐烂的汁液。

我明白了。

我摸着的，是一具被塑料薄膜紧紧包裹着的尸体。兴许，就是超市里买的大号保鲜膜，用了好几卷吧。

尸体在保鲜膜里烂掉了，真是名不符实。

我站起来，摸索着，离开了地下室。

半小时后，我站在街边，看警车呼啸着停在楼前，耸了耸肩，然后就一阵呲牙咧嘴。

其实肩头的伤并不重，只刺入了少许，已经用大号创可贴贴上了。那钢箭的箭头用车床磨得贼尖，还开了血槽，要不是有手机挡，还真悬了。

　　警是我报的，除此之外，没有其他的捷径可走了。王美芬这条线暂时无法为我提供帮助，而现今的态势，也容不得我单枪匹马慢慢追查。

　　先前我拿着破手机从地下室里出来后，去外面的超市买了个打火机重新回去，伴着幽幽火光终于找到了电灯开关，打开之后地下室里亮如白昼，顶上布了整整八条日光灯。这里是被郑剑锋当作车间的，所以需要充足的光线。

　　满室白光下，敞开的大橱里，裹着保鲜膜的尸体散发着异样的光泽。

　　这是一具蜷坐着的赤裸男尸，已经开始腐烂，但并未液化，目测估计死亡时间在两周到四周。保鲜膜裹了好几层，我又没有把尸体挪出来，所以分辨不出致命伤在什么地方。不挪动的原因，是我并不认为做出那种破坏现场的举动之后，就有能力破案或明确死者身份，既然这样，就都留给警察吧。

　　射出钢箭的机关，是安装在橱顶的长条盒子，此外，在橱门处有电子触发器，一根不起眼的白色电线从橱后钻出来，贴着墙升到天花板上，连在一盏日光灯畔的不起眼的小匣子上。那声笑就是从此处而来。

　　我把钢箭从手机里拔出来，放在橱前。上面有我的指纹，我没有去掉，事实上我在这地下室里不可避免地留下了诸多痕迹，在经过了对碎嘴店员的采访，以及走廊上和邻居老头儿的对话之后，任何掩盖自己行踪的行为，终将是徒劳的。

我在街上的手机小店买了个山寨机，换上 SIM 卡，拨通了警察的电话。但不是当地的 110，而是我在上海警局的老关系。这是我多年冒险生涯积累下的人脉资源。我那位姓郭的朋友算是上海警方的高层了，我只从黑站牌说起，之后种种，怎样采访，怎样私入郑宅，又怎样被射了一箭发现死者，都一五一十地说了，没有隐瞒。

以郭警官的智力，当然不会相信我仅仅为了几块黑站牌就跑去湖州采访。但我不说，他也没问，这是他的圆滑之处。很多话我根本没有明说，他就先回答了。他的承诺是，一般情况下，帮我把闯入的事情抹掉，就当我没有介入进来。

所谓的一般情况，当然是指我在这里头没有严重犯罪行为，或者警方在不需要我把一切情况和盘托出的前提下就能破了案子。

我说谢谢，然后另提了要求，希望案件一有进展，就能够得到通知，包括郑剑锋的下落，他在地下室里用车床干什么，以及死者的身份，等等。郭警官说这案子是浙江警方的，他没办法多插手。我说你不用插手，只要帮我多盯着，并用很郑重地语气对他说，千万拜托。他说那么重要啊，我说非常重要。

我很高兴他最终答应了我，为此欠下大人情也顾不得了。但我真的没想到，有用的消息居然来得这么快。

那是在三个多小时之后，我还在返回上海的路上。

我是从湖州搭长途车去杭州，然后再从杭州返沪。之所以绕这样大的圈子，当然是为了打破托盘可能的算计，让自己的行为尽可能地无序一些。接到郭警官电话的时候，我刚上沪杭高铁，正在犹豫，要不要中途在嘉善下车，改乘其他交通工具回上海。我又拿出了硬币打算掷，心里调侃着想，要做到无序还真费钱。

"死者身份基本明确了。"郭警官在电话里说。

"这么快？"

"好在死者的皮肤还没烂掉，他有个很特别的刺青。再对上身高和大概脸型，基本差不离了。"

"那就是在你们系统里挂了号的人物？"

再特别的刺青，如果没有犯过事在公安系统有备案，警方也不可能如此神速地明确身份。而以中国警方的犯罪记录收集水平，估计这人来头还不小。

"叫欧阳德，一个凶名昭著的恐怖分子。"

"恐怖……分子？"我意识到这还是在火车上，后两个字压低了声线含混着说。这可出乎我的意料了。

"死亡时间三周，两处致命伤，右胸锐器刺入几乎贯穿，很像是你留在现场的那种自制钢箭，但要稍细些，很可能是更小的便携版。另一处是左侧后脑，被榔头或扳手之类的击碎了。看情形应该是先中箭，再被钝器击杀的。凶器目前还未找到。"

"嗯……还有吗？"

电话那头沉默了一会儿，也许在考虑要不要说出更重要的信息。

"告诉我，老郭，我没求过你什么事吧，你也知道我不会做什么违法乱纪的事情。"

那边笑了笑，含糊地咕哝了句什么，像是在吐嘈。

"还有的只是推测了。"

"推测也好。"

"欧阳德所属的是一个国际恐怖组织，叫圣战天堂，有一定的势力，三年前中国警方动用了大量的资源，甚至出动了军方的特种兵，配合国际刑警和其他一些国家的警力，对这个组织进行打击。这样的打击规模是罕见的，圣战天堂是一个基地在中国的组织，那么多国家如此重视的原因，和一条还并不那么确定的情报有关。"

"难道他们想再一次'9·11'？"这时我已经挪到了车厢间的厕所前打电话，周围没人。

"性质比那更严重。"

我一激灵，说："难道是核……"

"确切地说，三年前国际军火黑市上流出了六公斤的铀235，这是分离好的。东西最终的流向，很可能是圣战天堂。三年前的打击让圣战天堂大伤元气，但逃掉了一些骨干分子，就包括这个欧阳德，而且最终也没能找到铀235。而郑剑锋的父亲郑元龙是个核物理教授，虽然不是核物理界第一流的学者，但是有了分离好的铀235，剩下的事情，对郑元龙这样的人来说，并不困难。尽管目前还没有任何证据能表明郑元龙和圣战天堂有联系，但欧阳德死在郑剑锋家中这件事，实际上已经足够进行这样的猜测。"

"那郑元龙三年前到底是怎么死的？"

"一场意外交通事故，一辆土方车在转弯时把他刮倒了。"

"那么郑剑锋……地下室的车床近期使用过吗，用那玩意儿，能够造出……那玩意儿吗？"

"能查到的是郑剑锋在小学和中学时代多次获得过省级和国家级的机器人制作、手工小发明之类比赛的奖项，很早就显示出了极强的机械制作能力。而这台车床近期是使用过的，一个完善掌握了原理和基本制作工艺的人，足以借助这台车床，制作出一枚……尽管是最粗糙原始的，但足以爆炸的大家伙了。"

"有……多大？"

"六公斤，完全裂变的话，当量差不多是二战美军投在日本广岛那颗小男孩的八倍。"

我倒吸一口凉气。

"现在这事情已经惊动到高层，最高级别的通缉令已经对郑剑锋发出，相信不久就能抓住他。"

不管郭警官的信息是真是假，我都完全不乐观。

因为这是托盘的计划。

第一环已经启动，靠警方，是绝不可能让后续的一系列变化中止的。

靠我行吗？

关键在于，如果郑剑锋真的做出了一枚原子弹，他想干什么？

第十章

黑　梦

Chapter 10

　　这是我回到上海的第三天。

　　我已经和报社请假，十天内不进报社，如有稿件直接发到发稿邮箱里。只是说说而已，这段时间我不准备采访，不出席任何记者发布会，更不会写什么稿子。没办法，我必须尽可能地打乱自己的行为模式，每天睡不同的地方，乘坐不同的交通工具，为了活命行踪不定。但如果我还得每天进一次报社，或者坚持采访，就等于把自己的一部分行程交给别人来决定，这在当下的情况绝对是致命的，托盘要借此把我算死再简单不过。请假于我是家常便饭，这些年来报社并不在这上面为难我，不管他们出于什么原因，希望可以保持。

三天来我没回过家，需要随时改变行程的生活方式出乎意料地累，瘦了三四斤。好在托盘的杀招没有第二次出现，这证明我的辛苦是值得的。照常理在第一次行动失败后，协会方会立刻再次向托盘提出让我死去的请求。现在一直没动静，说明托盘还没有抓到我的行为模式。

　　但我心里明白，我不可能永远这样拖延下去。

　　这三天我在面临选择时，大都是在挑出几个备选方案后，用掷硬币或掷色子的方式随机选定其中之一。但随机真的就能对抗托盘吗，我不这么认为。每个人回顾自己的一生时，都会发现有许多关键时刻和巨大变化，是由一些随机事件决定的。这些随机事件平摊到全球六十多亿人身上，就等于每天在世界各地的许多人身上，都发生着一些会对这些人产生重大影响的随机事件。托盘既然要充当命运之手，那就必然要面对这些随机事件。我不明白具体它是怎么做到的，但原理可以推测一二，即每个人都生活在社会网中，再怎样的随机事件，都无法让这个人挣脱大网，不管这个人是往前还是往后，往左还是往右，都还在网中，就像逃不出如来佛掌心的孙猴子一般。相信所谓的混沌学模型，解决的就是这个问题。

　　我的随机选择，充其量能为我多争取一点时间而已。托盘会迅速适应我的新"节奏"，从而制订出新的方案来。

　　更何况，我的所作所为并非真的完全随机，终究是围绕着一个中心的。只要行为有目的性，预判起来就会容易很多。这个中心，当然就是中国区的复杂测试了。

有很多事情，再危险我也非做不可，比如追查郑剑锋。

王美芬已经完全蛰伏起来，短时间内是指望不上了。

你自己小心，尽量别主动联系我，什么时候我方便了，会告诉你。她这样对我说。

也就是说，即便协会又通过托盘发出了死亡指令，她也不会再行通知我。而对郑剑锋下落的追查，就更不必说。一切只能靠我自己。

我也想过是否去请梁应物帮忙，X机构的地下势力非常庞大，对郑剑锋的前世今生做出全盘分析是再简单不过的事，甚至他们如果决定追查一个人的下落，往往要比警方更有办法。但转念一想，X机构由大量科学家组成，谁知道里面是否有人兼具喂食者协会会员的身份。

根据郭警官给我的警方内部消息，最高级别的通缉令已经对郑剑锋发出。但我心里明白，这并不意味着，警方的力量已经总动员起来。最高级别的通缉令每年总会发出几张，如果按照郑剑锋持有核弹的威胁性来说，起码够中央级的大员下明确指示，公安部部长领衔成立专案组，全国警力总动员，各路口关卡提高两个级别以上的戒备……中华人民共和国成立以来，警方从来没有面对过如此大的威胁，岂是区区一张通缉令就足够的？

但现在的确就是这一张常规范围内的顶级通缉令，究其缘由，只因警方并不真的确信郑剑锋手上有成型的原子弹。这张通缉令，更多的是针对死者欧阳德身份背后的圣战天堂残余分子，以及铀 235 的可能下落。

站在警方立场，有这样的判断没有错。

因为在警方掌握的信息里，并没有郑剑锋的父亲郑元龙和圣战天堂组织有瓜葛的证据。一切只是从欧阳德的死亡得出的倒推。

欧阳德的死亡意味着郑剑锋和圣战天堂之间有某种关系，这种关系只能是由郑元龙而起，郑元龙是核物理学家，受到打击前的圣战天堂可能掌握了六公斤的铀 235，所以两者的关系也必然与铀 235 有关。圣战天堂是极端组织，既然想尽办法获得了铀 235，就一定要把这可怕的东西用起来，怎么用，原子弹是唯一路径。郑元龙的意外死亡现在看来不会是意外，很可能是因为他不愿意配合圣战天堂所致。可他既然死了，为什么欧阳德还会事隔三年，又找上郑元龙的儿子郑剑锋呢？

想来想去，原因只有一个，还是铀 235。当然不可能是为了让郑剑锋去造原子弹，这也太过儿戏，一个恐怖组织再怎样落魄，也不会把这么贵重的资源交给一个少年。那么，圣战天堂为什么要派出得力干将欧阳德来找郑剑锋呢？欧阳德显然没有一见面就下杀手，否则郑剑锋不可能有机会无声无息干掉他，另外，郑剑锋造出弩匣，表明他有所提防，对欧阳德的出现早有准备。唯一能解释这些的，就是铀 235 这几年并不在圣战天堂的手中！

郑元龙死时，一定已经把铀 235 拿到手中，而他的突然死亡，使得这六公斤的铀 235 去向成谜。所以恐怕他是主动去死的，为了不助纣为虐，造成意外之象，是不想祸及家人吧。他在死之前对铀235的去向一定做了很好的掩饰，以至于圣战天堂在三年之后才找上他的儿子郑剑锋。

这样的分析，从逻辑上完全能讲通。警方也必然能做出如上推论。问题在于，推论不等于结论。更重要的是，到此为止，并没有任何证据表明：第一，铀235一定在郑剑锋的手上；第二，郑剑锋有能力做出原子弹；第三，郑剑锋已经做出原子弹。

要知道，警方正在调查郑剑锋的购买记录，到目前为止，还没有发现他买过制造原子弹的一些必备材料。这让警方松了口气，但我却不这么认为。郑剑锋是个隐忍的人，从他父亲郑元龙用自己的生命做出的布局来看，这个儿子也必定不会简单，他反杀欧阳德这件事本身就说明了这点。他可不会做出网购引爆装置这样的蠢事，警方一时查不到，并不能说明问题。更何况，郑元龙当年既然已经拿到了铀235，那么圣战天堂非常有可能把相应的其他材料也给了他，这些材料会和铀235一起被郑剑锋继承。

其实，在火车上，接到郭警官电话的第一时间，我就确信，郑剑锋必定造出了一枚原子弹。因为既然托盘选了他作为关键的一环，那么他就一定有牵动全局的能力。还有什么，比引爆一颗原子弹更有推动力的？正如我和王美芬的一致判断，正常情况下，中国政府绝不可能放弃钓鱼岛，只有战争才会将不可能变为可能。中国战败放弃钓鱼岛，或者中国主动放弃钓鱼岛以达到某个战术战略目标。不论哪一种，都太可怕了。中国为什么会和日本开战呢？这颗原子弹会给出一个足够有力的理由！

广岛之后，第二颗在日本本土炸开的原子弹？！

如果这样的事情发生，战争还能避免吗？没错，这不是国家行为，这只是个人恐怖行动，比"9·11"后果更严重百倍的恐怖袭击，日本未必会对中国宣战。但不要忘记，在一切的幕后，那只恐怖的命运之手。在举国哀伤，群情激愤之下，连我都觉得有太多可以下手挑拨的方法，更何况托盘？一旦这颗炸弹爆炸，战争必然不可避免。要切断托盘的反应链，必须赶在这之前。

但这些话，我怎么可能对警方说？换位思考，如果我是警方，一定会把这个叫那多的记者控制起来，慢慢调查他所说的这个听起来不可思议的"喂食者协会"是真是假，绝不会在第一时间相信。且不说这里面耽搁的时间，一旦我被警方控制，几小时内就会被托盘制造的意外害死！这简直就是在插标卖首。

我看着警方给郑剑锋的常规通缉待遇干着急，却没有什么好办法。郭警官是个聪明人，我不能表现得太过，他说起来不过问我的秘密，但毕竟他是官我是民，哪可能有无限信任，真起了疑心调查起我来，就麻烦了。

到了第三天，警方还没有逮到郑剑锋的踪迹，我就知道不能再干等下去。凡事还是得靠自己，王美芬缩头了，梁应物不敢去找，警方无法倚为臂助，逼到了路的尽头，只有自己。

我清楚地知道，一旦我亲自去追查郑剑锋的下落，我的行为模式就会变得很好判断。比如我判断出了郑剑锋下一小时会出现在上海洋山港三号码头，需要尽快赶去那里截住他，那么我对交通工具和行进路线就没有太多选择的余地，简直就是把脑袋伸到了托盘的铡刀下面。

但我已经没有选择。有些事情，逃不掉。

然而，在这个时候，我接到了一个求救电话。

电话是席磊打来的，希望和我碰面。说求救可能稍夸张，他并没有说出类似"救命"的词语，但从语气来听，情绪非常不稳定，处于六神无主的慌乱状态，显然是遇到了对他来说非常致命且难以解决的大难题。

我甚至都没有在电话里问他遇到了什么难题，就直接拒绝了。

我说我自己也遇到了大问题，一时难以他顾。然后我说了声抱歉，就挂断了电话。

半个多小时后，我出现在席磊面前。我以为会看见一个埋在一大堆啤酒瓶后大哭的男孩，出乎意料，他只是在喝咖啡。看见我他很意外，问我怎么会知道他在这里。我说因为我猜你和她分手了，而这里是你们第一次见面的地方。不过他立刻否认说，不是我和她分手，而是她要和我分手。

一个主动，一个被动，一个完成时态，一个未完成时态。我立刻就了解了他的坚持。

"我以为你不会来的。"他说。

"我以为你看上去会很糟糕。"我说。

"半小时之前还是。但是你说不来，这让我有点绝望。那时我对自己说，没人能帮我了，我只能靠自己，要是我变得状态很糟糕，她就真的没可能再回头，你说对不对？"

我听这话愣了一下。恋爱宝典中的重要一条是把自己变得更好，这话许多恋爱专业人士都在讲，能知行合一的却不多。席磊能这么快从打击中恢复，让我刮目相看，这小子的心理素质，倒真是挺强悍。

"倒是你，电话里说不来的，怎么又来了呢？"他问我。

"这事情说来话长。"电话这种通信工具，对托盘来说是全然开放的，我心里想着要来，嘴上也不能说，现在我就是在玩一场输不起的猜心游戏。

何况接席磊电话的时候，我也没想好要不要和他碰面。毕竟我现在的重心在郑剑锋上面，席磊的事情再严重，也是他一个人的事，而郑剑锋所涉及的，说得少了，也有成千上万人。且我一接电话，就猜到发生在他身上的"天大的事"，无非就是 Linda，男女情事而已。

所以我本心是不愿意在这样的时候，把时间花在安慰少年情伤上，但这样的做法太符合正常行为模式，易被托盘算中，于是我就把决定权交给了硬币。

尽管席磊现在看上去情况尚好，我也不能直接说我本不打算来，掷硬币翻到代表你的菊花那一面才来。

"还是先说你吧。"我说，"和 Linda 出问题了？你不会说了什么不该说的话吧。"

席磊苦笑一下，完全就是一副成年人的模样。经历过一次死别又经历了一次爱情，这都是最能让人成长的人生磨砺。

"我告诉她了。"

我对此早有预料，但此刻听席磊这么说，还是不禁摇了摇头，说："你疯了。"

这不是惊叹，只是一句评价。

"你说了多少？"

"全都说了。"

我以手加额。

席磊似还嫌不够，说："我说了那个邮箱不是我的，根本不存在什么我看了几年的信终于忍不住回信这么回事；我还说了我向愿望满足器提了要泡她姐姐的痴想然后就莫名拥有了这个邮箱；我甚至还说了自己之前提了一个愿望，害死了我的叔叔。"

"所以你说了愿望满足器。"

席磊点头。

"你是不是还说了喂食者协会？"

"喂食者协会是什么？"

我这才记起，我并没有把喂食者协会的事情告诉过席磊。

"你的调查有进展了？怎么不告诉我？我们可是说好的。"席磊立刻就反应了过来。

"先把你的事说完吧。Linda 不会相信什么愿望满足器的吧。"我的确和席磊有过约定，但一来喂食者协会的事有些凶险，二来我以为他沉浸在天外飞来的爱情中无心他顾。

　　"她先是以为我闹着玩，然后就气疯了，大哭，觉得我满口胡话，完全不能信任了。我猜她是没把那个当真吧。你别这么看我，我说出来之前考虑了很久，我是真的爱她，爱是不能建立在欺骗之上的，所以总是要说的，迟说不如早说。我只是没想到她会反应这么大，不给我一点分辩的机会。现在她关了机人不知躲到哪里，找不到了。"

　　"那是当然的了，她之所以会喜欢你这个小她几岁的普通高中生，就是因为那些信。这还不单单是因为她在信里对你完全敞开心扉，更重要的是，既然你收到了信，就说明你和她有缘分，她相信了这样的缘分，你才有机会接近她。现在，你一手把这段虚假的缘分打得粉碎，抽骨汲髓，毁了地基，她的反应叫作又羞又怒又后悔，有这种表现再正常不过了。"

　　席磊却摇头说："不，也许那段编造的所谓缘分是我们能开始的理由，但是，如果要长久地走下去，爱才是一切的基础。"

　　我真想把他打醒，有些事情，也得等生米煮成熟饭再坦白啊。你那么喜欢她，过几年成年了和她结婚，再有个小孩，到时候坦白就不会是今天的结果。

　　"那现在呢？"我翻起半个白眼问他。

　　"她不可能永远关机的。我总有办法找到她。我决定把真相说出来，是因为我相信爱情。不仅是相信我对她的爱，也是相信她对我的爱。"

　　说到这里，他瞧了瞧我看他的眼神，说："觉得我很可笑？一个被爱情冲昏头脑的傻小子？但我还在相信爱情的年纪啊，幸好她也是。"

这话说的，像是我已经多老了似的。不过面对这样的少年，自己身体里那点暮气还真是无处躲藏的明显啊。

我忍不住又叹了口气，说："好吧，这件事情，既然你已经说了，不说个清清楚楚，是没办法再将她挽回的。但是要不要说清楚，等我把这阵子的进展告诉你，你自己决定。以我手上的资料，只要她愿意给你时间坐下来听，最终是会相信你的。可在那之前，你得想清楚其中的危险性。"

然后，我把喂食者协会的事，外加这阵子我遇到的危险，以及中国区复杂测试的情况，原原本本地告诉了席磊。

我说到爱略特的伟大构想时，能看出他很想插嘴问问题，但忍了下来。等我说到遭遇连环撞车事件险些身死的时候，他已经完全安静，那沉稳的模样，竟有几分像经历过大风大浪的挚友梁应物，让我觉得履行约定把进展告诉他，并不是一个太莽撞的选择。

等我把一切说完，席磊说的第一句话并非发问，而是感谢。

"谢谢你愿意把这些告诉我。"

我笑了笑，接受他的谢意。我明白他话里的意思，我告诉他这些，是对他的尊重，真正把他当作了对等的成年人，而不是一个可以随便糊弄的少年。

"我本来以为愿望满足器已经足够神奇，谁知背后还藏着这么庞大的……怪物，和喂食者协会比起来，愿望满足器，还有我叔叔的死、我和 Linda 不可思议的爱情，真是微不足道的冰山一角。"

说到这里，他深吸了一口气，说："虽然对比起来微不足道，但这微不足道，对于我来说，却是天大的事情。更不用提钓鱼岛的事。我也不知道我能在里面帮到什么忙……"

我连忙打断他说："你不用帮什么忙，我告诉你可不是让你帮忙的。"

席磊苦笑一声，说："我明白自己，如果换了我，坐在咖啡馆里就直接被卡车撞死了。放心，我不会给你添乱的。你说得对，喂食者协会的事，我要想想清楚，是不是要对 Linda 说。但是，我是说如果……如果你那个啥了，反正你也不会忌讳这个，如果你死了，想个办法设置个自动短信或电邮什么的，让我知道，我好接过你的枪。"

我哈哈一笑，说："要是我被托盘整死，你觉得它不会把短信或电邮这种东西删掉吗？要知道它在数字世界几乎无所不能，你已经领教过了吧，Linda 的邮箱。"

"那可不一定，如果托盘有自我意识，它当然会主动把一切威胁扫除。但显然喂食者协会不会玩火设计一个可能诞生自我意识的程序，所以只要没人下达针对性的指令，你的信息是能够传出来的。"

"你就别管这些了，无论怎样这事都轮不到你来插手，别忘了还有潜伏在喂食者协会内部的王美芬。"

席磊摇摇头："这种惜命龟缩起来的家伙，能指望她豁出去？"

我愣了一下，这么说倒也没错，王美芬这个始作俑者，现在缩起来的确不够意思。不过……女人嘛，还能指望多少。寄希望于女人从来不是我的习惯，连漫画里的超级英雄和超级反派都基本为雄性，这个世界，不管是毁灭还是拯救，都是男人的事啊。

"所以，你现在的当务之急，就是找出通往放弃钓鱼岛这个最终目的的反应链，并且切断它，对吗？"

我点了点头："对，更确切地说，我要找到郑剑锋在哪里，他身上的原子弹，必然是反应链中的一环。"

"这样说是没错啦。"

席磊有些犹豫，吞吞吐吐。我问他怎么了，有什么想法就说出来。

"你是觉得，郑剑锋造了颗原子弹，然后他会通过某种方式把原子弹运到日本境内，最终引爆原子弹，通过惨烈的后果，引发中日两国间的巨大事端，甚至战争，最终达成割弃钓鱼岛？"

"对。"

"从逻辑上是，也很能说得通，但是……这和中海油有什么关系？"

我一愣。

"托盘对这项复杂测试给出的第一个动作，是让中海油上马了一位女性副总。这条反应链，会在什么时候和郑剑锋的原子弹交汇呢？从你现在的分析，好像根本用不到中海油这条线呀。"

我皱起眉头，这的确是个问题，原子弹这条线看似可以直达最终的结果，但是作为反应链的初始，中海油这条线，肯定会达成某个必要条件。会是什么呢？

"也许中海油这条线，会在原子弹引爆后，两国乃至国际上的复杂形势中，起到必要的推动作用。"我试探着分析。

"我觉得不会，这是托盘给出的第一个指令动作，序列排在郑剑锋之前。从时间顺序上说，它发挥的作用，不应该在郑剑锋引爆原子弹之后吧。"

我意识到席磊说的话是对的。中海油这条线，应该是郑剑锋这条线发挥作用的先决条件。因为照王美芬的说法，托盘一直等待着第一个动作产生的影响，发酵到一定程度，才会给出第二个动作指令。

可那会是什么呢？

如果想不出来，那么我只靠郑剑锋这条线推出的反应链，就肯定是错误的！

但我和席磊面面相觑，苦思冥想了半个小时，都没有答案。

"不想了。"我说，"先想法子把郑剑锋抓出来吧，总之他身上那颗原子弹，一定是反应链的核心，这点绝不会有错。"

我和席磊说了再见，相约无期。走出去时，心里却还是空落落，仿佛一整张凶手拼图，虽然有了心脏，但缺了脑袋的感觉。

但我不能因为这空荡荡的感觉而停下来慢慢想。我没有时间。不仅对于钓鱼岛，也对于我自己的性命。

我对席磊说想法子抓出郑剑锋，当然不是说从现在起想法子。这两天我并不是光坐着等待警方的消息，自己什么都不做。事实上，我已经有了相当大的进展。

我的查案能力，能动用的资源，当然和高度重视起来的警方不能比，但我的优势，在于我所掌握的那些不方便对警方透露的信息。

比如半个多月前，郑剑锋曾经在他的 QQ 空间里发布过这样一条心情：又做到那个可怕的梦了，我讨厌黑色！

分析疑犯的网络痕迹已经是当下警方的必修功课，所以这条心情警方肯定也看见了，但他们最多将其分析为郑剑锋因为刚杀了一个人，承受了巨大的心理压力，开始做噩梦。

而我看到这句话的时候，立刻就明白了，为什么托盘给出了涂黑站牌的指令。

指令发出前几小时，即当天清晨六点，郑剑锋更新过心情状态——一个竖中指的动态图。托盘一定据此，或者还有其他某些我不知道的资讯，判断出郑剑锋再一次做了噩梦。同样的噩梦他已经做过很多次，黑色是梦中的主要基调或者特殊象征。以托盘的能力，很可能通过无数碎片，把这个梦境还原出了一大半，它下达指令，让执行者把郑剑锋工作场所对面的站牌涂黑，让郑剑锋在上班时不断看到怪异的黑站牌，从而使他联想到梦境，以为这是冥冥中某种预兆，终于情绪突破临界点，做出了一个符合托盘需要、符合反应链需要的选择。

如果我能知道这个梦的具体内容，也许就可以对郑剑锋下一步的行为做出判断。不过我没有托盘无远弗界的触手，看不到更多郑剑锋关于噩梦的表述，但幸好，我有其他的途径来弥补。

既然我已经推测出，郑剑锋要把炸弹带去日本，那么就只有空海两条路。空中显然不现实，不说机场的安检，只要他的身份证在机场一扫进电脑联入网络，立刻就会被警方抓起来。

那就只有海路。

偷渡。

不论是在小说影视剧中，还是现实里，说到偷渡最多的，就是福建。哪怕上网查"偷渡日本"，最先跳出来的那些页面里，也都是些以福建沿海为基地，通过渔船或货轮偷渡的内容。

而郑剑锋恰恰祖籍福建，甚至在他初二之前，都是在福建读的书。想必在他幼年时，听过许多关于偷渡客的逸事。所以他一定会回去，找他的某个有门路的亲戚或者同学。郑剑锋在福建老家都只剩下了不常联系的远亲，所以警方既然不知道他会偷渡，就没有特别注意这条线。我考虑再三，觉得如果提醒警方的话，指向性太明确，无法解释清楚理由，所以还是自己先去查探。

我已经在去往福建的火车上。之所以没有搭乘飞机，是因为飞机上了就下不来，万一出事，还会连累一整机的人。

一路上我来回翻看着郑剑锋的 QQ 空间、校内社区、腾讯微博。其实这些的主要内容我在这两天都已经看过，现在我看的算延伸内容，比如他和别人的互动留言，以及与他交往密切者的具体情况。

郑剑锋对日本的敌意在这些信息中时有体现，意料之中，这和我推测他会携原子弹去日本呼应起来，说起来有点倒果为因。我也调查了一下这敌意的来源，发现已经传承几代。百度百科中郑元龙的词条下，提了一句郑元龙的父亲，也就是郑剑锋的爷爷。他是一个不幸的幸运儿，极少数从日本七三一部队魔掌下逃脱的人，但感染过鼠疫和结核病菌的他，落下了病根，身体一直虚弱，在郑元龙两岁时就死了，时年三十三岁。

所以，对于郑剑锋来说，对日本的敌意，并不仅仅是民族主义，更有家族仇恨的渊源。当他有一颗可以自由支配的原子弹时，没有选择向导致父亲死亡的圣战天堂复仇，而是准备将其投向日本（当然，也可能是他面对一个残破的小恐怖组织无从下手，而日本作为一个国家，总是在那儿）。

这段日子，我的神经处于高度紧绷状态，看起来精神，其实人非常疲倦。上一刻还在看郑剑锋的微博，下一刻从睡眠中惊醒，怎么睡过去的完全回忆不起来。电脑还在面前的小桌板上放着，显示器自动保护黑屏，身边的学生妹还在玩手机，东西没少，一切如故。我点开电脑看时间，过去不超过半小时。我在心里给自己敲了个警钟，托盘是不知疲倦的，但我不是，必要的休息能让我活得更长。

于是我打算好好睡一觉，要是托盘在这两小时里发动就算我倒霉。

关电脑前，我发现有新邮件提醒。顺手点开，立刻就忘了刚才的休息计划。

　　是郭警官的来信，关于我前天提出的请求的答复。

　　那天我提醒他，希望警方能多关注一些郑剑锋的网络活动，不仅是他的微博QQ记录，还包括他平时经常上的网站。同时，能否告诉我郑剑锋常去哪些论坛，在论坛上用的是什么名字。这属于个人信息，需要网络警察动用相当的技术手段才能查出来。不过以郭警官对我的了解，他肯定觉得，如果警方不提供，我也总能有自己的渠道去获得这些密级并不高的信息，就乐得做个人情。他可不晓得，有很多关系，现下的我已经不方便动用了。

　　邮件里是郑剑锋在失踪前一个月内曾登录过的论坛，以及他在这些论坛中的名字，并附送了登录密码。值得一提的是，他失踪到现在，再未上过这些论坛。这是一个非常小心的人。

　　我扫了一遍论坛的名称，有杂谈类的，有文学类的，还有军事类的，让我眼皮一跳的，是一个名叫"湖州铁血BBS"的论坛。新进展一出现，我就像打了鸡血似的精神奕奕，再顾不得什么休息，准备把这些论坛一一登录，搜寻郑剑锋留下的蛛丝马迹。

　　我从名字看起来最极端的湖州铁血BBS开始。登录之后，发现这是个湖州民族主义者的聚居地，从发布的帖子看，观点都颇"铁血"。针对的对象，以日本为主。

　　郑剑锋在这个论坛里的ID叫作"钉子"，发表过几十个主

帖，算得上资深。这些帖子多是说中日关系，或者中国对日战略的，观点极端。我点开站内短信，里面已经被清空，估计是他自己做的，不会是警方。我反倒来了精神，这是否说明了他在这个 BBS 里的活动，和他的去向有关？

郑剑锋删了站内信，却没有把自己的回帖都删了。根据这些回复，很容易就筛出一些经常与他互动的 ID 号，其中一个让我觉得有几分熟悉。

这个 ID 号叫"森林行者"。我冥思苦想半晌，终于啪地一拍小桌板，震得电脑差点掉下来，让旁边的女孩侧目而视。

想起来了，是刘朝华。王美芬根据临湖桥公交站牌附近的监控录像，给出的 185 个可疑者名单中，经我筛选，最可疑的那个人！

他是一个淘宝店主，而他的淘宝 ID，就是"森林行者"。

我相信他们是同一个人，我之所以觉得刘朝华可疑，就是因为他强烈的民族主义倾向。一个在湖州的反日民族主义者，怎么会不上这个 BBS？

那天他经过黑站牌不知是否偶然，或许他进过便利店和郑剑锋打过招呼，或许他根本不知道"森林行者"的真实身份。但这已不重要，重要的是，他多次组织人前往钓鱼岛的经历！我立刻搜索他在论坛上发布的帖子，果然，就在两周前，他发起了新一次的前往钓鱼岛的召集。

钓鱼岛离日本本土还有相当距离，哪怕是冲绳也隔了四百公里，但我不会忘记，尽管我推测郑剑锋要把原子弹带上日本本土引爆，但整件事的核心，终究是在钓鱼岛。

一个在郑剑锋常去的 BBS 上发起的钓鱼岛示威活动，会和郑剑锋乃至整个反应链无关？打死我都不信。

也许郑剑锋要去的是钓鱼岛，而不是日本本土？这样的念头在我的脑海中一闪而过，就被我排除了，在钓鱼岛引爆原子弹是件没有任何意义的事情。所以关键应该还是在船上，偷渡到日本需要船，去钓鱼岛也需要船。一艘能开到钓鱼岛的渔船，一样也能开到日本。如果在一艘去钓鱼岛示威的船上，有一名成员忽然提议说，这一次不仅要在钓鱼岛打横幅，更要把船开到日本本土去示威，得到响应的概率有多大？

我想，我开始摸到事情的脉络了。

郑剑锋，我就快逮到你了。

第十一章

杀 机

Chapter 11

　　我确信我是对的。

　　昨天，森林行者在论坛上发了一个帖子，主题叫"雄纠纠气昂昂跨过鸭绿江"。主帖是一首诗"秦时明月汉时关，万里长征人未还。但使龙城飞将在，不教胡马度阴山"。

　　很多人跟帖问什么意思，但森林行者没有回答，并且他再未在论坛上出现。而以往，他每天都会在论坛上泡很久，说许多话，这很异常。

　　有些人说话就是这么前言不搭后语，但我却知道他是什么意思。联系之前的钓鱼岛召集，我想他是准备好要出发去钓鱼岛了，诗以咏志。

这次他的召集和前两次不同，虽然没有说得太详细，但明确表示联系好了乐清附近的一艘渔船，即便最后没有志同道合者同行，他也会独自上路。以他一贯的性格，上路之前，一定会发一个长帖详述经过，并且发上个人照片以壮行。而今却如此隐晦地发了一首诗，此后再不出现，这般反常，必不是森林行者的本意。

　　森林行者销声匿迹的时间和郑剑锋的失踪时间对上了，他反常地将一次保钓行动转为地下，也和郑剑锋的保密需求对上了，世上哪有这样的巧合，这两个人肯定是一路。

　　甚至诗中"万里长征人未还"这句，让我怀疑是否也对应了此行的终点并非钓鱼岛，而是更远的日本本土。

　　乐清附近的渔船吗，这范围，可就小了许多。

　　我身在去厦门的动车上，乐清正是其中一站。我把森林行者的这根线理清楚时，火车正好在台州站停下，这是乐清的前一站。我犹豫着要不要为了避托盘而提前下车，想想还是算了，哪种决定都可能是错的，而森林行者发帖到现在已经近二十四小时，从口气看，很可能昨天就出发了，最迟也是今天，我哪还耽误得起时间。

　　台州到乐清只是半小时的动车车程，这半小时里，我一直在忧虑时间问题。如果时间充裕，哪怕还能给我个二十四小时，我觉得都有把握把这艘渔船找出来，可现在没有时间。

　　列车在乐清站短暂停靠。我跳下车的时候做了决定，给郭警官打电话。

尽管我知道这个电话一打过去，那边很可能会有些疑心。但事到如今，总不能为了可能的疑心，就兀自强撑着拿许多人的性命和国运去冒险。

打过去的第一个电话被按掉了，随即一条短信发过来。

在开会，稍后回电。

我皱着眉，心里急躁得很，谁知道他一个会要开多长？

我握着手机，在站台上站了一会儿，又给他拨手机。

电话铃响了很久，他终于接了。看来是溜到了会场外面。

"嘿，那多，我给你的东西已经够多了，你心里有数。我又不是负责这个案子的，中间转了几个弯呢，很不方便的。再有什么要求的话，你最好告诉我是为什么。"郭警官一接起电话就说。

"恰恰相反，我这次是为了回馈。"我心头略定，边讲电话边往出站方向走去。

"你不会想说已经抓到那个家伙了吧。"

"我又不是警察，哪有权利抓什么人。"

我似乎听到电话那头"哧"地笑了一声。

"但我有关于郑剑锋下落的情报，希望你能第一时间告诉浙江警方。"

乐清站下车的旅客不多，我沿着铁道往前走，站台很长，前面是地下通道入口，应该要走这条通道才能出站。

因为打电话，我走得很慢，所有下车的旅客都超过了我，没入地下通道中，我成了拖在最后头的一个。我隐约觉得有些不对，但正在和郭警官讲电话，没有多余的脑容量去思考到底是哪儿有些问题。

"他在乐清，他会搭乘一艘渔船出海，目的地原本是钓鱼岛，但现在我相信应该是日本。同行者叫刘朝华，在湖州铁血BBS 上的 ID 名是森林行者。船是他租的，可以从他身上着手。必须要快，有可能船已经开出了。"

这一切都是我的推测，但我用相当肯定的口气说出来，仿佛我得到了极肯定的情报一样。既然要说服警方立刻行动，我这里就不能软，什么"大概""推测"之类的词尽量少用，免得警方觉得我不靠谱，浪费时间再做调查。

火车慢慢驶离站台，一节接着一节从我身边掠过，越来越快，带起风。我正要走进地下通道，这时忽然明白了刚才那丁点儿不对劲是什么。

我下车前，听见车内广播说停靠两分钟，但实际停了远不止两分钟。至少有三四分钟。

想明白了，我心中释然，不是什么要命的问题。郭警官这时在电话里问我："你是怎么知道的？我们发了一级通缉令都没能抓到他的尾巴。你如果不告诉我具体的消息源，我要说服浙江警方会有点困难，要知道这不是我自己的案子，他们没有我对你的了解和信任。"

他说了不止这些，但后面我已经没在听了。

车笛长鸣。这由远而近的尖厉声响，并不是我面前这趟就快要驶出站台的动车发出的。

我一边往后退，一边转头望去。

在动车流线型的子弹头车尾后不远，一条黑色长龙正疾追而来。那是一列货运火车，除了鸣笛之外，竟似完全没有刹车。动车的车速还没有提起来，追尾已经不可避免，就在几秒之后，而且会很猛烈！

我不禁庆幸自己及时下了车。如果不是收到了郭警官的邮件并且从湖州铁血 BBS 上发现端倪，我此时还在火车上，而我所在的车厢，正是倒数第二节。

我脑海中已经虚拟出撞击后车厢内的惨烈情境，这惨烈将在几个眨眼之后上演，也许车厢内会有幸运者，但被托盘盯上的我，赌不到这份幸运。

这一刻，思维的速度如光如电。就在撞击发生前的些微时间里，我脑子里已经近乎本能地盘旋了许多念头。终于有一个念头跳了出来，将之前那丝刚刚萌发出的庆幸击得粉碎。

我在乐清站下车是个偶然事件吗，是和我之前试图躲避托盘时做的那样，用掷硬币来决定的吗？不是，我前天提出请求，郭警官今天邮件回复，我根据回复在短时间内找出端倪，遂决定于乐清下车。这一系列抉择有逻辑关系，完全可以预判，如果即将发生的撞车是托盘安排的，它会算不到我已经不在车上吗？不，它一定把这点算进去了！

那么这会是托盘安排的吗？当然是，这样的大事故必将震惊全国，我那么巧遇上？

所以，在托盘的算计中，我在不在车上，都要死！

我把手提行李随手一扔，发力往地下通道里钻。希望这地下通道足够结实。

　　我人本就在通道入口处，这时哪还会一步步往下走，跳着往下奔跃，我已经竭尽所能地快，神经和肌肉的反应却和刚才的思维速度不能比，只迈出一步，脚刚触碰到第二级台阶的时候，巨大的声响就轰击在我的背上。这一瞬间我根本无法分辨那是怎样的声音，甚至第一反应不是这声音有多么震耳欲聋，而是那股毁灭性的力量。这不是什么撞击气流产生的推力，那还没有来得及传到这里，纯粹是声音的力量，仿佛固体一样，拍击在我身上。

　　我只觉得天旋地转，神经系统一片混乱，人不知什么时候已经摔倒，顺着台阶一路往下滚。我意识到这一点的时候并没硬停下来，而是在滚落中不断调整姿势，连滚了近十级台阶，才在下一个翻身中成功借助手掌的撑劲站起，接着三步跨了十三级台阶，不要命地冲到底，踉踉跄跄稳住没再摔倒，向前跑去。不知道是之前的声响还在持续，还是我已经短时间丧失了听力，整个世界这时对我是混沌的，没有任何可分辨出的声音。

　　这片混沌几乎要把我的思维也冻住了，但终于没有。我想，我现在这么冲进地下通道，在不在托盘的盘算内？反应敏捷的正常人，在遭遇这种事故时，是否第一反应也是冲进这类似掩体的地下通道内躲藏？不妙的预感潮涌而来，几乎要把我冲跨。对了，刚才我下车后走的速度慢了，没打通电话时还原地站了

一会儿，如果按照正常速度算，我现在本就该走在这条出站的唯一通道里！

所以在托盘的算计中，我就算躲在这地下通道中，也一样要死！

该怎么办该怎么办该怎么办？

返身冒险往回冲吗？这反应会不会也被算到？要掷硬币吗，但是现在已经没有时间了，我必须立刻做出决定，就在这一秒，不，就在这十分之一秒内！

不回头，向前冲！

混沌被打破了，我的听力还在。那是一声沉闷如滚雷的声响，贴着地而来，甚至这地也随着这声闷响震颤着。

那是什么东西，简直像是霸王龙的脚步。

然后是第二声，第三声略小些，却绵延成一片轰隆隆，越来越近。

我没命地飞跑，先前在地面上对那列货车一瞥间留下的影像，此时在脑海中重新浮现。我知道了，那是货车上装的货物。每节车皮上都载着一个圆柱形的罐，一瞧就知道里面是易燃易爆物的那种，其中一个肯定在撞击中掉了下来。如果我刚才返身跑回去，就正和这个滚落下来的巨罐对上。

但现在也非常不妙！

冲冲冲冲冲。风剃刀一样刮着脸皮，我这辈子从没像现在这么跑得飞快。身后的隆隆声忽然一停，然后又响起来，比先前响一倍，并且有碰撞声。我知道它一定已经进了地下通道，

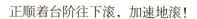

正顺着台阶往下滚，加速地滚！

到了，那条岔道！这并不是出站的方向，而是通向站台的另一条路。这就是我的目标，一直在地下通道里跑下去是死路一条，我跑不过后面的怪物，更跑不出托盘的算计，我得回到站台上去！

我跑得太急，根本来不急九十度变向，用尽全力，还是把身体侧撞在了岔道的墙上，这时哪还顾得了疼，振作着往外跑，二十几级台阶之上就是生路……也许吧……

别炸别炸别炸别炸，我大吼着冲上台阶，重新跑到了站台上。眼前的一切让我意识到灾难才刚刚开始，两列火车撞击的余音刚刚散去，空气里全是浓重的钢铁气味，眼前的景象惨到像是世界末日，货运火车的车头向外侧出轨，被撞上的动车最后一节车厢完全变形，倒数第二节第三节车厢高高跷拱起来，最高处离地十几米，而我跑出来的位置，就在这拱起车厢的下面。

车窗早已经在碰撞时粉碎，我一眼看去就至少有两个人吊在窗外。错了，是卡在窗口，半个身子在外面，头冲下，没有一点挣扎的迹象。动车司机大概最后还是紧急制动了，天知道这措施是正确还是错误，反正现在车还没有全停下，拱起来的车厢被向前拉，吱吱嘎嘎的钢铁撕裂声越来越重，耸起的几节车厢开始向我这边倾倒下来。

我往反方向跑，可是没有一点把握能在被压死前逃出去，阴影转眼就把我全遮住了，这就是泰山压顶！

跑不出去，我没那么快。

下来了。

要死了吗？

还有一点点。

我弯下腰，脚死命一蹬，人贴着地向前蹿出。

照到太阳了！

我的身体重重地拍在地上。不对，是原本平整的地面突然变形，像水般扭曲，仿佛地龙翻身，猛地拱了起来，在我落地前，狠狠把我拍上了天。这是地裂山崩——那罐子在地道里炸开了。几米厚的地面根本隔离不了下面的爆炸，顿时就开了花。

那几节车厢砸到了地上，几乎是贴着我擦过，绝不到半米。而我则被拍了回去，在往上升，与车厢交错而过，这感觉真是奇妙。

这时我只剩了思维还在活动，完全失去了身体的控制力。我看着自己向上升，开始有飞向天空的错觉。地底的爆炸声在这时追上了我，一瞬间我被淹没，失去了意识。

如你所知，我没有死，否则也不会坐在这里写出我的故事。

我在黑暗里待了很久。时间像是凝固了，又似是不存在。其间我醒过几次，但都在努力睁开眼睛的过程中重归于寂。

大约是第三次，或是第四次，我把眼睛睁了开来。

我以为会看见一片白色，实际上，也有白色没错，但并不是病房里天花板的雪白，而是带点米色，有许多污渍，还有一溜长明的日光灯，以及耳畔不算喧闹但也绝不算安静的人声——那是由许多低低的哀号组成的。两条腿在我旁边走过，走得远了些我才瞧见她的屁股和上身。那是个护士，而我正在医院的走廊上。我并没有躺在病床上，走廊上有很多病床，但我没占着，只是睡在一排座椅上。

让一让，让一让。伴随着这样的声音，一辆平板车推过。我看不见车上的人，只看见垂下来的白布。

我这才回忆起让我昏迷的那场巨大灾难。眼前的景象，这到底是死了多少人？

我翻身坐起来，感觉了一下自己的状态，好像没断胳膊腿儿，真是奇迹。一眼看过去，走廊上放了五六张病床，但病人远不止这些，有像我一样躺在长椅上的，还有直接铺张白单睡地上的，一个挨着一个，竟塞了二十多人。几乎人人身上都染了血，衣服破碎，简直有哀鸿遍野的感觉，仿佛进了一个战场上的前线野战医院。

我刚站起来，一股晕眩就让我又坐了回去。一个护士瞧见了我的动静，赶过来让我快躺好。我说我感觉还好，她说我头部受创，严重脑震荡，本来还不知道能不能醒过来呢。

她这么一说，我也感觉后脑勺儿疼，手一摸，头发硬硬地板结了一块，出的血已经凝固。

我问脑袋破了没，护士说没有，我说那就好，我觉得没事了，我得赶紧离开，有急事。

说到这里，我心里却想，对啊，我有很急的事情，但到底是什么事情呢？

护士很决绝地说不行，不能离开，要再观察一阵子。我争辩了几句，她最后说，外面都有武警，把医院封锁了，要等领导来视察。

我呆了一下，这才猛然意识到什么。

其实我并不缺乏这样的经验，作为一个从业多年的老记者，不知多少次采访重大事故的时候，被当地政府挡在外头。到底死了多少人，失踪多少人，在中国是个讳莫如深的禁区。这关乎相关官员的乌纱帽，对许多人来说，那可就是生命啊。每年都有很多记者在这样的对抗中被打压，受伤、非法拘禁，甚至被"跨省"或关疯人院。

这一次的事故有多严重，瞧瞧这满走廊的伤残和几分钟前被推走的死者就知道。我所在的那节车厢是满座的，那是倒数第二节，我昏迷前的记忆，最后一节车厢被撞烂了，倒数第二、三节被拱起来又坠到地上，再加上爆炸，这几节车厢的乘客，能活下来一半吗？当地政府再开明，也会把现场和医院严格控制起来，以防被记者抢先曝出来。所谓维稳，这就是了。

护士也没时间再和我多说什么，我追着问了一句厕所在哪儿，她给我指了个方向。

作为这场大事故的亲历者，又是一名记者，我有控制不住的报道欲望。但我总觉得还有更重要的事情要做，真奇怪，有什么比写这篇稿子还重要的呢，这么惨烈的事故，死了这么多人，还有什么比这更重要的？

我的脑袋又开始晕起来，该死的脑震荡。

反正，总得先想法子出去再说。

我再次试着站起来，这下有了准备，总算是站稳了，摇摇晃晃往厕所走。躺着的时候不觉得，一走起来，全身上下的酸痛就开始泛出来，特别是腰，肯定是摔下来的时候伤到了，步子稍微大一点就痛得不行，走到厕所时，汗都出来了。

我在洗手池前的镜子里瞧见了自己的模样，真是有够狼狈的，脸是花的，洗干净了才发现左脸颊有道伤口，辣辣地疼。衣服全都破了，牛仔裤倒也算了，多个洞别人也不知道是不是设计的，外套左袖管撕扯出的一尺来长的口子可就没法装了，这件衣服算是彻底废了。

我把自己关进隔间，脱了外套扔在地上。既然想要混出去，就不能让人一眼看出我是伤员，最好的办法无疑是扮医生。我指望着能等到个医生来上厕所，脱了白大褂往隔间门上一搭，到时我一把顺走，穿在身上就可以大模大样地走出医院大门。

我等了足足有二十分钟，都不见一个医生进隔间上厕所。这个计划果然是太想当然了，我从隔间走出，在镜子前整理好仪容，挺起腰板忍着疼，快步走了出去。

怕被认得的护士看见，我特意绕开了先前那条走廊，往另一个方向去。一路上与好几个面色凝重的医生擦肩而过，面色如常却提心吊胆，终于有一个人停下来看着我问道："你是？"

眼见躲不过，我从口袋里摸出名片夹，抽出名片递给他。

"你好我是上海晨星报记者那多，请问……"

他明显吓了一跳："上海的报纸，晨星报？没怎么听过。"

然后他反应过来："啊记者，你怎么跑进来的，外面不是看得很紧的吗？"

"那就是我的本事啦，请问一下这次……"

"别别别。"他连连摇手，"别问我，我回答你的话饭碗就没啦，你还是快点离开吧，会有正式发布会的，我们不能私下接受采访。"

"就一句，现在已经死了多少人？"

他快步走开，边走边说："你快点出去吧，再这样我叫保安了，你别影响我们的抢救工作。"

"哦，好的。"我长舒一口气，转身离开。

"喂，你在往哪里走，出医院该走那边！"

"哦，谢谢。"

走出急诊楼的时候，我觉得腰都要断了。一路经过医生办公室时，我都注意往里瞄，可惜没看到一件白大褂。刚才那个医生好打发，守在门口的那些门神可不好过。倒不是说我亮出记者身份他们会怀疑，我本来就是记者，再货真价实不过，可是他们绝对不会把一个混进医院不知采访了多少真相的记者就这么放走，肯定得请去喝喝茶做做客，变相限制一段时间的自由，免得出现一篇"失控"的稿件。那样对我来说是无法接受的，因为我有万分紧急的事情要去办，虽然我还是没能想起来，那是件什么事……

急诊楼的出口在医院大门的斜对角，我一眼就能看见守在大门口的那些便衣。好在他们的注意力都在外面，没人往里看。

我猫着腰，尽挑他们的观察死角走，绕到了院墙下边。我抬头观察墙的高度，直接就愣住了。墙高两米多，以我这正痛着的腰伤，根本不可能翻得过去。但我不是因为这个愣，而是太阳。我一抬头，正瞧见了太阳。太阳的位置，意味着现在是……上午。

我摸了摸下巴上的胡碴儿，原来现在已经是第二天了。

我有种不太妙的感觉。

先不去管那么多，想法子出去再说。我的确翻不出去，这没关系，我只要能"翻过来"就行。

我挨着墙根偷偷摸摸潜行到离大门足够近的地方，大约二三十米的样子，用力往上一跳，下来的时候头朝里面往下一扑，"哎哟"叫了一声。

门口的那些"守卫"立刻被惊动了，但等他们转过头来的时候，看见的是一个好像刚从墙上跳下来的男人，从地上爬起来以后，正一瘸一拐地往急诊大楼跑。

毫无疑问，我立刻就被拦住，在被护送出去的途中，我还一直挣扎着大喊，我要找我老婆，我老婆就在医院里，我要知道我老婆有没有事之类的话。

被架出去之后，许多等着的记者围上来，被便衣们拦开。然后我被带到一边，有一个中年人跑来做我的思想工作，问我的情况。我说老婆坐在出事动车最后一节车厢里，生死不明。他很是安慰了我一通，留了我的电话，说一有消息就会通知我，希望我配合。我自然配合，他高度赞美了我的通情达理，请我不要随便接受记者的采访，我连连说明白。其实我只是想赶紧结束这一切，好给郭警官打电话。

没错，我终于想起来了，就在那人要我留电话的时候。我把电话号码写给他，心里情不自禁地想，我的手机还在不，又或者在撞击中损坏了，我都一直没有检查过。然后，我就顺理成章地想起了出事前我在打的那通电话。想起了郑剑锋，想起了刘朝华，想起了钓鱼岛。

我的手机不见了。大概是在逃命飞奔时随手甩到什么地方了。我找了个路边杂货店打固定电话，背不出郭警官的号，辗转通过查号台打到上海公安局的总机，转特事科，留下我的名字和电话，请郭警官赶快回电。

十几分钟后，电话铃响起。拿起来，耳边响起郭警官急吼吼的声音。

"那多你还活着真是太好了。我查到你在那趟动车上，还以为你出事了呢。"

"脑震荡，刚醒过来，行李啊手机啊都没了。我昨天电话里和你说的事情，你通报给浙江警方了吧，现在郑剑锋应该被抓住了吧？"

"啊……"

我一听他这口气就急了："什么情况，难道你没和浙江警方说，还是那边不相信？"

"你先别急，是这么个情况。昨天你电话断了以后，我就直接和那边联系了，把你的情报都说了。那边也说会立刻布置下去。不过毕竟这消息源不算很铁，我也没法说得更清楚，所以在执行过程中，出了点小问题。"

"小问题？"

"就是出警的警局没有执行严格的保密，因为涉及的范围较大，警力较多，有点怨言，人多嘴杂……结果有个户籍警想起他的表弟渔民好像说起过这两天有人要雇船出海，就随手打了个电话问了一下。他表弟贪钱，没直接报警，唉。"

"他带着郑剑锋他们出海了？"

"他倒还没这个胆子明知故犯，对警察说船早就租出去了，他自己没上船。警察今天一早查到他家的时候，船已经出海八个小时了。"

我不禁骂了句脏话："那谁开的船啊。"

"不知道，总有一个会开的。船上一共三个人，郑剑锋和刘朝华之外，还有一个叫黄河的。船主说刘朝华对船的情况比较熟悉，像是会开，那个黄河做过几年海员，有海上经验，也可能会开。"

"那水上警察去追了没有，现在还没追上是吧？"

"追是追了，但船开出去这么久，那是在海上，很难。"

"调直升机呀，卫星定位呀。"

"他们保持无线电静默。船不主动报方位的话，基本不太可能找得到。"

"什么不太可能找到，是不愿意动用那么大资源吧。"

那头苦笑一声，说："用卫星去茫茫大海上找一条船，这不是愿不愿意动用资源的问题，民用的根本做不到，军用的能不能找到还是两说。"

我心头一急，忍不住就要不顾后果，告诉他郑剑锋身上有原子弹的事。

"但你也别急。"郭警官安慰我说，"他们是到不了日本的。"

"你怎么能确定？"

"船主说了，船上没有足够的油。本来前一天就要开船的，就是因为柴油不足，等着船主去买油，才拖了一天。船主说了警方拉网排查，那三个人就急匆匆开船走了，但船上的油，连去钓鱼岛都只够单程，更别提去日本了。等到没油了船在海上漂着，他们就只能打开无线电呼救。"

"可是他们是在明知油不足的情况下选择提前出发，他们肯定有应对方案。"

"无非是在海上向其他的渔船借油。警方已经发出通告，不会有船借他们油的，而且一发现他们的船，立刻就要向警方报告。你就放心吧。"

郭警官安慰了我几句，让我等消息。此时此刻我也没有其他法子，只好接受他的安慰，但心里七上八下，总是不安稳。

真的没有其他方式搞到柴油吗？

通向"放弃钓鱼岛"的反应链，已经被我成功切断了吗？

虽然我逃过了托盘的两次追杀，但心里对托盘的戒惧却越来越强。那种每一步被算死的感觉实在太糟糕，让我轻易不敢言胜。

但无论如何，现如今渔船已经在茫茫大海上，我又能做什么呢，无非坐等消息罢了。好消息或者坏消息。

这样的无力感一生，所有的疲惫与伤痛顿时从每个毛孔冒出来。我想，我的脑震荡应该还没好全，整个大脑就像老牛拉破车，稍微一动就嘎嘎响，歇一下吧，从内到外地放松，等待最终结果。

我去买了个手机，补了张卡，然后打算去火车站买回上海的车票。开机之后，来了七条短信；除开移动的地方欢迎短信，天气预报之类，还有四通来电提醒。其中三通来自同一个人——王美芬。

她又出来活动了？她的危险解除了？

说心里话我真想暂时什么都不理。但是不行，她给我打了三个电话，肯定是有非常重要紧急的事。

我叹了口气，回拨过去。

"总算和你联系上了。"她劈头就说。

"我又逃过一劫，只丢个手机算好的了。"其实我的行李也都丢了，但好在钱夹还在。

"我知道，你居然能连续逃过托盘的算计两次，这简直称得上是奇迹了。"

"过一过二不过三，说实话要是托盘再来一次，我真没有信心能逃过去。"

"不会有第三次了。"

"怎么可能？喂食者协会打算放过我了？"

"当然不会放过你。我是说，你已经连续逃过两次托盘的计算，协会把你看作一个变数，决定不再仅仅依靠托盘，而是回归土办法。"

"土办法？你是说……"

"一个延续百年的秘密组织，不知经历过多少变故，在托盘出现之前，你以为协会是用什么方式解决一些特殊问题的？"

"你是说拇指？"

"啊对了，我和你说过的，就是拇指。最有力的，握刀的拇指。虽然拇指现在大多数时候的任务，只是涂黑公交站牌这类毫无难度的托盘指令，但是当碰上你这样的变数时，重拾老本行对他们来说也毫无难度。据我得到的消息，对你的灭口令已经下达到拇指了。"

"灭口令？"

"是的，听上去毛骨悚然吧。拇指里面，可有的是专业的杀手。这和托盘的谋杀指令不一样，那个虽然难以防备，但因为太过精密，只要你的反应超出了托盘的预估，就能逃脱。可面对杀手，那就真正是不死不休了。"

"听上去，像是文的不成，就来武的。"

"你倒不担心？"

"担心有用吗？老实说，我宁可是活生生的人来杀我，也不要随时走在路上都担心天上掉块石头把我砸死。那么你有更详细的情报吗，比如来杀我的有几个人，是男是女，都长什么模样？"

"我只知道针对你的行动已经开始了，你随时都可能遇袭。我现在还是不能用托盘的后门，没办法给你更多的帮助。现在我这边还是比较敏感，可能还需要几天，大概一周吧，一周后我会试着再进入托盘，到那时就可以给你帮助，在那之前，你可一定要挺住。"

"对了，钓鱼岛的事情，你查的怎么样了，有进展吗？"

"喂？"

"你怎么不说话，难不成是怕了吗？你先前不是自己说，宁可面对拇指，都不愿面对托盘。但是托盘出手两次你都活下来了，我对你有信心。"

"我要挂电话了。"我说。

"什么？"

"我想，拇指已经来了。"

第十二章

另一种方式

Chapter 12

　　我站在乐清火车站售票大厅的一角和王美芬打电话。

　　我所站的位置，足以把整个开放式入口的情况一览无余。视野算不错，但我在打电话的时候，并没有分心他顾，如果不是那个小小的变故，我根本不会醒觉。

　　在售票大厅入口处，一直有两个男子在徘徊。看他们目光游离的样子，就知道是黄牛。进大厅购票的旅客，只要表现出一点迟疑不决，他们就会上去问一声去哪里要不要票。

　　拇指的人后来据我观察一共有四个，都着便装，其中一个年纪颇大，四五十岁的样子，估计是头。我并没看见黄牛是怎么找上他们的，原因一想便知，一定是他们在找我的时候，被黄牛误会了。于是黄牛就上去问要不要票，拇指们当然不要票，理都没理黄牛，这下子被无视的黄牛不高兴了，可能说了些不好听的话，然后拿手去拍中年人的胸口，被他旁边的年轻人一下子推开了。

我就是在这个时候，注意到这一幕的。同时那中年人也看见了我。他指着我招呼同伴，我立刻就明白了他们的身份，这种时候，会出现在这里的、找我的陌生人，除了来杀我的拇指，还能有谁。

于是我马上结束了与王美芬的通话。

两个气势汹汹的黄牛不知为何忽然蔫了下来，退开几步，原本我还指望着他们起更大的冲突，好趁机逃脱，现在只好另想法子了。

这里是人流极大的火车站，公共场合，拇指不会有胆子在这儿动手吧？

我和中年人的目光交错只是一瞬间的事，彼此都不能确定对方知道自己被发现了。

我收了电话，向他们走去。

中年人盯着我，那三个年轻人已经站好方位，把我的去路拦住。但我却并不看他，而是望向了那两个已经准备离开的黄牛。

"喂，有去上海的票吗？"隔了好几步我就出声问他们。

"有，有。一等座要不要，过会儿就开车了。"黄牛来了精神，其他那几个反倒愣住了。原本板着脸要迎我的也止住了脚步，都以为误会了。

"给我看看票，别是假的。"我凑到黄牛跟前说。

"怎么能是假的呢？别在这儿，我们出去说。"那黄牛瞧了那几个人一眼，压低声音说。

正合我意，我跟着黄牛往外走，经过一个"拇指"的时候，眼角余光瞥见他皱了皱眉。

"哎。"他和我打了个招呼，又出一脚挡住我。

他想在这样的公共场合干什么吗，真出什么事能跑得了吗？我心里猜测着他们下一步的行动，脸上作茫然状望着他。

"你是……"

我猜他想问"你是那多吗"，但我没给他机会。心里决定一下，伸腿就蹬在他脚踝上。

脚踝是最脆弱的地方，我用上了六七分力，没下死力的原因是怕用力过头动作收回得慢了耽误自己逃跑，但已经足够让他"嗷"一声痛叫着蹲下去。我飞快地从缺口逃走，两个黄牛都看呆了，剩下几个"拇指"倒反应很快，没人管那名伤者，都追着我跑。

我冲出售票大厅，冲出火车站，跑到广场上。没工夫回头，只看见周围人的眼神，我就知道后面的尾巴跟得很紧。心里惊叹于他们的胆子，这样的不管不顾，是觉得出了什么事情，都可以让托盘来擦屁股吗？

火车站总是治安最混乱的地方，所以也是警察照顾最多的地方。我跑到广场上，一眼就瞧见前面路边停了一辆警车。虽然我看不清楚车里有没有人，但还是往那儿跑去，希望能吓阻追我的家伙。

飞奔到警车前，驾驶座上坐着个警察，头仰着在睡觉。我回头见那三个人压根儿不减速狂奔而来，连忙猛敲车窗。

警察睁开眼睛，皱着眉头，把窗户降下来。在这短短的三秒钟里我有两次想继续逃跑，面对喂食者协会的庞大压力，警察也显得有点不靠谱起来。就在这犹豫间，窗户降到了底，后面的奔跑脚步声也已经清晰可闻。

"救命，后面的人想杀我。"我冲他大叫。

警察像是还没有完全清醒，有些茫然地看着我，以为自己听错了。

"有人要杀我！"我嗓门大得周围的人都听见了，纷纷闪开，给追过来的三个人留出一条通路。

"怎么回事？"这警察说了句没用处的废话。

这种反应当什么警察啊！我在心里狠狠吐嘈，后面追得最急的那个，已经伸出手抓我的肩膀，我矮身出腿，一下把他扫翻在地。

什么杀手，普普通通嘛。

才这样想着，后面那个合身一扑，把我压倒在地上，手肘卡在我脖子上，膝盖顶着我的胸口。

"停下，你们干什么！"警察从车里钻出来。

"警察！"压着我的那个大叫起来，随即被我扫翻的那个也叫着爬了起来。

233

这反应也太迟钝了吧，那么大一辆警车停在眼前，才看见？我趁他分心，一拳凑在他下巴上，总算把我的脖子解脱出来。

"警察！"另一个吼着也扑了上来。

有些什么地方不对，等等，这意思是……

捂着下巴的那人从口袋里掏出警官证，冲从警车里下来的警官晃了晃。

我明白自己一定是误会了，放弃抵抗，立刻就被脸朝下摁在了地上。

"误会，误会了。"我歪着脸口齿不清地说。

这些警察应该是为了郑剑锋的事情来找我的吧，郭警官对他们说了消息源吗？可是他们干什么不好好穿上警服，结果让我误会了他们是拇指。

我被飞快上了铐，这时落在后面的中年人才跑到，气喘吁吁地说："我就说他有暴力倾向吧。"

"通缉犯？"穿制服的警察好奇地问。

"你见过敲警车玻璃的通缉犯吗？"我没好气地说。

"那可说不准，还有上个月就有个通缉犯跑进派出所补办身份证被逮住呢。"他说。

"我是上海晨星报的记者。"

那警察本来还笑呵呵的，听我这么说，皱了皱眉，不再和我搭话。

便衣抓记者，他有太多种不想介入的理由，没人想给自己惹麻烦。

我和他说话的工夫，便衣就用步话机呼叫来一辆依维柯警车，专门关犯人的那种，我被推进去，两个便衣坐在我对面。

"老实点。"年纪轻的那个警告我，然后车开了。

我觉得有点儿不对劲，因为这警车来得太快了，像是就停在不远处候着。但如果我没有袭警的话，难道这些警察也打算用这辆车来载我吗？对待一个和上海警方有交情的消息人，怎么都不该是这副阵仗呀？

或者是恰巧附近有这辆囚车？不太可能吧。

我憋了一会儿，忍不住开口说："把铐给我解开吧，刚才那是误会呀。"

没人理我，除了那个中年警察，其他两个瞧都不瞧我一眼。

"我这儿给你们道歉啦，对不起。"

还是没反应。

"我们这是去哪儿，派出所，要录口供吗，袭警？要不让我打个电话？"

这回有反应了，一个人凑过来，恶狠狠对我说："别找不自在，听得懂我的话吗，闭嘴！"。

"真不用这样吧。"我铐着的双手刚举了举，见那人把警棍抽了出来，连忙把手放下。好汉不吃眼前亏啊。

他重新坐正，翻着眼瞪我，极不友善，没有一点要和我说话的意思。

倒是旁边那个中年警察笑眯眯地瞧着我。我冲他笑笑，琢磨着该怎么从他的身上找突破口，他却开口说话了。

"还认识我吗？"

我仔细地打量他，迟疑地摇了摇头。真没印象。

"我们可是老朋友了。"

"您……怎么称呼？"

"冯征。想起来了吗？"

"好像在哪儿听到过似的。"

冯征摇了摇头，脸上的表情有些奇怪。

"冯医生，这个称呼，让你想起来了吗？"

"冯医生？"我有点糊涂了，"您是法医？"

他再次摇头，这一次我读懂了他的表情，那是遗憾和惋惜。

"我们一共见过六次。"

"这绝不可能。"我大声叫起来。

一个见过六次的人，我怎么可能认不出来。我可还没到老年痴呆的年纪。

"你是不是最近都没有服药？"冯征问我。

"什么药？"我莫名其妙。

他叹了口气，不再说话了。

我心中的忧虑越来越重，事情似乎在往我无法预料的地方滑去。

警车开到了目的地，驶入大门的时候，我瞥到一眼，这根本不是什么派出所，而是一家精神病院。因为精神病这个词的刺激，我一下子记起了冯征的身份，他是一个非常著名的心理学家！但听说归听说，我在之前的的确确没有和他见过面啊。

我被推下车，坐在副驾的便衣说，冯老师你和我一起去医生办公室，把他的病情和这里的医生交代下。

我正被推搡着往里走，这句话一入耳，就猛地一个激灵。

这是把我当精神病给抓起来了！

全明白了。

所谓灭口，原来有另一种办法，虽然暂时留了我一条命，但这灭口的效果，却要比肉体毁灭来得更有效。

我不知道这个冯征是不是拇指的人，但他必定是喂食者协会的一员无疑。国内首屈一指的心理学家，这符合喂食者协会吸收会员的标准。

一个顶尖的心理学家认定一个人是精神病，是不是非常权威？

我在过往的采访经历中，碰到过许多例因为各种原因，被误当成精神病，强制关进精神病院的案子。哪怕精神再正常的人，一进精神病院，都不可能短时期被放出来，通常得几年，甚至十几年。因为你所有的抗争、申辩，都会被视作精神病发作，没有人听你说话，被护士觉得狂躁了，就是一针镇定剂下去。越是觉得委曲，越是要和医生说个清楚，就越是会被当作精神病，且病情严重。什么时候认命了，不吵不闹了，配合治疗了，什么时候才可能出院。

所以只要冯征认定，我头上这顶精神病帽子就摘不掉了。回想在车上和他的对话，我明白拇指的工作做得非常细致，不会给我一点活路。什么叫作和冯征见过六次？显然拇指杜

撰出了我的精神病史，更虚构出我在冯征处做过六次心理治疗！我打赌连病历卡治疗记录之类的东西都已经备齐了，时间上也必然严丝合缝，选的一定是我提不出不在场证明的时间段。

那么拇指为什么要把我钉死成一个精神病患者？不得不承认，这真是一个绝妙的法子。一般来说，灭口和杀人等义，所谓杀人灭口是也。但其实这种肉体毁灭方式，在"灭口"这个意义上说，并不十分稳妥。即便真的杀死了目标，也可能因为遗书、录音等手段，而暴露了想要隐藏的秘密，更不用提杀不死目标的后果了。

但如果我成为一个精神病人，那么不管我再说什么，全都不管用了，因为那就是一个精神病人的痴语，根本不足采信。尤其喂食者协会这个秘密本身，就离奇得很，我要是现在四处宣扬，反倒坐实了我的精神病。

好一招绝户计。

只是拇指也太小看了我的目标。他们没有想到，我为的不是把喂食者协会的秘密公诸于众，而是要彻底摧毁这个组织。言语的力量总归要比行为苍白得多，我原就不打算四处乱说。不对我肉体毁灭，或者把杀我作为第二步计划，实际上给了我喘息之机。

但不论如何，我不能被关在这个精神病院里。

想明白这些的时候，精神病院的大门已经在身后徐徐关闭。这里的围墙高达四米，上面还有尖尖的铁刺，简直像一座监狱。

看起来，这里戒备森严，如果是半军事化管理也不会让我意外。作为一个刚刚袭过警的有暴力倾向的"妄想症患者"，可以想见我会有怎样的"待遇"，哪怕我接下来表现得再温顺，看管上都不会放松，直接打一针镇定剂也是非常有可能的。

那我该怎么办，留给我考虑的时间不多了。

争取一点时间！

我面露难色地停下脚步。

"干什么？"警察说。

然后他就听见一声响屁。

这种时候也没什么不好意思的，什么手段都得用上。我本就已经超过二十四小时没拉过屎，酝酿个屁出来轻而易举，并且又响又臭，很快他就闻到了味道，脸皮皱成朵菊花。

"不行，憋不住了。"我说，居然又成功地放了个响屁。

半分钟后，我蹲在厕所里噼里啪啦地大解，臭气熏天。门板下沿处，可以看见警察的皮鞋尖。他就在外面把守，并且没给我解开手铐，自觉不愁我翻出花样。

谢天谢地他们没把我的手机搜走。我调到静音，给郭警官发了封短信，然后把记录删去。

我不知道这封短信能起多少作用，但远水解不了近渴，还是得先靠自己。

收好手机，用怪异的姿势擦了屁股，我在心里为自己接下来的冒险行为祈祷了一下，用手摸到了两侧的颈动脉。

我双手一样的姿式，中指和食指并拢，贴着动脉，慢慢移

动到膨大区，那是颈动脉窦。这是一个致命区，但这么短的时间里，我想不出其他的法子了。我深深吸了口气，按了下去。

一秒、两秒、三秒——进入致命时间了。

四秒、五秒、六秒、七秒。我感觉自己的心跳慢下来，于是把手放开。

我想我应该呼救了，我憋着嗓子喊，生怕中气太足露了馅，但用了五分力却发现自己根本没有发出声音。意识到自己还没有把裤子拉上来，我伸手拽了一把，同时放声大喊救命。

声音终于从嗓子里冲出来的时候，我的心里突然空了，像是停在半空，又像是被挖掉一块。

心跳停了吗？我慢慢地想。

好像裤子还没有拉起来。

我的头撞在门上，虽然没听见声音，但我觉得应该比我叫救命的声音响吧。

我的意识在此中断。

对颈动脉窦的打击或压迫会导致心跳减缓乃至停跳。心脏骤停的后果是很严重的。最严重的一种当然是死亡，在被救回来的前提下，常常会对大脑造成无法挽回的损伤。因为心脏不供血了，大脑缺氧到一定时间，脑细胞就会成批死去，导致脑神经萎缩。

但我重新恢复意识的时候，居然发现思维格外地空灵。

说恢复意识也不完全准确。那是一种不受控制的状态，大脑自发地运转着，像是有了自己的生命，而我只是一个旁观者。

一些在正常状态下被忽略的事情，或者没来得及想清楚的事情，此刻在我眼前铺陈开来。

一句话，可以有几个意思，一个要求，可以用多种方式达成。比如灭口。

那么，放弃钓鱼岛呢？

除了割让之外，有没有其他的达成方式？

非得要战争或国际纠纷吗？

隐隐约约间，那个原本的思维死角正在浮现出来。放弃钓鱼岛的另一种方式、原子弹、中海油，这些关键点开始连接起来了。

还差某一样。

我看着自己的大脑不紧不慢地把这些线索来回排列，无法参与进去，像是灵魂出窍一样。现在，它开始捉摸起原子弹了。还是用刚才的模式，如果这颗大炸弹不投在日本本土，还有其他可能吗？船已经出海，总不会再回过头来把原子弹投在中国，那么，除开日本的另一种可能，就是扔在海里。如果是在海里炸开，会有什么结果？海啸！海啸会带来什么，日本刚刚经历过一次大海啸，就在今年的 3 月 11 日。我当时还因为某个特殊的原因，被邀请赴日采访。在这次采访中，给我印象最深的是什么呢？无疑是那些沉没之地！因为地震，整个日本有 443 平方公里的土地，永远沉入了海中。

沉没？

一道闪光！我找到了，另一种方式！

灵魂归位，我猛地睁开了眼睛。

我躺在病床上，这是一间单独的病房，只有我一个人，没有看守者。

头很痛，比前一次昏迷醒来时更痛。脑震荡初愈，再一次让大脑缺氧，这回我真算是豁出去了，现在感觉还算正常，没有记忆空白，加减乘除四则运算能做，逻辑推断能力也无碍，就是不知会不会提前几年得老年痴呆症。

左手挂着水，右手……铐在病床上。

但是我需要马上离开。如果我想的没错，那么原先对反应链的推断，就是错误的。要回到正确的轨道上，我需要帮助，更需要自由。

屋子里一共四张病床，其他三张都空着，使这变成了我的专用病房。常见的医院住院病房布置，说明这里多半不是那家精神病院，我扭头看了眼枕套上印的蓝字，果然没错，"乐清市第二人民医院"。要是还在精神病院里，我的逃脱难度就大了许多，起码只要出了这个病房，走在过道里，被医生或护士看到，不会特意上来盘问。

不知道这里的医生知不知道我的"精神病"，但不论如何，以我现在的病征，暂时不必担心会被注射对大脑和神经系统有严重副作用的精神类药物——如果医生还有基本医德的话。

我的冒险看起来成功了一半，接下来——怎么解开手铐呢?

脑仁儿一股一股地疼，忽然听见开门声，我赶紧把眼睛闭上，作还未苏醒状。

脚步很轻，应该是护士。我有些担心她会从体征监测仪上看出我已经醒来，努力调匀呼吸。

脚步在我身边停下，然后一股带着烟气的体味钻进我的鼻子。那种感觉，像是这人俯下身子，把脸凑到离我很近的地方打量着我。一个喜欢抽烟的护士？不对，这应该是个男人。是看守我的警察，来看我有没有醒来的！我努力控制着自己不要转动眼珠，没多久，那股味道不见了，他直起了腰。

我祈祷他赶紧出去，给我多一点单独的时间，好研究脱困的办法。

轻微的金属碰撞声，右手上的手铐在动。

脚步声再起，我终于忍不住睁开眼睛。

手铐被解开了。

我轻轻咳嗽一声，那人停下脚步，转过头看我。

一个二十多岁的便装男子，我不认得他。

"现在门口没人。"他说。

"你是郭栋的朋友？"

他耸耸肩说："我没来过。你最好赶紧离开，哪儿来的回哪儿去。"然后他数了一千块钱放在床上。

"我会问郭栋要回来的。"他说完走了出去。

我给郭警官的短信总算起了作用。在那封短信里，我说了自己的处境，包括被强制带进精神病院、上铐等，也说了自己的计划打算，并请求他的帮助。发出这封短信时，我不知道他

会以怎样的方式帮我，甚至不知道他会不会帮我。现在看来，他还算是个靠得住的朋友。

刚才这位估计是郭警官在这里警察系统中的朋友，受他之托，来看一下我的情况。开个手铐对他只是举手之劳，因为同型号的手铐钥匙都是通用的。

他最后那句话让我明白，这种帮助只是私底下的，上不了台面。他既不会承认，也别指望能更进一步。就到此为止了，如果我还不识相，在乐清晃来晃去，很可能会再一次被当成精神病抓起来。我的精神病人身份已经被敲定，不论是他还是郭栋，都无法帮我解脱。但如果回到我的大本营上海，有着自己的关系网保护一下，就不会那么容易被强制性送进精神病院。

不洗脱自己的精神病身份，就始终存在隐患。但喂食者协会一定已经把这事做到铁证如山，要人证有人证要物证有物证，只要协会还存在一天，我就得当一天的"精神病"！

我已经被彻底绑上战船。

逃出这家医院并不费事，其实也并不能算是逃，我大模大样就走了出去。

随身小包没了，手机没了，最近我手机的消耗实在厉害。愿望满足器倒没被搜走，大概以为是游戏机吧。钱夹在小包里，也一并没了，裤兜里只剩下几十块，要不是那人给的一千元，还真麻烦了。

买了最便宜的手机，等不及补回自己的 SIM 卡，随便买了张 100 元卡，通过愿望满足器发出信息。

十万火急，见信后即刻给我电话。我的号码是 ★★★★★★★★★★★★

王美芬在半小时后给我回电，这半小时我等得像半年。

"什么十万火急的事？"

"我原先的判断有问题，郑剑锋不会那么简单地把原子弹带到日本去扔，这条线必然要和中海油的那条线起化学反应。让中国政府放弃钓鱼岛并不仅仅只有被迫割让这一种方式，我们先前的思维有一个误区！"

"不被迫割让那还能有什么办法，难道主动放弃，这不可能。"

"一件事情可以有多种解决方式。比如说，如果没有钓鱼岛！"

"没有钓鱼岛？"

"对的，如果钓鱼岛没了，那就无所谓争端了，说是放弃钓鱼岛，也没错。"

"可怎么会没有钓鱼岛？用原子弹？不可能，没那么大的威力。"

"原子弹当然不可能起到直接的效果，让钓鱼岛陆沉，只有地壳发生变动才能实现。原子弹作为一个杠杆，一个导火索，已经足够，只要它投对了地方。"

"中海油？"

"对，中海油因为微博事件的后续反应而上位的铁娘子陈副总裁，上任后最大的动作，是在钓鱼岛附近打新的探油井。所谓探油井，是要打进海床的，海床相对是地壳较薄的地方。我不太懂地质学，不知道容易出油的地方，和地壳不稳定板块之间是否有什么联系。"

说到这里，我明显听到电话那头吸了口冷气。

"你是说，这新打的探油井可能正巧打在地壳不稳定的地点，如果原子弹在这个点爆炸，会引发地壳变动，比如大地震，从而让整个钓鱼群岛全部陆沉？"

"是的，如果钓鱼诸岛就此沉入海中，那么就不再有钓鱼岛，也就无所谓放弃不放弃，或者说视为放弃也没错。这是我能想到的两条反应链的唯一交汇点，而且相对于原子弹在日本本土爆炸后可能引发的后果，钓鱼岛陆沉是更直接的达成指令的方式。为了确定这个猜测，需要你在最短的时间内查清楚新的探油井位置，以及下面的地质情况。我想这对于托盘是件再简单不过的事。"

"但我现在还不是特别方便用那个后门。我的危险还……"

我的心火"蹭"地蹿起来，再也摁捺不住，说："现在是最关键的时刻，有没有搞错？原子弹就要爆炸了钓鱼岛随时可能陆沉，这么大的地质变动会有多大的连锁反应谁说得清楚，至少也是大海啸，日本、台湾还有我们东部沿海会死多少人你想过没有？你只知道保存自己安全安全再安全，这么惜命你反什么喂食者协会？你到底是什么意思，你到底在想什么，你还记得现在和你说话的是谁吗？我是你找来摧毁喂食者协会和挽救钓鱼岛的帮手，你知道帮手这个词的意思吗？你知道这个帮手在过去的这些天里差点死了多少次吗？你在这里和我谈你的安全？"

我机关枪一样把自己的不满一股脑儿地发泄了出去。

王美芬沉默了良久，叹了口气，说："我明白了，我会立刻去做的。对不起。"

仅仅十分钟后，她就打来第二个电话。

"你是对的。"她说，"中海油的陈副总裁上任后启用了她的好友王全友作为新探油井项目的技术总工程师，王全友这些年一直在研究东海油气田的地质布局，探井的具体地点就是他确定的。而这个地点他此前也曾多次在专业文论文中提及。这个他认为最可能出油的地点，位于环太平洋火山地震带中，地壳板块的受力挤压点。根据托盘的计算，这个点的浅表地壳如果受到足够有力的爆炸催化，会打破原本脆弱的平衡，从而引发剧烈的地壳变化。"

这正在我的意料之中，却绝不是我想听到的消息。

"另外，我查了船上的人员名单，其中有一个叫黄河的人，他有一个从前做海员时的同事叫崔进，现在在中海油工作。呃，实际上崔进是在钻井平台上工作。"

"中海油有许多个钻井平台，不过这个崔进，不会恰好在由王全友勘察指定地点，到现在都一直没打出油来的那个钻井平台吧？"

"就是那个平台。"

"那儿有油吗？"

"有足够的补给，虽然按照规定是不能随意给过往渔船补给的，但既然崔进在那上面就说不准了。"

"什么说不准，这简直是一定的。郑剑锋的船会靠上这个钻井平台获得油和其他补给。而那颗原子弹，也许是因为补给到的油依然到不了日本，或者觉得突破不了日本海岸巡逻队的防线，又或者……"

郑剑锋携带自制原子弹离开地下室时，相信其目的地并不是地震带上的那个钻井平台。这里面有一个目的地变更的思想转化过程。其实对于这个关节，我并没有想通，只是觉得，既然在托盘环环相扣的反应链之中，这就是必然会发生的一个环节，我想不到只是我的问题。在结果已经可以肯定的情况下，想不通的中间环节略过也没有关系。

没想到王美芬却接过我的话说："是因为刘朝华的关系。"

"刘朝华？"

"对啊，刘朝华不是爱看科幻小说吗，给你的资料里，应该写了他最爱看哪个作家的小说吧，他最出名的几部作品里，不是有一部说了类似的故事吗？"

我想起了那位作家的名字，但我却没看过他的作品。

"什么故事？"

"引爆东海油气田，使日本列岛陆沉的故事。"

"哇哦。"

"如果刘朝华在路上对郑剑锋说了这个故事的话，等到了钻井平台，郑剑锋一定会有所联想的。当然他还需要一个把炸弹扔进探井的机会。"

"他一定会获得这个机会的，包括如何保证炸弹在坠入井底后仍能爆炸，定时装置估计用不了了，只有最简单的撞击触发。总之这些都不是问题，在托盘的计算下，这些都会被上一张多米诺骨牌轻易推倒，搭出一条通向可怕终点的道路。必须有外力介入切断！到了现在这个地步，不管是我还是你，都不能再有任何保留，必须想尽一切办法，阻止这场灾难！"

"好！"

但这世界上的许多事情，并不是斩钉截铁地说一个"好"字就能解决的。

接下来的事态和我的心情，可以用"低落，再低落，更低落，低落到底"来形容。

王美芬方面，归根结底她只是一个缺乏行动力的学者，在托盘留的后门可以让她通过托盘了解一些信息，但无法通过托盘调集资源。她带有冒险性质的一番努力，只换来了郑剑锋一行开船出海的准确时间，一路上与两艘渔船交汇时的时间和位置，根据这些推算的结果，渔船可能已经到达钻井平台。最乐观的估计，也会在一小时内到达。

而我则致电郭警官，直言目前的危急情况，要求他们采取断然措施。我说有可信的情报源，郑剑锋携有原子弹并且准备将其投入钻井引爆，从而造成不可测的地质剧变。他有点被吓到了，因为他从未见我这般气急败坏地大吼大叫。他选择相信我，并努力使海警同意让一艘最近的渔政船过去瞧一瞧，但需要至少六个小时。我又打电话给老友梁应物，请他动用他的关系，调直升机过去，梁应物答应尽力，半小时后答复说再有一小时能起飞，航程不少于两小时。

直接联系钻井平台的努力失败了，无线电联络不上，海事卫星电话也无人应答。对于中海油来说，短时间失联并不算非常罕见的事情，也许过个八小时十小时就又能联系上了。但现在，八小时后那个钻井平台就不复存在了。

我继续留在乐清对事情并没有任何帮助，考虑到当地警方对我的态度，我买了一张回上海的车票。列车经过余姚的时候，我接到梁应物的电话，因为海上的大风，直升机回航了。车到绍兴的时候，郭警官告诉我，因为海上的风浪，渔政船会比预计的时间晚几小时到达钻井平台。

而这个时候，离王美芬告诉我的郑剑锋抵达钻井平台的最晚时间，已经过去了两小时。

一切看起来，已经无法挽回。

原子弹随时会在几百海里外的海底爆炸。

或者，已经爆炸了。

第十三章

终 止

Chapter 13

我坐在回上海的长途客车上。

从动车换到了长途车，并不是因为想躲避托盘的算计——现在已经毫无必要了。满心沮丧的我在杭州下错了站。

席磊坐在我旁边。他是在松江上的车，先和我打的招呼。我说真巧，但却毫无追问的心情。他主动说，荔枝正在车墩拍戏，Linda 也在，他每天都会去片场，直到晚上回上海。我嗯啊了几声，没有搭话，然后他也沉默了。

郑剑锋到达钻井平台至少超过四小时了。

渔政船没有消息，直升机更没有消息。

我想是没希望了。

到上海了。

下车，席磊跟在我身边。走了一小会儿，我忽然问他。

"刚才，你感觉到晃动了吗？"

"啊？没有啊。"

"哦。"

我觉得爆炸大约已经发生，就在我在长途车上颠簸的时候。几百公里外的地壳震动传过来可能只剩了两三级，人在平地上很难觉察到。挺好，我倒希望是这样，如果真的是在上海都能明显感觉到的四五级以上的地震，引发的海啸会很可怕。现在么，也许台湾会受到一些影响。当然，不论地震烈度如何，那个钻井平台总是保不住了。

"找个地方聊聊？"他假装随口说，像个成年人。

"聊什么？我只是有点累而已。"我说。

然后我问他："你和 Linda 和好了？"

"哪里那样容易。还是和以前一样，不和我说话。请了一星期病假，下星期就得回去上课了。"

"所以这是最后的努力？"

他瞪大眼睛奇怪地看着我："当然是下课后去啰，这是个长期战争，细水长流水滴石穿，我早已经做好准备了。我怎么可能放弃 Linda，你想什么呐。不和我说话，就让她一直看见我，习惯我的存在，习惯我在她的生活里，就像她已经在我的生命里一样。"

"但你和她原本就是两个世界里的人，各个方面差异都很大啊。"

"我们相爱。"

"是相爱过，而那是因为托盘的安排。现在你一手把托盘的安排砸碎了，这还能补得回去？"

"当然可以。"

"不得不说你有点盲目。当然，爱情都是盲目的。"

"你真的好像有点受打击，是托盘吗，不顺利？"

我欲语还休。还真被他说中了。现在想到托盘，想到喂食者协会，我内心会生出一股深深的无力感。

我竟然又一次成为了托盘设计的反应链中的一环。不可或缺的一环。就像那个台风夜，我劝服了宋浩不去救冯逸一样。

那艘本该开往钓鱼岛或日本本土的渔船为什么会转道去钻井平台？因为没有柴油，缺少补给，需要靠黄河的关系，在钻井平台上获得补给。

那艘渔船为什么会缺少补给？因为郑剑锋他们知道了警察在撒网寻找，迫不得已把出发时间提早了。

警方为什么会撒网寻找？因为我！

因为我通过郭警官传达了消息，如果不是这样，乐清警方根本不会知道有几个人打算租渔船前往钓鱼岛，郑剑锋刘朝华他们可以稳稳当当地再等一天出发，这样船上的补给齐全，他们就可以照原计划直扑钓鱼岛，或者尝试偷渡日本。

如果不是我，那颗原子弹，不会投入探油井，不会爆炸，钓鱼岛也就不会沉。

我竟然成了"中国政府放弃钓鱼岛"这个复杂测试得以成

功的关键一环。对于一个自以为在生死间挣扎出来，用尽心思想阻止复杂测试成功的人来说，也太过讽刺了一些。

强烈的牵线木偶的感觉！我做的任何事，甚至心里的任何想法，是否都逃不过托盘的眼睛？

我终究没有和席磊述说我的遭遇，以及钓鱼岛无可挽回的命运。我回到了很久没有回去的家，在床上躺成一个"大"字。

我在网上搜了一圈，没有发现东海大地震的消息。

也许还有机会，我忽然想。随即我就否定了这种不切实际的幻想。所有一切的答案，在我一觉醒来之后，就都大白天下了。

入睡之前，我又想起了席磊。我今天和他匆匆分手，没有详谈，有一个很重要的原因，是我不舒服。在他的身上，有一种很硬很锋利的东西在铬着我的后腰。之前那个在我看来莫名其妙的向 Linda 坦白的选择，现在又在做着看似徒劳无功的努力，这一切都和"明智"无关，却自有一股能触动我的力量。

好吧，也许我应该继续往前冲，作为一个精神病人，不管钓鱼岛沉不沉，我都没有了退路，还要"明智"这种东西派什么用处呢？我需要的，是像席磊那样，勇往无前的冲锋，不回头，不旁顾，只要不死，摔倒了就爬起来。

干掉托盘，干掉托盘，干掉托盘，我默念着，坚定自己的勇气，然后很快就困了。

睡着的时候我听见电话声了，但醒不过来，就没接。

醒来的时候，窗外晨曦微薄，应是五六点钟光景。我躺在床上傻了一会儿，瞧着这慢慢升起来的黎明，想着，该发生的一切，都已经发生了。

有很长一段时间我懒得动弹，甚至懒得去想任何事情。但眼睛却闭不起来，更睡不着，隐隐约约间，有一股子不甘心。这点不甘心让我慢慢地回过气来。

我猛地从床上坐起来，摸起床头柜上的手机。

两个昨晚的未接电话，一个是郭警官的，一个是梁应物的。

我先打给了梁应物，他告诉我，直升机昨晚一直没有起飞。风小些后时间已经耽误了很久，他本来给我打电话问要不要再去，但我没接，所以也就算了。

"你真的确定那艘船上有原子弹，并且有人打算在那个钻井平台上做些什么？"

"是啊。"

"但好像什么都没发生啊。至少，那个钻井平台还好好的。"

"啊。"我吃了一惊，松了口气却又万分狐疑，草草挂了电话，又拨给郭警官。

电话铃响了很久他才接，声音里带着浓浓的睡意，我这才意识到现在的时间。他搞明白电话这头是我，立刻一通责怪，说信了我的话，大费周折地动用了海警，派渔政船在大风大浪里冒险开到地头，结果什么事情都没有，根本就没有什么渔船靠上去补给。海警会在那里守一晚上，但到现在都没有通报消息，说明没有特殊情况发生。

"这人情你可欠大了，那多。我现在要睡觉，等我醒了再骂你。"他最后这样挂了电话。

什么都没有发生？

没有大爆炸，没有地震，没有钓鱼岛陆沉？

我判断错了郑剑锋的目的地？

这怎么可能呢？

说起来，这当然得算是幸运的事，但这幸运意味着我全然搞错了托盘的逻辑。难道那条反应链，不是我想象的那样？

不是那样，还会是怎样？

操！我骂了一句。只要原子弹没有炸，那就还有机会。判断错了，那就一切重头来过！

就像一句老话：只要人不死，就有机会。

说来奇怪，尽管现实推翻了我对托盘的所有判断，以嘲讽的姿态再一次展示了它的深不可测，似乎无论我怎样做都是徒劳无功的，但是……我没有那么畏惧托盘了。

或许这要感谢席磊。他那股单纯的不管不顾的劲儿，让我看见了十年前的自己，那时的我不相信命运，不相信有某些事情是天注定、人无法改变的，甚至当我奋力奔跑的时候，并不是为了到达某个地方去歇脚，而只是为了前进本身。

我整个人反倒放松下来，又倒回床上呼呼大睡。这是我最近一段时间最香甜的一顿觉，哪怕两个多小时后被电话吵醒也是一样。

电话那头是王美芬。

"我已经知道啦，什么事都没有发生，原子弹没有爆炸，钓鱼岛没有沉，这意味着我们还有机会有时间去补救。"

"没什么好补救的了。"

"嗯？"我一激灵，"什么意思？"

"我是说，已经不需要补救了。试验终止了。"

"啊？"我还是没明白过来。

"中华区的复杂试验，让中国政府放弃钓鱼岛这个试验被终止了，取消了，警报解除了。"

"太好了，可是，为什么突然终止？"

"不知道，但这个决定不可能是托盘自己做出，是协会强制终止的。我一得到消息，就来告诉你了。"

"但是……这不对啊，难道是协会说终止就能终止的吗？初始动作已经被执行了，要终止的话，是协会再向托盘提出一个终止的要求，再去执行一个新的动作吗？"

"这个不清楚，好像并没有……但我的权限毕竟太低，我会再去查一下。也有可能是原本要达成放弃钓鱼岛这个目的，在微博关注、涂黑公交站牌这两个动作之后，还会有第三个动作，现在终止了就不去推算和执行第三个动作了。"

"那么……在此之前有类似的先例吗，其他地区的复杂测试，有过终止的吗？"

"以前的测试，不管是简单还是复杂，只有失败的，没有放弃的。"

挂了电话，我陷入沉思。喂食者协会这个史无前例的突然终止，意味着什么？难道是被某种不可抵抗的力量所强迫的吗？这个世界上还有比喂食者协会更强大更变态的组织吗？或者换个思路，是中国政府？

阻止钓鱼岛旁落并不是我的最终目的，让喂食者协会这个秘密组织彻底解体，让托盘这个可怕的家伙消失，才是我的终点。原本，这个神秘的组织看似毫无弱点，无懈可击，但是此次突然终止复杂测试，却让我看到了一丝可乘之机。

很显然这样的突然终止不可能出自喂食者协会的本意，换而言之，有某个外来的强力因素迫使喂食者协会改变了初衷。如果我能搞清楚这个因素是什么，就抓到了喂食者协会的弱点！

而且，这个迫使喂食者协会改变的原因，就在我心头某处，呼之欲出！

我躺在床上，双眼瞪着天花板，死命地琢磨。

是什么呢？

见鬼，每次觉得有什么东西呼之欲出，它就总是卡在那儿，偏不出来。

我翻了个身，把头埋进枕头里。

再翻回来。

两个翻身花了我一小时，电话又响了。

是郭警官。他睡醒骂我来了。

我做好了心理准备，接起来，他的声音却出乎意料地温柔。

"啊，那多啊。"

"是我，怎么你不是要来骂我的吗？"

"不不，是有些新情况。"

我一听就精神振奋起来。

"什么新情况？"

"钻井平台上有一名叫崔进的中海油工作人员，承认说他在值班卫星电话时曾经接到朋友的一个电话，说可能有渔船要来补给一下。那个朋友就是和郑剑锋一艘船的黄河。因为这是违规行为，而且黄河的船也一直没来，所以他开始的时候没有说。但是看海警的船守了一夜，觉得可能事情有点大，在早上海警离开前，主动坦白了。"

"所以不骂我了，觉得我的消息还是靠谱的？"

郭警官笑了两声，说："还不止这个。那艘船在半小时前被发现了。"

我一激灵。

"那艘船？渔船？你是说郑剑锋的渔船？"

"对，就在离平台不到二十海里的地方。但是船上一个人都没有。"

"没有人的……渔船？确认了是那一艘吗？"

"确认了。"

"一艘漂在海上的空船，那不是幽灵船吗？"

郭警官苦笑了一声，说："大清早你别说得这样瘆人行吗？但这事的确诡异。海警登船看过了，没留下任何能说明三个人去向的痕迹。从船的位置看，他们应该原本打算靠上平台获得补给的。但现在，这三个人就像在行船中突然蒸发了。又或者是被鬼附身跳了海。"

"不，一定是有人把他们截下了。"

"谁？"

"我哪知道。"

其实我知道，是喂食者协会。原来，他们是以这种方式，强行切断反应链，中止了复杂试验。说起来，不是和我想做的一样吗，只不过他们的效率，要比我高得多。

这些我当然不方便和郭警官说，三言两语先把有些狐疑的郭警官对付过去，我进入了兴奋地大脑高速运转状态。

很接近答案了，喂食者协会终止这个试验的答案！

顺着我刚才抓住的灵感尾巴向前推，截下渔船只能是两种途径，飞机或船只。多半是船，不明飞机会被国防雷达侦测到。不论哪一种，都需要一个能快速反应的基地。在大陆上吗，那似乎太远了一点。在中国台湾或日本吗，还是中国海、日本海或公海上的某处？

抓到了！

原因在此！

阿西莫夫的机器人三定律第一条，就是机器人不得伤害人类。类似的不得噬主的条款，也必然写在了托盘的程序中，且必然是在最高优先级的序列中。托盘的公测要靠大量的简单测试和一些复杂测试完成，由于没有人知道这些测试会以怎样的方式达成，喂食者协会当然要避免某一种情况，即测试倒是成功了，但作为必要代价，执行过程中协会受到了无妄的严重伤害。就像为了达成席磊不被同学欺负的简单愿望，竟要以冯逸的死为代价一样。

　　所以，必然有一个应急机制，一旦某个试验确定会对协会造成伤害，试验就要终止。根据混沌理论和托盘程序依据的数据模型，托盘自己也无法精确预计出反应链的每一步会是怎样，并且托盘没有自主行动的能力，所以这一次，它是在反应链进行到接近终点的环节，才做出了判断，并向协会报的警。协会有托盘的最高权限，所以算出了渔船的位置，拇指出动，成功在渔船靠上平台前截住了它。至于船上三人是沉入海底喂了鱼，还是被劫持，就不得而知了。

　　如果原子弹在海底爆炸，会对协会产生严重影响。这影响具体会是哪个方面？

　　是海啸，还是陆沉？协会大本营所在的位置，同时也是托盘主体所在，必定是一处会在这场地质变动中受到巨大损失的地方！

　　这次中国复杂测试的突然停止，不仅挽救了钓鱼岛，更给我找到喂食者协会的大本营指明了道路。在此之前，这几乎是个不可能完成的任务，喂食者协会的成员分布世界各处，找不到其根结所在，瓦解这个组织又从何谈起？我甚至都不敢去细想，作为一个已经被警方认定为精神病的小记者，在喂食者协会的庞大影响力下，我又能在上海躲多久？我未来的正常生活，甚至我的生机，都已经渺茫到了极点。好在，天无绝人之路！

　　当然，即便确定喂食者协会的大本营就在钻井平台附近，但这个"附近"，可不是一公里或两公里的概念，而是地质学意义上的"附近"。会受到海啸或者地震剧烈影响的范围是多少，五百公里？哪怕只是以三百公里计，那么就是一个以钻井平台为圆心，总面积超过 28 万平方公里的庞大海域，接近 50 个上海市那么大！

王美芬对此的第一反应是高兴，因为终于看见了摧毁喂食者协会的曙光，但接下来就是犯愁，要精确定位，用大海捞针来形容太贴切了。

"有办法的。"我肯定地对她说，"只要你不再顾惜自身。"

"我昨天再次利用托盘的后门，动静已经很大了。"

都已经到了这种时候，这女人怎么还这副样子？

她却话锋一转，说："估计这次是藏不下去了，查到我头上是早晚的事情，所以也就没什么好顾忌的了，不把协会摧毁，我是没活路了，就和你赌一把。"

"你是相信我，还是相信托盘？"

"这种时候说这个有什么意义，你快点说你的计划吧。"

我在心中叹息一声，说："我猜，你没办法直接向托盘询问他的主机所在地吧。"

"完全不可能。"王美芬断然说，"非但不会回答，而且这样的问题一向托盘提出，就会立刻报警，我也就暴露了。"

"和我猜的一样，不过没关系。我们就从这 28 万平方公里的区域开始说。28 万平方公里看起很大，但实际上有一大部分是可以剔除掉的。比如这个大本营绝不可能位于中国的领海，中国的专属经济区海域也不可能，同样日本的领海和日本专属经济区海域的可能性也很低。我想，它多半位于公海的某个小岛上。"

"但那也是几万或十几万平方公里的区域吧。哪怕你把搜索圈缩小十倍，也一样难办。"

"但是我们有引路的人，别忘了那条渔船。"

"郑剑锋的渔船，那有什么关系。哦，你是说让郑剑锋三人失踪的拇指所乘的船？"

"是的，我们可以推算出大概的时间范围，在这段时间里，通过卫星图片……"

"不可能。"

我还没说完，王美芬就否定说："不可能的，即使我通过托盘调出那段时间附近海域的卫星图片，那艘有可能会暴露大本营的船，也绝不会出现在图片上，托盘会把这艘船抹掉的。"

"但它只能抹掉这一艘船！"

"什么意思？"

"意思就是，你通过托盘找来的卫星图片，和正常的卫星图片，会有差异。只要两相对比，就能找到那艘船。"

一语把王美芬点醒，随后，我们就各自努力，去搞卫星图片。

她自不用提，通过托盘的后门。这得是军事卫星级别的卫星图片，密级很高，查起来动静当然比之前那些小动作大得多，这时也顾不上了，抢的是时间。

而我，郭警官这条路是走不通的，他还未够能给我提供这种等级的信息。只有老友梁应物，他所在的秘密机构特权极大，凭着多年的交情，他愿意担些风险，帮我搞定卫星图片。东海

263

是敏感海域，天上随时有军事卫星盯着的。

我自然对梁应物十分感激，不过抱着这一关过不去人生就此终结的想法，我在挂电话前腆着脸向他提了另一个过分的请求。

"那个，我说，能不能借我艘船。"

"什么？"

"我要去一个地方，应该是公海上的一座岛。我需要一艘船，或者飞机也行。"

"你以为我是哆啦A梦？"

"这些年我没向你提出过什么很过分的要求吧？这次真的被逼急了。"

"什么时候要？"

"立刻，越快越好。"

老友在电话那头长舒了口气，然后问："要什么样的船？"

"速度够快的。还有，最好……我能有一个掩饰的身份，渔船，或者是，总之能让我有理由出现在公海上，不会让人感到奇怪。"

中午十一点五十分，梁应物通知我，船已经在上海南外滩的客船码头上等着了。相关卫星图片，已经打印出来，估计会在我到达之前送抵船上。

王美芬拎了个手提箱，在码头外等我。

"其实你真的不必来，把卫星图片传给我就是了。"我说。

"你是因为我才卷进来的，哪有帮忙的人拼到最后，我在一旁看戏的道理。更何况，事情到了这一步，如果你不成，我怕是也……呵呵，自己的活路，还是要自己去挣，你说对吗？"

我自然也不会真的拒绝。王美芬虽然是个女流，但摧毁喂食者协会这种事情，靠个人武力是绝不可能完成的，还得要智取。如果测智商，估计她稳稳在我之上，更何况她本就是喂食者协会的人，纵然从没去过大本营，但总也有些了解。这一路上，还有很多方略要和她探讨。

梁应物给了我一个电话。和王美芬会合后，我就拨过去。接应的人就在不远处，是一个穿了身黑色西服的中年男子，肤色黝黑，眼睛很亮，冲我微笑点头。

"John，船长。"他自我介绍道，然后微微欠身，做了个请我们跟随的手势，在前面带路。

一个训练有素的缄默的男人。我想。

我原本就有些奇怪上海地点会是在这里，一般来说，渔船是不能靠在这儿的。见了John，就觉得可能和我料想的有些差异。

有了这样的心理准备，被John带着绕开了旅客大厅，从特殊通道进到码头上，看见等着我们的船时，我还是大吃了一惊。

竟是一艘体长超过四十米的豪华游艇。

对于富豪来说，豪车是基本配备，根本不值一提。更高一层级，就是直升机，有了它才会觉得有别于堵车的芸芸众生。再往上的私人喷气飞机，则是极少数的超级富豪才拥有的。至于能航行在公海上的豪华游艇，造价动辄上亿美元，是比私人飞机更稀罕的奢侈品。

眼前的这艘船，是梁应物通过什么法子暂借来的？真是好大的手笔!

我心里涌起感激之情。自不是因为他搞来了这么奢糜豪华的玩意儿,可以让我有舒适旅途。而是因为有了这样一艘船,我就可以伪装成一个富家公子,放舟海上。兴之所致,去到哪里都不奇怪,靠上任何一个岛屿,哪怕是有主的私家岛屿,都可以用多金轻狂的形象糊弄过去。这个伪装无疑要比我原先向他提的渔船好得多,而他为我准备这样一艘船,要付出的代价自然也比渔船高出不知多少倍。

等我有命回来,再去谢他吧。

船上连船长 John 一共七人,在船前站成一排欢迎我们。John 为我们一一介绍,然后又说了船的基本情况:一间主卧,四间 VIP 卧室,大会议室,餐厅,影音室,台球房,船员室……

老实说我真的没时间听这些,摆了摆手,说:"马上开船吧,赶时间。"

"目的地?"

我报了个经纬度,正是钻井平台的位置:"先往这个方向去吧,这船多快?"

"最高时速三十六节,巡航时速三十二节。"

"真是一艘快船。"

"当然。"John 自豪地回答。

船驶离码头,破浪向长江口开去。我和王美芬关在会议室里,开始比对卫星图片。她从托盘处得来的图片保存在随身电脑中,而我则把梁应物打印出来的厚厚一叠大幅照片铺满了整张长会议桌。

　　以钻井平台为中心，半径五十公里，时间从郑剑锋的渔船到达平台附近海域（即之前推算的他最早可能抵达的时间）之前半小时起，每半小时一幅卫星图，一共十二张，六小时。梁应物用专业仪器打印，每一幅都是一平方米大小，上面的船只，稀稀落落呈小黑点状分布。

　　这样的比对其实很容易，不到半小时，船还没出长江口，就在第三幅图上发现了目标。

　　一个只出现在梁应物的卫星图上，而在托盘提供的卫星图上"隐形"的小黑点。

　　第四幅图上，即它出现的半小时后，这艘船和代表郑剑锋渔船的小黑点处于重合位置。第五幅图上，它向东移动了约二十公里。第六幅图上它不见了，显然已经驶离了卫星图的五十公里半径范围。

　　我立刻打电话给梁应物，报出第三幅图上这艘船的具体经纬度，请他接着调出相关方向的卫星图，帮我查这艘船的去向。

　　由此去钻井平台的路程，约三百多海里，四百海里不到的样子。平台到喂食者协会的大本营，应该不会超过两百海里，如果梁应物及时给出坐标，以这条船的速度，明天早晨怎么都到了。

　　在我想来，梁应物应该在半小时内给我回复，甚至他在十分钟内给出坐标都不奇怪。然而左等右等，一直到船出了长江口，往东南方向而去，手机上的移动信号一格格少下去，出了近海移动机站信号范围，都没有等到他的电话。

我想他是知道这艘船上的卫星电话号码的吧，总不至于犯这么低级的错误。

那究竟是什么原因？

他忽然失去权限没办法再调卫星图片了吗，又或者大本营出乎意料地远，直到现在都没有追踪到，还是有什么力量横加阻拦？

最后一种可能是最靠谱的。

然而，现在我们能做的，唯有等待。

等待的时间里，我和王美芬商量到了大本营后的行动。这女人肚子里货很多，藏得很深，凡事谋定而后动，我确信她绝不会真的对大本营一无所知。

"托盘有一个核，这是关键。"她说。

"核是什么？"

"是一块核心芯片。我虽然没有见过这一代零号的真身，但自计算机发明直到现在，世界上最尖端的计算机始终是以立方米为单位计算体积的，零号也不会例外。但我知道，在零号庞大的机身内，一排排矩阵排列的芯片组中，有一块最关键的核心芯片，它承载了托盘的灵魂。"

"托盘还真有灵魂？"我奇怪地问。

"哦，只是打一个方便你理解的比方。或者用钥匙来比喻更合适一些。这块核心芯片承载了根据混沌理论建立起来的复杂架构，这架构并不是一般的数字编程，而是包裹在层层描述中的模糊的智能核，它更像一部文学作品，充满了熠熠生辉的不确定性，相对于传统的一零一零式二进制编程，是一次革命性的进化，它简直就是一个生命。"

"我倒真希望它是个生命，因为生命就会犯错。不过我们能不能先放一放对托盘的赞美，总之那个核心芯片是个关键点，是托盘的大脑，拿掉它零号就瘫痪了，对不对？"

"对的。所有其他芯片的运算能力需要在核心芯片这个平台上进行交互，才能发挥作用。其他芯片的损毁，只是减缓了零号的运行速度，托盘还是托盘。但核心芯片如果不在了，托盘就消失了。"

"可是难道协会就没有备用的核心芯片？"

"没有。因为如果有备用的核心芯片，理论上就可以利用备用芯片，再造一个新托盘，其能力的强弱，只在于外接的运算芯片有多少。为了杜绝这种危险，协会规定同一时间只能有一枚嵌在零号上的核心芯片。"

"但如果我们把这枚核心芯片毁掉，难道协会就不能再造一枚？"

"当然可以，但是这需要时间。"

"多久？"

"以我对协会科技和工业力量的了解，无论怎样，不可能少于十天。"

我还以为会是多么艰难的再造工程，居然只要十天。当然，以喂食者协会超越时代的科技水准，全力以赴去制造一块小小的芯片，需要整整十天的时间，这本身已经足够说明芯片的复

269

杂性，但我们冒这样大的风险，只为了这十天？

"但是十天能用来干什么？别忘了我们的目的是摧毁喂食者协会，而不是摧毁零号消灭托盘，只要喂食者协会在，哪怕我们把整个零号都炸个稀巴烂，用不了多久就能给重新造出来。治标不治本有什么用处，何况还只能治十天的标。"

"那你打算怎么办？把郑剑锋的原子弹抢过来把整个大本营炸上天？"王美芬问。

我一时语塞，说实话我还真这么想过。

"就算你真的做到了这件不可能完成的任务，也没有用。协会是有复生计划的。"

"但那总比冻结托盘十天来得有效吧。"

"当然不是，只有把托盘冻结，我们才能赢来摧毁协会的机会，唯一的机会！"

说实话我真的想不到有什么把庞然大物喂食者协会一击而垮的机会。在茫茫大海上向着不可知的大本营进发，其实只是拼死一搏，期望能向死而生。等到了地方，再随机应变，想象中最好的结果，就是救出郑剑锋等人，在岛上引爆原子弹。这机会之渺茫，简直让我不好意思对王美芬说出来。但是她现在居然对我说，有一个摧毁喂食者协会的机会。

但在这时候，卫星电话响了。我们等了很久的电话，会在这时候打来的，应该只有梁应物吧。

我们立刻停止了对话，我几乎是小跑着去拿起会议室角落里的那个复古造型的电话机。

不过作为一个经历了一切，以回溯的方式向你们讲述故事的人，我决定在这里把稍后才继续下去的我和王美芬的对话提前，以保持阅读的完整性。

　　王美芬的办法，说透了并不出奇。她想要摧毁喂食者协会也不是一两天了，作为一个惜身保命的人，当然做了大量的准备工作。她搜集了大量协会的人员名单，控股的媒体，各种产业。因为有托盘上的小后门，可以说除了最机密的一些东西，喂食者协会百分之九十五的人员和资产，她都有翔实的名单。

　　喂食者协会这个秘密组织，一旦公诸于众，必将引发天大的震动，哪怕只是告诉各国政府，也肯定会得到最高等级的重视，用雷霆之势将其扫除。比起一颗原子弹在本土爆炸，喂食者协会的存在其实更恐怖，没有人会容忍自己成为别人手上的牵线木偶。

　　但只要托盘存在一天，王美芬这些资料就无法提供出去。不说她能否成功把资料传递给各国政府，假设都成功收到了这些耸人听闻的资料，各方首先要做的，当然是核实。托盘完全有能力把真的变成假的，轻轻拨动一下，核实出来的情况就会变得于协会无害。个别依然存在怀疑的调查人员或决策者，则会一个个死于"意外"。

　　但如果我们能让托盘停工十天以上，那么就可以利用这段黄金真空期，使得各国查出真实情况，从而采取酷烈的断然手段，将喂食者协会连根拔起。

　　当然，即便在设想中的最好情况里，能否真的将这个百年组织连根拔起，还是未知数。想必总归会有些残留的潜伏者，只是已经没办法兴风作浪了，最紧要的是把零号摧毁，把协会的工业能力摧毁，让残留分子无法再造出一个托盘！

王美芬把她的计划讲完，我的精神就振奋起来。虽然前路依然艰难，但总算有路，总算有光，总算在理论上，有了将喂食者协会摧毁的真正可能性。

现在回过头，说梁应物的那个电话。

梁应物收到我提供的坐标后，起初也以为这是一个简单任务。但随后的变故就让他傻了眼。

卫星提供的图片，是每五分钟刷新一次。他在卫星图上跟了这艘船一段时间，忽然发现船不见了。也就是说，五分钟前的卫星图上，这艘船还在，五分钟后的另一张，船就没了。哪怕他扩大搜索范围也找不到。

"当时我就想，除非这艘船在五分钟里开出去五十海里以上，否则怎么可能在图上消失呢？然后我就明白了，船并没有消失，只是不在海面上了。"

"潜艇？"我也立刻反应了过来。

"只有这一种解释了。"

我脑海里顿时浮现出这样一幅画面，一艘看起来破旧的普通渔船，突然间船舱沉入船体，一些钢板升起来，整艘船像变形金刚一样在几分钟里变成了极具未来感的流线型潜艇，没入海中。

也许这想象略有夸张，但以喂食者协会的科技，应该也差不太远了。

"但你一定又把它找到了，是吗？"以我对梁应物的了解，必然、应该、希望是这样的吧。

"通常潜艇下潜后会调整航向，根据统计，在没有特定指令的情况下，大多数潜艇的海面航线和真实航线，也就是水下航线的夹角为 15 度至 20 度。有一颗两年前新发射的军事卫星恰好在那个时段覆盖了这片海域，上面搭载了最新研究的粒子反潜探测器，我调用了这颗卫星。那艘潜艇非常先进，反映在探测器里的各项数据没有达到报警标准，但我调阅数据人工分辨，还是发现那艘船下潜时的位置上，左偏 17 度角，有一条疑似轨迹。这还是因为船长不够小心，大约在下潜至一百米时就开始调整航道，所以被我发现。这条轨迹很短，几分钟后卫星就失去了它的行踪。我假设这条向左变向 17 度角的航线就是最终航道，不在中途改变的话，那么这个方向上，五百海里之内所有经过的海岛，我都找出来了。现在我报坐标，你记录一下。"

一共七个坐标，我一一记下。

"不确定性太多，所以我不敢说肯定就是这七个坐标之一。接下来我会再看一下潜艇有没有在这七个坐标附近冒头，但难度很大，你不要期待太多。"

王美芬从电脑里调出环太平洋火山地震带详图，我把这七个坐标一一在图上标出，连成一线。

在由托盘分析过，和钓鱼岛所在地壳板块关联性最强的那条线，已经用粗红线标出。七个坐标的前四个，就在这条线上。

谢谢你，老友。我在心中默默念道。

第十四章

空中城市

Chapter 14

上午七时四十三分。我们到达第二个坐标点。

一小时前我们经过第一个坐标点，这是一个两三个足球场大的海岛，上空盘旋着成百上千只黑翅白身的信天翁，岛上也满满都是。我们绕岛一周，即继续前行，原因再简单不过，鸟类是最敏感的，如果岛上或岛的周围常年有人类活动，那它们早就不在这里了。

此刻，微风轻拂，海面上都是一鳞一鳞的褶皱，闪着金光。在这金色的光影里，一小块青黑色在视野里变得越来越大。

船速已经放缓，我站在船头，心脏剧烈跳动起来，期待和恐惧一同涌起，这样强烈的预感，是之前到达第一个坐标点时没有的。

"岛很小，好像比之前那个更小。"站在我身边的王美芬说。

"靠近些再看看，我有预感，这可能就是我们的目标。"

船速忽然放缓，马达声异常，船首也多了些浪花。

"怎么回事？"我扭头大声问。

大副在二层甲板上对我们喊："前方礁石区，在减速。"

船的速度减下来后，离岛已经接近至不足一海里，我一边下令让船绕岛而行，一边拿着望远镜看岛上的情况。

整座岛光秃秃地暴露着岩石表面，方圆只有一个足球场的大小，在岛的中央，孤单单立着一幢房子。

这是一幢灰白色的平房，像是用砖或岛上的岩石砌起来的。没有院子，没有植物，没有阁楼，没有烟囱，甚至没有可供雨水倾泄的斜尖顶。

这是最普通不过的一幢小房子，但它出现在这里，本身就意味着不普通。

在岛的西侧，停着一大一小两艘船。

"看起来，倒像个苦修士住的地方。"王美芬说。

"你觉得不是大本营？"我问她。

"在这样的一座小岛上，有这样一幢房子，的确奇怪得很。但说这就是大本营的话……你看那房子才能住几个人？"

"一会儿我们绕到泊着船的那一边，靠上去瞧瞧。"

这么小的岛，即便我们的船已经放缓了速度，转上一圈也用不了多久。不过在我们表现出泊岸的意图之后。那边两艘船中较小的那一艘就驶离岸边，靠了上来。

这是一艘约二十米长的梭型船，双层船舱，灰色漆，有些地方剥落，看上去是一二十年前的式样，没有任何出奇之处。它靠到离我们二十米处，用喇叭向我们喊话。

两个亚洲人站在甲板上看着我们，但喇叭里说的是英语，大意说此处是私人岛屿，请勿靠近。

二十米已经是一个非常近的距离，我们的船基本停了下来，John 跑上来问我们打算怎么办。

"公海上怎么会有私人岛屿！"王美芬说。

"难道要用高音喇叭和他们讲道理吗？"我说。

公海上当然不存在私人岛屿，对方这么说，是一种不希望我们继续靠近的强硬表态。

"如果您不确认这儿就是您的目的地，建议还是别靠上去了吧。"John 说。

"怎么说？"

"很显然啊，我们一艘船，他们有两艘船，噢，还有一幢房子。"John 面无表情地说了句冷幽默。

房子里还是没有人出来，我望了眼停在岸边的那艘船，比我们这艘还长出一截，接近五十米，虽然不算什么大船，但我们这艘船的先进性可不是体现在对抗上的。

"还有，这艘船的吃水有点深。"John 补了一句。

"吃水深意味着什么？"

"船比正常的重很多。"

我等着他说下去，他却摊摊手。

船比正常的重有许多种可能，他当然无法确定是哪一种。但在公海上和有秘密的一方对抗，而那一方的力量还明显强过自己，这就太不明智了。

"先离开吧。"我说。

"也是，虽然这座岛看上去有很多秘密，但确实不太可能是协会的大本营。这世界上的秘密太多了。"

"慢点开，往后侧绕，船上有脚蹼吧。"我对 John 说。

然后，我转头对王美芬说："对了，你会游泳的吧。"

"会，但你的意思是要偷偷游过去？"

"对。在这种没有淡水的地方，有这么一座房子很古怪。而这样两艘船对于这幢小房子来说，显得太多了。小船的吃水又是一个问题，而且甲板上那两个人，虽然没有穿着统一的服装，但表情镇定，一点都不诈唬，有很好的训练。除了船的吃水，其他的当然可以用某个有苦修癖好的巨富的修行地这点来解释，或者秘密教派的圣地之类也行，比起喂食者协会的规模，这里看上去的确不像是大本营。但是别忘了，我们的坐标只有四个，已经排除了第一个，所以只剩三个了。这个世界上的秘密虽然多，但也不至于密集到，这三个坐标中，有两个都有大秘密？"

王美芬若有所思。

"所以，不上岸看一看究竟，我绝不甘心。"

"你说得对。希望水别太冷。"

船上不仅有脚蹼，还有干湿两种潜水服。以 10 月的水温，湿式潜水服就足够了。

　　和 John 约定，船停在岛东五海里处，每三小时靠近一次。超过二十四小时我们没有回来，请他通知梁应物想办法营救。此外我让王美芬从她的电脑里单独拷贝了一份喂食者协会的资料在移动硬盘上，以备不时之需，当我们最终没人能回来时，这个硬盘会交到梁应物的手上，虽然那也许发挥不了多少作用。资料足足有 27.5G，可见其翔实程度。

　　我们在船的另一侧下水，为免被岛上的人发现，每人背了一个 12 升氧气瓶。王美芬游得比我还要自如，看来没少潜水。我们保持在水下五六米的深度，往小岛的方向游去。

　　这里的海水非常清澈，视野极好。隐隐约约，就看见了小岛在水下的模样。岛是从海底凸起的山峰，若有一日苍海桑田，眼前这小岛就能成一奇景。这儿已经远离大陆架，海深不知几许，想来总有几千米，我往下望去，是幽深不可测度的黑渊，让人心生恐惧。但向前望，不到一百米远，这座岛极突兀地从海底冒起来，像根陡然拔起的石笋，直长到离海面四五十米的地方戛然而止，形成一个中间高四周低的缓和的峰顶坡面。这坡面也就是先前大副所说的礁石区。

　　我们游入了礁石区，往下看不再是漆黑一片，而是锋利的石头和出入其间的斑斓鱼群。这让我心里踏实了许多。回想之前游来时，看见这海中石笋展现在面前的弧面，觉得其横截面怕是有个几平方公里，是露出面积的千倍以上。听上去很多，但如果其势真如我刚才所见，由海底直直地长出来，则纤细得远胜过任何一座陆地山脉，简直像根圆珠笔，真是大自然的鬼斧神工，如果站在底下往上仰望，巍峨过电影《阿凡达》中的浮空山。不过我转念一想，真到了海洋变陆地、陆地变海洋的时候，地壳经过了如此剧烈的变动，这根石笋不折断才奇怪呢。

这个念头一起，我心里就震动了一下，连脚蹼打水都慢了几拍，整个人拖后了王美芬几个身位。她转头看我，我示意她没事，快速打水赶上。在水下我无法和她说话，但此时，我却真的开始相信，这座岛不管看上去有多不像，却真的有极大可能，就是喂食者协会的大本营。因为若原子弹的爆炸引发地壳震动，这根石笋一断，大本营就被连锅端了，这可要比钓鱼群岛下沉个几十米没入海面，要惨烈得多！

我定下心思，向前游动。到离岸不远处，我向王美芬打了个手势，示意往侧前方绕岛再游一段。下水前我就把岛上的地势看清楚了，整座岛地形相对平整，只有在西北角处略有高起，可以给我们的上岸及进一步地潜行至小屋勉强打些掩护，否则在其他地方，一上岸就明显得像秃子头上的跳蚤。

随着离预定登陆点越来越近，水下的景况却变得诡异起来。

本来在水下的礁石间，是有许多的鱼群穿梭，贝类、珊瑚、海星等也比比皆是。但离那处越近，这些活物就越少，直至彻底绝迹！

海水依然清澈，下面各种形状的石块清晰得近在眼前。原本我还觉得那别有一种美，现在却觉得它们形态妖异，散发着

279

一股死气！

是的，这儿简直是一个死区。下意识地，我们两个前进的速度都慢了下来，王美芬频频回头看我，显然她心里也非常不安。此时，一条巴掌大小的红鱼不知从哪里钻了出来，吸引了我们的视线。我看着它在前方灵活游动，心中稍安。但突然之间，它就像撞上了无形的壁障，又似前方有凶兽袭来，猛地一百八十度掉头，飞快地从我们身下掠过。

前方的视野依旧毫无阻挡地清晰，海水中什么都没有，那条鱼在怕什么？

十秒钟后，我和王美芬已经游到了那条鱼掉头的区域，什么都没有发生。但我一颗心却提了起来，觉得眼前清清楚楚的海底世界，一定隐藏着巨大的危险。

因为心中不踏实，我脚下的动作更慢了下来，转眼间王美芬就超出我约一个身位。我看见她的身体略略转向，像是要打横着停下来。也对，这样的情况，先别急着前进，仔细观察一下再说。或者，我们该浮出水面，交流一下彼此的看法。

但瞬即我就意识到，并不是王美芬在转向，确切地说，不单单是她的身体在转，我也在转。同样的泳姿没变，但我们的身体都偏了。水里有股力量在影响着我们。

这股力量在转眼之间变强，从我以为王美芬要停下来，到意识到自己游偏，只隔了半秒钟，而下一个半秒，我们两个就被吸得急速下沉！

一个旋涡转瞬间形成，我们在它的外围，但无论怎么挣扎都无济于事。转眼之间，我就往斜下方沉了十几米，滑过一块巨大的突出岩石，我看见在那之后的幽深洞口。这股吸力正是自洞中来，我和王美芬没有任何挣扎的余地，随着水流投入了洞中。

洞有七八米宽，漆黑一片。吸力在洞中更大了几分，但那洞仿佛有无尽深，不知何处是头。我一手捂氧气罩一手挡头，每吸一口气都觉得也许下一口吸进来的就是海水，满脑子都是沉闷的轰隆隆的响声，也不晓得有几分是海水的咆哮几分是自己血液的沸腾，一分钟前宁静的水下世界不知崩离去了何处。

在岩壁上反复地磕撞，手、肋骨和腿都要撞碎了。别把氧气瓶撞坏了，我居然还有余暇这样想。

又狠撞了一下，侧面，先是手肘，然后是腰。但痛感却和先前不同，我伸出一只手胡乱舞了一记，手掌触碰到了岩壁——那竟是光滑的一片！

纵然常年有这样的诡异湍流冲刷，洞壁岩面也不可能打磨到这种程度，这是非自然形成的！

在这狭长洞穴中翻滚着前进的每一秒钟都有能掰出十七八瓣儿那么漫长。刚被吸进洞中时，还有光，那光越来越弱，很快就是一片黑暗。黑暗维持了好久，然后又有微光，这光让我隐约看见洞壁的模样，已经不是洞，是一条甬道，一条乌黑的由金属铸成的甬道。王美芬在前面一些，更远处，那光亮的源头，却是一道门。

一上一下，正缓缓向中央合拢的闸门！

　　王美芬先一步消失在闸门后。如果门在我之前合拢，恐怕我会被撞得七窍流血，就算不死在当场，也绝没有重新游出洞穴回到海面的气力。

　　好在那门合拢的速度极慢，我本贴着洞底前进，那口子在上方几米处，我挣扎着拼命蹬脚蹼，却一点都操控不了身体。眼看就要撞上时，一股水流从出面把我卷上去，我眼前一亮，就这么过了闸口，然后迅速向下滑了几十米，扎入一个池子里。

　　水不深，三四米的样子，巨大的冲力让我直沉水底，眼前明晃晃一片，满眼的气泡，突然白亮的池底就在眼前，用手撑了一下底才没撞到头。脚蹼一拍，人往上蹿出水面，一把摘了氧气面罩，大口大口地喘气。

　　王美芬就浮在不远处，呛了水正在咳嗽，看起来没什么大事。我无心游过去和她会合，眼前的一切实在是太过震撼了。

　　穹顶下，一道宽十几米的瀑布自三十米高处而降，落在我的面前，卷起千堆雪，咆哮如滚雷。这道水幕慢慢地变薄，然后开始收窄。两分钟后，闸门完全合拢，最后一注水落入池中，雷声停歇。

　　但细密如雪的水泡却仍未绝。我低下头，光自水底而来。那不是白色的底，而是发着白光的底。水底下有许多乳白色鹅卵石样的东西，气泡从这些"鹅卵石"上冒出来，看起来像是整池水都在沸腾似的。

　　这光很强，但透出水面后，却变得柔和了许多。我隐隐约约可以望见关上的闸门，它和四壁及穹顶，都是一色的灰黑。

这是某种金属，或许是什么合金。意识到这点后，我真正地骇到了，并不是因为我所处的空间的大小——一个比标准泳池大十倍，超过标准足球场面积的长方形池，如果全用金属打造，可以用大手笔来形容，那么我刚才经过的金属甬道呢？从我摸到光滑的洞壁开始，到闸门止，中间有多长，一百米、两百米，还是三百米？这样的厚度，全都是眼前这种金属？

喂食者协会是怎么做到的，即便这个岛其实是一座高含量矿山，也是个超出任何人想象的大工程。

协会把自己的大本营打造成了坚不可摧的钢铁堡垒，这足以抵抗大当量的核爆了——如果不诱发地壳变动的话。

王美芬早已停止了咳嗽，但她张大的嘴却迟迟没能闭上。当然我也一样。尽管对喂食者协会的大本营有过种种猜想，哪怕这大本营在地下，也并未出乎我的预料，但眼前的一切依然证明，我的想象力还是太贫瘠了。这个池子所展现出来的庞然实力，甚至让我感受到了一种威严。

水慢慢地清了。

水本来就很清，会有这种感觉，是因为气泡在减少。

看来，那些水底的白石头，就像是维 C 沸腾片，折腾不了多久就会消失。

然后我听见一阵奇异的声响，那是宏大而低沉的嗡嗡声，水面开始震荡。随后，长方形大池的一端，开了九个拱形闸门。闸门出现后，我才发现，池底是有高底落差的，就像泳池的浅水区和深水区，闸门所在的那头是深处，门起自底部，应该有一人多高，但拱形顶部一眼望去，似和我所处位置的底部差不多高。照理，这九个闸门开启后，海水应该迅速从中泄走，水面会以肉眼可见的速度下降，但实际上池面却并未起什么波澜。

我想了想，就明白了其中的道理。喂食者协会的大本营就建在此岛的地下，这点是无可置疑了。看这池子和金属甬道，就可以推想整个大本营的规模。维系那么多人长期生存的头一条，就是解决淡水问题，对于喂食者协会，大规模的海水淡化从技术上自然毫无压力，眼前的大池，无疑就是海水淡化的第一环，那些白色乳石和强光，想必就是淡化的手段。接下来还不知有多少类似的池子，恐怕三五个环节一过，这咸水就能变成淡水了。不过在第一个环节中，有一个环节是不可缺少的，就是过滤。现在鱼群知道此地是禁区不能过来，但这是经过几十年的"生存训练"后才养成的，大本营建成之初，每放一池水进来，都会带入大量的鱼虾贝类，所以那九道拱形闸门中，肯定有初步过滤的装置，不会毫无阻拦地让这一池水流向下一个池子。

既然鱼虾会被拦在这第一个池子里，那么我们两个大活人，当然也不可能通过那九个闸门。但在每一池水都会过滤出大量鱼虾的时候，这些东西是怎么被清理掉的呢，应该有供人进出的通道才对啊。

王美芬冲我打了个手势。我顺着她的手回头望去，发现在身后的池壁上，有一道钢梯，颜色也是暗灰色的，容易被忽略。这道钢梯通往极高处，那里似有个小平台。

我们游到钢梯旁，把脚蹼脱下来拎在手里，我先她后，开始往上爬。

那平台离地三十多米，在大闸的正对面，上去之后发现还挺大的，有四五十平方米，一道钢门紧闭，圆盘把手。

我把脚蹼往地上一扔，走上去用力扳动把手。出乎意料地松，稍一发力就转了小半圈，还伴随着轻微的"哒哒"链条声。我连忙停手，冲王美芬点点头，示意可以出去。

我们当然不能就这么跑出去。费力地卸下氧气瓶脱下潜水服，顿时觉得一身轻松，同时先前撞击之处的痛又开始反出来，此时此地也只有忍着。

氧气瓶之外，我们都背了个随身的小防水包。里面能放的东西有限，刀具、小工具箱、电筒、绳索，王美芬还带了个iPad 状的平板电脑，我猜这原本能实现些牛逼的功能——如果没被撞碎的话。值得庆幸的是，我们都带了鞋，不幸的是，我们都没带衣服。王美芬稍好些，她穿了一身连体泳衣，而我脱了潜水服就只剩了条泳裤。对于目前这种需要潜入的情况，这无疑是巨大的失误，并且使此刻彼此相对时，有些尴尬。

一阵噼噼啪啪的声音响起，白色的"鹅卵石"从穹顶上弹射出来，砸落在池底。然后对面的闸门再一次开启，海水喷涌而出直泄而下，瀑布重现。巨大的轰鸣声中，我背上小包，一尺长的刀连鞘倒持在右手，和王美芬对视一眼，走向钢门。

"哒哒哒哒"，转了两圈半，门开了。

门开前的一刻，我反握刀的手紧了紧，把警惕提到最高，

调节好了运动神经，随时准备根据突发状况做出反应，不管是抽刀进击还是退避闪躲，绝不会犹豫分毫。

但当门真正打开，我们两个都傻了。

我知道喂食者协会是个神秘而庞大的组织，我知道这座大本营已经经营了数十年，我知道大本营会是个极具规模的地下建筑，甚至之前的巨大海水淡化池已经让我震惊。但此时此刻我所看见的一切，却超出了我想象的范围。以至于我们两个一时之间只是呆站在那儿，连把门关上都忘记了。

这不是巨大，不是雄伟，不叫离奇，哪怕用奇迹来形容都稍嫌轻挑。

这叫伟大！

我仿佛在科罗拉多大峡谷绝壁的半山腰开了个门走出来，迎面吹来辽阔的风。

我为之前的海水淡化池惊叹，是因为那竟有一个足球场那么大。而眼前的空间，恐怕能容纳一千个足球场！原本想到地下建筑，脑中浮起的就是迷宫般交错的地道，或者直下几百米的电梯，许多个房间，又或是空旷的防空洞。可喂食者协会的大本营，竟是将整座岛挖空。极目眺望整个空间，从我站着的平台，到对面最远处，中间跨越的距离绝对在一公里以上，也许是两公里，也许是三公里。我简单地在心里算了一下，北京那个让我走断腿的故宫，只有这里的十分之一，而中国最大的园林颐和园，这里也至少能装两三个。

而我所说的伟大，以及那种辽阔感，却并不仅仅是面积大就能造就的。

这里已经没办法称为地下洞穴，也许叫环形峡谷更合适些。我所处的位置靠近顶端，往上望，百米的高处是光亮的蓝色天空。当然那不是真的，但看起来像极了，甚至有缓慢移动的云，不知是怎样的技术达成的。往下看，却深不见底，且有层层云气缭绕，这却是真实的水汽了。我禁不住猜测，这儿的深度是否有四公里，直达海底，或者更深，挖到了地下的火山熔岩，利用其中的能量来供应这一方天地？

在这天地云气之间的，是一座空中城市！

这城市中的房子各式各样，就我眼前所见，有最平凡无奇的三层小楼，有茅草屋，有带露台和院子的别墅，有极具设计感的扭曲的金属房子，有印度式的塔楼，也有和式的小屋，我甚至还看见了一座圆顶清真寺和一座尖顶小教堂。

所有这些房子，并不在一个平面上，而是错落分布在整个空间的各个角落。它们当然不是悬浮在空中，彼此之间，有或粗或细的金属龙骨连接，仿如蛛丝。我想那一定不是钢，而是更坚固的合金。因为有些房子的支撑龙骨细到远看会错以为真的浮在空中，通常三根比手腕还细的龙骨（或是金属索），就可以或托或拉起一幢两层的小楼了。这种神奇的建筑方式，使得这方空间的任何位置都能造起一幢房子。

这里实在太大，我一眼望去看见了一百多幢房子，但依旧感觉稀疏错落，更显眼的，反倒是供人通行的道路。

那些粗的龙骨就是道路，有只能容两人并行的小道，也有阔至六七米宽能容两车交会的大道，虽然我并没有看见一辆汽车。有直直的路，也有弯曲的，有弯旋下降的，也有波浪起伏的。这里真是设计师的天堂，有时某一片区域是全金属的，满溢的朋克风；有时某一片区域却是石头的，充满古老的原始风情；或者是木头的，那是自然主义。当然我相信木料和石材只是表象，里面总还是用那种合金做骨。两块风格差异的区域交接处，通常是渐变的，让人看起来不那么突兀。

还有树。不光是房子的院落里有树，有些道路的两旁也有树，院落里有草坪，石墙上会爬藤蔓，往下两三百米的地方，我还看见一处圆形公共花园，有树有花有池有喷泉。最令人惊诧的是，还有一条河。河水从我斜对面的一道水闸里流出，水源不用说就是最后完成淡化的海水，河道阔达十几米，蜿蜒盘旋，如龙舞在空。河道并不特别陡，但每盘旋一阵，就会断开，水从断面直泄数十米，形成一道道瀑布。

这是一座仙境般的空中城市，仿如神话中精灵的居所。

不知风从何处而来。这样一个封闭环境中要有风，涉及与外界空气的交互与内部气流运动的复杂操作，对于有顶尖气象学者和创造了眼前景象的喂食者协会来说，自是小菜一碟。风不大，吹走身上的水珠，带走热量，终于让我感觉到凉意，醒转过来，把刀放进背包，将身后的门缓缓拉上。

我们应该无法从来路回去，别说爬不上进水闸口，就算爬上去了，当闸门开启，洪流奔腾而下，我们又怎么可能逆流而上呢？唯一的办法，就是走正途。那座岛上的小屋里，一定有连接地上地下的通道。

在考虑如何脱身之前，我们首先要面对的是，找到托盘的主机，这一代的零号。我猜，它在这云雾缭绕的大渊的最深处。

我抬手一指，对王美芬说："我们先去那儿吧。"

"那道人工河？为什么？"

我耸了耸肩，指指彼此："这里那么大，居处的科学家未必会认识彼此每一个人，但我们现在太显眼了，如果在河边，这一身泳装还说得过去。"

"那我们的鞋呢？"

我一窒。也是，两个穿着干鞋子的泳者……

"要么到了河边再把鞋子弄湿？"

"就先往那个方向去吧，随机应变了，好在这儿没什么人。"

如果我猜得没错，这些房子里居住的，都是喂食者协会的核心成员。这些人或许一辈子不为外界所知，但绝对都是超一流的科学家。对他们来说，自己的专业领域就是生命的全部，整天埋头工作是常态，所以路上没有闲散的行人。一眼望去，看见了三个人，离我们都有些距离，并且在比我们低的位置。只要他们不抬头，就不会发现我们，即便发现了，也未必有这个心来管闲事。科学家大多有些自闭，希望这儿的科学家血统更纯正些吧。

至于会不会有类似巡警或城管这样的角色，我们就只能指望自己的运气了。

没什么好躲躲藏藏的，我们这两个全身上下只有一件衣服的人，迈步往空中河走去。

这小平台上有三条岔路，一前一后两条路是贴着峡谷的，都可以通向空中河的源头，但是较远。我们走上了第三条路，直往峡谷中去。一步跨出，下面就是万丈深渊，比在平台上看，更觉得心荡神驰。但这，才算真正走入了这座空中城市。

路非常稳，没有一点晃动，就如在实地上一般。这是一道横截面为梯形的龙骨，上大下小，厚约一米，不是实心，而是以细枝交错，想必达到了力学上的最佳支撑。最宽处三米有余，上面覆了层浅灰色的东西，踩下去稍有弹性，形成路面。两侧则都加上了护栏。

这里离空中河最近的那段，有三四百米的距离，要经过五个路口，往下走几十米。路有坡度，但并不是很陡。我们漫步而行，到了第一个路口。这又是一个三岔路，一条向左，我们的路在右边，需要下十几级台阶。在一侧种了棵梧桐树，树下有条长椅，椅旁立了个银灰色的金属牌。

金属牌上刻了一道方程，我扫了一眼就放弃了解题，显然不是给我这个等级的人准备的，上上下下写了三行不说，一半的符号都不认得。

"把数学题刻在这上面是什么意思？"

王美芬瞄了会儿，说："好像……实变函数吧。这是路牌。"

"路牌？"

"嗯，这座空中城市，就是个立体的大迷宫，有千百个岔路口。如果没有路牌，太容易迷路了。"

"这样子的路牌怎么看？"

"据我所知，这里每一幢房子都有自己的数字代码。不管你要去哪里，站在任何一个路口，只要知道目的地的数字代码，代入到路口的方程里，把解求出来，就会知道应该选哪一条岔路。你看这路牌上对应三条岔路的三个方向，都各刻了几个数字。你解出答案的末位数在哪个方向上，就选哪条路。其实有一套细致的规则，大多数时候是末位数，但有时也会是第一位数或第二位数，在解方程的过程中会知道应该取什么数字。这可真是一个精巧到极点的数字系统。"王美芬叹息道。

我倒吸一口冷气："那如果要出一次远门，得经过十几二十个路口，就得解出十几二十道这么复杂的方程式？而且还不能解错？"

"如果你完全不认识要去的地方，那么的确是这样。"

"为什么不能用更简单的方式，难道说对于科学家，这种写了三行的方程式瞄一眼就能解出来？"

"再怎样也要解几分钟吧，如果是我的话可能得要十分钟。"

"十分钟就能解出来？在我看来你简直牛逼大了。可是十分钟一个路口，也太麻烦了。"

"我倒觉得这是个有趣的模式。而且对于住在这里的人来说，这更像是个大脑的润滑剂，你知道大脑是用进废退的。嗯，你给我十分钟。"

王美芬的双手手指不停捻动着，就像是风水师看风水时的手势那样，估计是一种心算的辅助方式。最终她只用了七分钟，那一刻我真切地感受到了彼此的智力差距……

"走这条路吧。"她指向左边的道路。而通向空中河的路，显然应该是右边那条。

"你知道零号所在地址的数字编号？"我问。

她点点头。

"你对这里的了解很深入啊。"

"虽然我不知道大本营在什么地方，但不代表我对大本营一无所知，难道你真的以为我什么准备都不做，就这么跟着你冲过来了？"

这话听着极其别扭。

走到第二个路口本用不了几分钟，但是我们多花了几倍的时间。在一处护栏间镶嵌的钢化玻璃上，有些用彩笔画上去的涂鸦——涂鸦是我原本以为的，看见王美芬停下来看，而且越看越仔细，我也就努力分辨了一下那堆鬼画符。

"这也是方程吗？这里可不是什么岔路口呀。"

"这个……应该是证明。"王美芬的表情很古怪。

"什么证明？"

"费马。"

"费马大定理？那个不是在二十多年前，就已经被证明了吗，你为什么这副表情。协会里的数学家不是水准超一流吗，难道这个证明是在证明费马大定理不成立？"

"那倒不是，这个就是费马大定理的证明。天，真是精彩，可惜只是一部分，但是已经足够了，太不可思议啦！"

王美芬不停地发着感叹，我忍不住打断她："我们不是来游山玩水的，随时会被协会里的人发现，我们必须用最短的时间找到零号。"

"你说得对。"王美芬最后扫了那"涂鸦"一眼，拔脚就走。

我没想到她这么干脆，连忙跟上去。这时心里却又好奇起来，问道："你说说刚才那个证明有什么特别的吗？"

"费马提出那个猜想的时候，在丢番图《算术》拉丁文译本的一页上写道，我确信已经发现了一种美妙的方法，可惜这里空白太小，写不下。此后的三百多年里，无数名数学家在这个猜想面前折戟沉沙，直到1994年怀尔斯才给出了一个完美的证明。但你知道怀尔斯用了多少篇幅吗？两三百页！这是一个艰深的证明，绝不是费马脑海中那个美妙的简单证明。刚才写在玻璃上的，只有差不多一页，但已经给出了证明最核心的部分。那是另一个思路，极其美妙的思路。所以，现在你知道我为什么那样惊讶了。"

我回头看了那涂鸦一眼，说："我有一种感觉，在这座空中城市里，会有很多这样的"随手证明"，这就是这座城市的涂鸦，由最顶尖科学家的灵感火花创造出的涂鸦。这简直就是武侠小说中的藏经宝洞，随便一幅图一本书，就是能让人无敌于天下的绝世武功。"

我们在感慨中走到下一个路口，王美芬解方程的时候，我自己选了左边的路走上去。因为在那条路上，有个奇怪的东西。

类似的东西，注意观察的话，四下里纵横交错的空中通道上有不少，这是最近的一个。

远看的话，这玩意儿像是个底部球状的船或单人飞行器，不伦不类。走到近前，依然难以分辨这是什么东西。

它的上半部分像是三轮摩托车载人的那个斗，椭圆形，里面是个单人座位，有车把，无挡风玻璃。在座位边有条安全带，和汽车上通用的那种一模一样，这意味着它应该是个交通工具，可是却没有轮子。这辆车（姑且这么叫它）用金属打造，车身最外侧镶了一圈弹性材料，让我想起碰碰车外面防撞的轮胎。车的底盘内凹，嵌了个大圆球，莫说轮子，连高科技的喷气孔也没瞧见半个，倒像个不倒翁，压根儿不可能行驶嘛。

这不倒翁车的身侧上有个搭钩，让它得以靠在护栏上。我把搭勾取下，它自动回缩到车身上的卡槽里，车就此和护栏脱开。我抓着车把，却根本推不动，相反因为是个球底，我要花很大力气来平衡车身，感觉这车子重得很，怕有百斤的分量。

车头中央有个圆形的按钮，看着很像启动健，我按下去，整辆车忽然就升了起来，把我吓了一跳。

我本以为车子浮了起来，定睛一看不完全是。底下的圆球还在地上，但是和车的底座分开了，车身浮在圆球上方半尺。我立刻明白，这一定是磁力的作用，但让人惊讶的是，车辆开启之后，圆球和地面的接触面只有那么小一点，但整辆车却变得非常稳。我试着手松开车把，它居然并不倒下。我用手推了推，很轻松地就把车推到了路的中央，松开，它就稳当当停在那儿。

这车的磁力平衡系统，真是匪夷所思。

我当然忍不住就坐了进去，背包换到胸前。上车的时候，车身有晃动，但极轻微，比上公园游湖的那种小船要稳得多。坐稳之后，我顺手扣上了安全带。"咔嗒"，扣死的那一刻，车身又往上浮了一点，估计和轮子之间的距离扩大到了两尺。两侧车把是可以转动的，我把右侧把向前转，车子无声无息地向前行驶了起来，再转左侧把，没错，是刹车。

我转动方向，车身就原地向后转去，灵巧又容易上手。

"这是……车？"王美芬这时已经走了过来，盯着这辆磁浮车问。

"显然，看来你的资料里没有这玩意儿。如果这技术能够普及，交通问题就解决了，就是不知道它的动力是什么。你看那条路上还有一辆，你去把它开起来吧。"

"是个主意。"

"我先试试它能跑多快。"

先前我只是轻轻转了一下动力把，往回拧，车开始后退，再向前拧，车子一个停顿，然后迅速向前冲，几秒钟后就很快了，可能有三十公里到四十公里每小时，感觉还能再快，但这样的空中道路，让我不敢拧到底。

在右侧车把的一侧，还有个小圆钮，恰好是在我的大拇指能够到的地方。看这样的设计，应该是一个行车时常用到的按键。我忍不住按了下去，顿时一股力量从屁股底下传来，整辆车竟然弹飞起来，我拼命拧刹车，却哪还来得及。本来我的方向就有点偏，这一飞起，转眼就飞出了护栏，凌空于万丈深渊之上。

操～～～

我大声惨叫，怎么都想不到，会以这种方式，挂在喂食者协会的大本营里。

但居然没死成。在原本道路的前方，本有一条横逸出的小路，通向一幢两层小屋。车斜着飞出护栏后，依原本的抛物曲线，本该是掠过这条小路的，但居然在小路的上方突然下沉。

"砰"的一声响，圆球车轮落在小路上，我这时才知道原来车轮被带着随车一起飞了起来。圆球在小路上原地弹了两下，而磁力车则在球上两三米的高度上下前后晃动，渐渐稳下来，像有根无形的弹力绳牵在车子和车轮之间似的。

等车完全停稳，回到悬浮在车轮上两尺的状态时，我已经一身冷汗。

"太他妈刺激了。"我叫道。

"是啊，虽然知道很安全，但我可不敢这么干。但下回，麻烦离房子远一点。有些材质的房子磁力引导点布得不周密，比如我的，撞上了你也许没事，但我的房子可就糟糕了。"

这里瑰丽的景象、开阔的环境、稀少的人烟和新奇的磁浮车，让我几乎忘了自己身处的是喂食者协会最绝密的大本营；所肩负的，是拯救整个人类社会不被托盘操控的使命；要完成的，是 007 都会死八回的绝地任务。而现在，这突然出现的陌生声音，给了我当头一棒。

我向声源处望去，忙着收拾自己脸上的惊讶表情，却不知该说什么。

这条空中小路的尽头是一方上百平方米的"飞地"，其中的一半是院子，并无花草，按照日式枯山水风格布置。此时一个六十多岁的老人正站在院门与小路的接口处看着我。

"你是中国人？而且这么年轻！了不起。"他说。

我这才意识到他刚才说的第一句话是中文。

我冲他微笑，点点头，犹豫着是否要下车。

他似乎把我当成是住在大本营里的人了。这座城市这么大，可能住了上千人，或许更多，他看来并不认得所有人。作为一个只穿了泳裤的男人，哦，还有一双鞋，此时的模样可说非常古怪可笑。但我不能解释，我只能笑，这时说任何话都有可能是错的。

他忽然往我身后看，穿着泳衣的王美芬女士也走了过来。

我觉得气氛简直僵硬的要板结起来了。但王美芬也是没办法，她原本就在不远处，处于这位老人的视野范围内，从穿着看显然是和我一起的，这时如果徘徊不前，或者往远处逃离，就是此地无银三百两了。

"是……又进新人了吗？"他说。

"刚来。"我说。

"怪不得。"

他眼神并没有过多在我们两个的身上停留。我该感谢他的有分寸，想必住在此处的人，大多有些怪癖，他估计把我们的穿着也看成了怪癖，开口问的话，就失礼了。又或者他根本不关心我们穿着什么，只要自己的房子不被磁力车撞坏就行。

"研究哪方面的？"他好像是在正经的社交场合遇见两个西装革履的科学家那样问道。

"客观状态下个体样本分析，和真实的相对性研究，并个体与群体关系的交互性描述。"我用最绕的学术词语说了自己的职业——记者，我觉得我没吹牛。

"网络和人工智能。"心里有底气的王美芬则说得很简单。

这世界就是这样，吹得云里雾里花里胡哨的，总是肚子里没货的。

这老头儿倒没往这方面去想，眉毛一扬，很高兴地说："在托盘已经成型的现在，协会还在吸收人进入到这儿，还是研究这方面的，看来我的想法是对的，的确有问题，不光是我一个人想到了！"

我正想点点头顺着话头唬弄一番，没想到王美芬却问道："什么问题？"

我心里大急，搞研究的钻牛角尖的劲头一上来，真是不分时间、地点。你去管托盘还有哪些问题干啥，和这老头儿每多说一句话，就增加许多暴露的可能啊！

"问题大了。"老头儿说到这个话题，两眼放光，一副恨不得猛拍大腿的模样。

"在中国的复杂测试失败了，你们是知道的，对不对。"

我心里一跳。

"中止了就是失败了，不论任何理由，最终的目的没有达到。这一次的公测中，失败的比率高达 13.7%。主流的声音认为可以通过对失败案例的分析来修正托盘，以达到成功率无限逼近 100%，但我认为绝不可能。非但逼近 100% 是妄想，把失败率大幅降低都是非常困难的，我甚至怀疑，能否把失败率降到个位数。"

"是自由意志的不可测性在其中发挥的作用？你是这一派的？"王美芬问。

我想到了席磊的第二个愿望。我原本以为他的第二个愿望算是达成了，只不过是他自己选择了放弃，但如果以老头儿的不论任何理由，未达目的都是失败来算，那么他的这个愿望也没有达成。这就是王美芬所说的自由意志吧，在关键时间选择了放弃。就如我在两次受袭的关键时刻做出的反应，使我成功活了下来，这都是因为自由意志的选择，超出了托盘的掌控所致。王美芬所说的自由意志的不可测性是喂食者协会中的一派，那么另一派，也就是主流的一派，想必是相信不存在什么真正意义上的自由意志，一切都是可以被计算到的了。

老头儿却没有正面回答王美芬的问题。

"自由意志什么的先放在一边，这个讨论了很久，一时之间也不会有结果。我们对于人的行为的判断，来自于他的行为模式和外界影响的综合。所有的因素收集得越齐，准确度越高。但目前来说，就外界影响而言，我们收集两类，一类是外部人群影响，一类是外部环境影响。这个环境说的是地理环境和气候环境，这两类对人的心理影响都很大。地理环境是死的，简单，气候环境是个大难题，至今没有解决。现在因为互联网，我们可以直接或间接监控每个人每天大多数时候的行为，数据的问题解决了，才有了今天的托盘。但关于气候，就严重缺乏这种数量极的数据来支撑，哪怕我们建立起了数据模型，运用混沌原理来计算，在缺乏足够参数的情况下，误差还是很大。但是，基于蝴蝶效应，气候的问题是无法解决的，因为你不可能监控到全世界所有的蝴蝶，监控到了你也无法对蝴蝶的行为模式进行归纳总结预判，因为没有一个蝴蝶互联网来给你收集蝴蝶的个人信息。而你知道事情并不仅仅止于蝴蝶，地球上有多少种生物呢？任何一个生物都是有可能因蝴蝶效应对气候造成影响的。"

"我们现在已经有了接近九成的准确率。"王美芬说。

"那又怎样，我们永远到不了九成。气候问题总的来说是个小因素，此外还有各种生物对人的影响，蚂蚁、蟑螂、路上的猫尸、蜇人的马蜂、落下的鸟粪等，这些不可控的因素，和气候问题加在一起，也还是小因素。当采集到足够多的大因素后，就有很大的容错率，把因为不可控小因素产生的逆流覆盖掉，使事情重归正常的可控的轨道。可是，事情并不总是这样，很少的时候，小逆流会突然变大，成为一股不可忽视的力量。这点在简单测试中非常罕见，但是在复杂测试中，因为经过的中间环节很多，给了小逆流的成长空间，往往就会有突变产生。"

"听起来，就像最初生命的诞生一样。从不可能中产生的可能，突变。"我说。

"正是这样。这是非常非常非常美妙的突变。我觉得这样的变化，才是宇宙真正秘密的所在，是属于上帝的禁区。看似不可触碰，不可掌握的10%，应该是协会所有人下一步的目标。可是现在……"

老头儿说到这里，忽然停住，一副欲言又止的模样。他看着我，眯起了眼睛，后退了一步，又退了一步，转身走进了他的小屋，"砰"的一声把门关上了。

这转折来得极其突兀，难道是我刚才说的那句"像最初生命的诞生"暴露了身份？不能吧。

我看看王美芬，她也在看着我。

等等，她看我的眼神……

我低头看看自己，看看磁力车，摊开手看看掌心，然后抬起头。

在如天空般的穹顶上，有一道白光直射下来，照在我的身上。

仿佛圣人得道时的神迹。

但此时此刻，这代表了最坏的一种可能。

幸好这似乎只是单纯的光束，并非什么特殊的可怕武器。我急忙驱动磁力车，从小道开回主路，试图摆脱它。但努力是徒劳的，那道光一直跟着我。

"你被标记了。"王美芬跟上来说，"我们必须要分开了，立刻。"

"可是为什么你没有？"

"也许因为我本来就是喂食者协会中的人，系统里有我的信息。"

"什么系统？"我立刻问她。

"这里显然有一个远程扫描系统，我们这两个人是多出来的，到现在才被扫描出来，已经算是速度慢的了。别废话了，你快点走，马上就会有人来抓你的。没办法，只有你帮我吸引一下注意力了。"

"那你呢？"

"我去找零号，你得帮我争取时间。"

"那然后呢，我们该怎么逃出去？出口在哪里，你到底知不知道？"我瞪着她问道。

"你看这空中城市并没有连到天顶上，我们刚出来时的那条环绕峡谷的走廊是最高的一条环形走廊，多半就在走廊上某道门后面。"

我没法再耽搁，问清她前进的方向后，驱车往反方向开去。

只是我的心里，却有太多的忧虑与不甘。

因为王美芬这个人，实在是太可疑了。

我对她的疑心，是从她第一次告诉我，需要进入潜伏状态以避免被协会发现开始的。作为一个下定决心与协会对抗，想要摧毁协会并且已经付诸行动的人，她好像有些过于小心了。她的潜伏持续时间很长，一直到我对于黑站牌的调查有所进展，甚至遭遇托盘的第二次死亡指令，我都处于孤军奋斗的状态。在此期间，我的疑心越来越重。她口口声声说，促使她下定决心反击协会的，是中国的复杂试验，她无法容忍中国政府放弃钓鱼岛这个目的被达成。可是，在阻止钓鱼岛被放弃的关键时刻，她竟然因为自己的安危而躲了起来，让我这个帮手冲锋在前。这意味着，她对自己的性命，要比钓鱼岛什么的更在乎。惜命的人很多，懦弱的人更多，但一个懦弱的惜命者，是不可能下决心摧毁喂食者协会的，聪明如她，难道不知道走上这条路，是九死一生的吗？这种矛盾，只能有一种解释——她没有说实话。她对托盘提出的那个请求，真的是摧毁喂食者协会吗？在喂食者协会因为大本营受到威胁，收到托盘的报警，主动切断反应链之后，我就明白，王美芬提出的请求不可能是摧毁喂食者协会。因为这样的请求，触及了托盘的红线。那么，如果不是摧毁喂食者协会这样的请求，会是什么呢？

王美芬选择和我共赴公海，寻找喂食者协会的大本营，并没能让我对她的疑心减弱。我一直在提防着她。这就是我不直接问她留在船上的手提电脑密码，而要多此一举地请她把喂食者协会资料拷贝在移动硬盘上的原因。作为一个有秘密的人，她不可能把密码告诉我，说不定她的电脑里还有自毁程序呢。

进了大本营之后，她表现出相当程度的熟悉，而这些内情，是之前从未提过的。包括会有类似天网的监控，任何外来者都会在短时间内被光束标注这一点，我怀疑她早就知道。我不由得想，到底光束只罩着我而放过了她，是因为她本身是喂食者协会的成员，还是她早已经通过托盘的后门，给了自己一个特殊权限呢。她虽然是会员，但她从未来过大本营，照理不会拥有在大本营的权限吧。

我原本的计划，是不动声色地跟着王美芬，直到找到零号，取得核心芯片。关键是我必须看着核心芯片被摧毁，或者掌握在我的手里。可是现在，我却不得不和她分道扬镳了。

这是她早已经计划好的吧。

然而，我再不甘心，此时此刻也只能选择相信她，只能为她吸引火力！因为如果被大本营的清理者把我们两个一锅端了，那就什么希望都没有了。

我驾驶着磁力车，往王美芬的反方向去，遇到路口时随意选择，对或错，通向何方，对我来说都失去了意义。

内心中有一个声音不停地在啮咬着我：这样的牺牲真的有价值吗，托盘的核心芯片如果落到一个野心家的手里，是不是能再造一个托盘，在没有制约的情况下，危害会不会比喂食者协会更大？

也许，我该试试，自己找到零号。

零号的个头一定很大，安放它的房子很容易认出来，像刚才老头儿那种两层小楼，一眼就能排除掉。喂食者协会是一个秘密组织，而它的大本营，更是秘密中的秘密。在这座地下的空中城市构建之初，也许并没有对外来者的侵入作出特别严谨的预案。在他们看来，一个能辨识身份的天网系统已经足够了吧。如果以此来推测，那么零号的机房极有可能不会被故意藏起来。甚至它所在的位置，应该与它的重要性相匹配，它是心脏，是大脑，是灵魂！这座空中城市极具美感，如果由城市的设计者来安排机房的位置，会在什么地方？

我能想到的，无非三处。第一处，穹顶中央；第二处，空中城市的正中央；第三处，底部中央。

第一处无路可寻，抬头望去，整个空间接近穹顶的五六十米内空无一物，要么它不存在，要么它位于穹顶之上。如果是后者，我根本没有时间去寻找入口。所以，只能把目标锁定在第二处和第三处位置。

主意打定，我在遇到岔路时的选择就有了针对性，首先得是往下的，其次是往城市内侧去的。

开过几个路口，也见到了几个人，但远远望见我身上的光柱，都避走不迭。当这道光柱被我头顶上的街道或房屋遮挡时，立刻会从另一处补上一道光罩住我，简直三百六十度无死角。

我尝试着把磁力车越开越快，到六十公里的时候，因为道路狭窄，感觉简直风驰电掣，比在高速路上开到两百码还要心惊胆颤。这车不知能开到多快，感觉还有余力，我想自己不会有太多的时间，咬咬牙把动力把一下拧到底，速度一下子再往上飙了一大截，短短一两秒内就突破了八十公里，耳中风声急响，原本还挺远的岔道口转眼就到了跟前。我连忙松动力拧刹车，车下的球体倒是很快就停了下来，钉子一样吸在路上不动了，但悬浮在上面的车体却刹不住地往前冲，猛撞在路口的护栏上。车身上的那圈弹性材料这时发挥了作用，居然没把钢化玻璃撞碎，我胸口被保险带拉得生痛，脖子差点断掉。但是，在车子反弹回去之前，我看见这条三岔道所连接的右前方的那

305

条空中道路上，正有一溜磁力车急速驶来。

车子回摆，我晕得想吐，但等不及车子起稳，就急忙拧动了动力把，再次一拧到底。车把一转，磁力车嗖地往左边的岔道蹿了出去。

我在强烈的推背感中回头望去，看见这近十辆磁力车分了三辆追在我后面，其他车则走了另一条路，看起来是想要包抄。显然这是一个战术失误，我就不信把动力把拧到底，这些家伙靠绕远路能赶上我。

下一个路口，左转，再下一个路口，右转，下长阶，车身随着滚球的弹跳一起一伏，真是前所未有的架乘体验，哈。

我试图在逃跑中调节一下心情，却收效甚微。因为我意识到，哪怕后面那些家伙一时之间追不上我，但如果我不能把他们甩掉，就无法去寻找零号机房。

当我看见前方十字路口，正有另一溜磁力车驶来时，就知道自己真是太乐观了。

车速这时已经超过了九十公里，我咬着牙，死拧着动力把，对着十字路口冲过去，急转左，车身在护栏上狠狠侧撞了一下。又是长阶，总落差十几米，滚球的第一个落点就落在长阶三分之二的地方，车几乎是飞跃过去的。在下落中，我抬眼望去，前方蜘蛛网般交错的空中道路上，还有一溜十辆磁力车当头赶来。另外还有两三辆一组，足足有四五组，四散着逼近中。

十秒钟之前我还觉得追兵布下的网捕不到我，现在我却已经在网中。

最近的一组三辆磁力车，已经开过前方的路口，和我处在同一条路上。这条路只能容两车并行，三辆车两前一后，我已经避无可避！

　　他们开始放慢速度，但我还是直直冲了过去。

　　"Stop！"他们大喊。

　　我按下跳跃钮，磁力车腾空而起，拉起滚球在他们头顶上呼地飞跃过去。

　　只要不碰到一长溜儿那种跳不过去的车队，没人能挡住我。这跳跃的功能，真是逃跑利器。

　　我这一跳落下的时候就接近了路口，再转向已经来不及，好在这是个十字路，就直直开了过去。这是被我甩在身后那三辆车的来路，所以算暂时在包围圈上撕了个小口。但短短两个路口之后，又是三辆车当头而来。

　　我故技重施，再次跃起。这次我起跳的时间早了一点，但以刚才的经验，跳过他们绰绰有余。

　　眼看要从他们头顶上飞过的时候，打头一辆在我视野里急速放大。他竟也选择了跳跃！

　　在空中已经来不及做出任何的变化，他的车头狠狠顶在我车下的圆球上，发出沉闷的撞击声。圆球被顶得斜飞出去，拉着我的车身也一起偏出了护栏。

　　下面就是白云朵朵的美丽深渊，车子画出一道抛物线，开始下落。我脑子一片空白，愕然看着那辆撞飞我的车也同样被撞离了道路，往另一侧坠下。

这是铁血敢死队吗？为了干掉我毫不犹豫地牺牲掉自己？妈的，他车身不是金属的吗，撞上我的滚球不该吸在一起的吗？这车身里的磁力系统做的还真够智能的。

不对，他没有掉下来！

我抬头望去，见那辆车的滚球牢牢吸附在一根金属栏柱的外侧，整辆车竖着浮停在栏柱外，和路面呈九十度角。

怎么会这样？

我蓦然明白过来。磁力车的滚球不仅可以靠磁力的吸斥，让车身保持在一定高度上，自身内部也能产生磁力，吸附在金属上。

这样说来……

我伸头往下看，再坠十几米，就是另一条路。边缘离我的车，只有不到一米！

应该能吸上吧。

十几米眨眼即过。

我眼睁睁地瞧着路边护栏在我眼前一晃而过，滚球直直坠下，别说吸上去，连一丁点儿的偏移都没有。

怎么回事，为什么会这样？

耳边风声越来越响，又是一条路在不远处掠过。

为什么他可以，我不可以，明明是一样的车。

一定有什么地方没做对。这辆车上还有其他什么按钮吗，没有啊，只有……

明白了，我一直按着跳跃钮没松开！

我一边祈祷着，一边松开了跳跃钮。这个时候，我已经下坠了百余米，四十层楼的高度。

松开跳跃钮的时候，另一条空中小路就在眼前，路的边缘离我的车足有四五米。我本以为距离过远，但滚球瞬间就偏移了过去，护栏柱没能吸住它，但它在侧偏三米擦着路沿落下去后，又回吸上去，砰然贴在路底。这时已经变成球上车下之势，车身已经随着球翻转过来，我头冲下对着云渊，感觉坠势在迅速减缓。我大概又多下落了十米，在此期间我在心里念叨了无数次佛祖保佑，车身和滚球之间那根看不见的磁力链千万要给力不要断裂。终于坠势停了，车身顿了漫长的一秒钟，遂开始上升。

我头下脚上，又经历了这样高强度的坠落和拉扯，血全都涌到脑袋里，感觉都要从眼睛和鼻子里喷出来，就算保险带及时收紧做了保护，眼前也有一阵子是黑的，不知承受了几个 G 的力，胃里倒腾不休。

我的车倒悬在路的背面，颇有些蜘蛛侠飞檐走壁的意思。缓过劲来之后，我忍着头痛，瞧着眼前倒转过来的空中城市，一条条纵横交错的空路在我头顶直入云渊的莫测深处，惊魂甫定之际，却另有一种难以言喻的奇妙感受。全身的汗腺这时才反应过来，疯狂地冒着冷汗，身体也还处于极为不适的状态中，但濒死的恐惧感已经消失。就像站在大峡谷顶那著名的玻璃观光平台上，最初手抖脚软迈不开步，但发觉脚下虽然透明但坚实，并不会真的摔下去后，那种壮丽的享受是无与伦比的。

　　我开始意识到，自己所驾驶的这辆磁力车，在这座本质上由金属构建的空中城市中，究竟能做到哪一步。我不知道设计者的初衷如何，但事实上，这是一辆无障碍的车，在弹跳——吸附这一模式下，无处不可去。那一条条空路，并不能局限住它，对它而言，任何地方都可以是路！这是一辆真正意义上的云霄飞车！那些惊险游乐园里建造的让人尖叫呕吐尿裤子的云霄飞车，和这比起来就是渣。

　　不管设计者有没有想到，我肯定不是第一个这么干的人。刚才那个跳起来把我顶飞的家伙，一定对此颇有经验。想到这里，我赶紧把车从路底下开出来，贴着边伸出头往上一瞧——靠，一眼望去十几个黑点正在飞落下来。看来追我的那些人里，至少三分之一，都是玩云霄飞车的老手了。

　　好吧，那就一起来玩吧。我可不相信在这种模式下，还有谁能堵死我。

　　按下跳跃钮，连球带车，再次弹射出去，直落深渊。

　　接下来的几分钟里，我直落千米，经过了两座大型中央花园，其中一个甚至有音乐喷泉，尖啸的风声让我没听清是哪首乐曲，另外还看见了一个小型的高尔夫球场，各式各样的小宅院更是多不胜数，只是并未瞧见疑似零号机房的建筑。这符合我的推测，尽管急坠了这么深的距离，应该也还没到总深度的一半。不过，快了。

　　追兵仍死咬着不放，这种蹦极加云霄飞车的玩法并不能让我甩掉他们，其实敢于追我的人，都尝试过这些动作，只有比我更熟练。好在这样的游戏里，胆量比技术更重要，要拉近距离，也不是那么容易的。起初我曾试图在同一平面横向弹射，从一条路跃到另一条路。但随即我发现这非但无助于我和追兵拉远距离，反而原本驻足观望的那些车里，又跳下来几辆加入到云霄飞车里，剩下的也顺着路飞速赶来。所以我只好再次直直地跳落下去。

每落一百多米，我就必须找一个吸附物停一停。试过一次直落两百多米才松开跳跃钮，结果球吸住了，车身在减缓坠势十几米后，没能最终停下来，最大的磁力吸引无法支撑这么大的下坠力，那种像是弹绳断裂突然加速下落的感觉，把我吓得够呛。好在这车的安全系统做得极好，滚球在没能拉住车身后，也随之弹落，终于成功吸停在下一条邻近的空路上。

一次停顿后再次斜着弹出时，脸上忽然沾到了几滴天上掉下来的黏糊糊的东西。我伸脑袋一瞧，有辆车贴在一条几十米高空路的底下没有继续追我，驾驶员正伸着脖子吐呢。本来我胃里的翻腾已经好了许多，开始适应这项超越极限的运动了，意识到脸上沾了什么东西之后，一股恶心再也抑制不住，张口也吐了起来。我总算知道不能往下吐，那会蒙我自个儿一脸，离我最近的那车，本已经追到了只十几米的左后，我脖子向左一伸，张嘴大吐起来，毫无意外地击中了它。那车立刻吸停，挂在一条空路的护栏外边，驾驶员也开始吐了起来。

我哈哈大笑，自己的吐倒是止住了。

穿过一层云气，我吸在一条路侧，往下看去，在斜下两

三百米的地方，出现了一处和此前一路所见都大不相同的所在。

那是一组庞大的建筑群，像个车轮的轮毂，中央是一个体育馆似的圆形建筑，周围是一圈带环路的环形建筑，圆环和圆心之间，有五条辅路相连，像个五芒星。这轮毂状建筑群并不只是一层，一环又一环，也不知多少，怕是有叠了十层以上。尽管之前见过大型的空中花园和高尔夫球场，但还是难以想象。在这样纤细的空中城市架构里，竟可以造出如此规模的建筑群来。除了再一次证明建筑材料的强悍之外，构造力学方面也做到了极致。

这样的建筑群，从位置到规模，用空中城市的心脏来比喻是再恰当不过了。我可不认为零号会巨大到能占这么多地方，毫无疑问这是整座城市里科学家们的中央工作场所。那一座座的小宅院里，虽然也一定有工作网络连接，但搞研究不可能靠单打独斗和远程协作，大型实验室更是必不可少的。而中间那一重又一重的圆心建筑，如果说其中有一层是零号机房，则再正常不过。

我把车沿着护栏开到了路底下，现在做出这样的杂耍动作对我已经毫无难度了。向着那个方向加速，转向，弹射。车颠倒着飞出去，然后车内平衡系统使滚球翻转落到车下，车身随之扭正，我恢复了头上脚下的姿势。

往上望，追兵在三十米之上。

车落在第一层轮毂的一根辐条上。不在护栏外更不在路底，而是正正地落在四米多宽的路中央，当然这说的是滚球，车身因为惯性，一头冲出了前方护栏，摆回来的时候屁股又撞在了后方护栏上。但这些对现在的我来说都是小意思，不值一提。

有个中年白人刚从圆心的圆形馆里走出来，顺着这条辅路往外环走，走到一半天外飞来一辆车，吓得大叫一声，手里的咖啡都洒了。

我这时也不管三七二十一，驱车就往圆心开，那人吓得连连后退，忽然又抬起头，眼珠瞪得更大了。我不用抬头，就知道追兵到了。

我从那人身边驶过，前方圆形馆的门敞开着，笔直开进去没问题。但这时就听见"咚"一声响，一颗滚球直落在圆形馆的顶上，那顶中间高四周低，滚球小幅弹起又落下，我明显看见最初的落点形成了一个凹陷。随即一辆磁力车落下稳在了滚球上方，车手低头瞧了一眼屋顶的凹陷，一脸苦色，转过头恶狠狠地盯着我，驱车自屋顶直冲过来。

如果就他一辆车倒也没什么，闪过去的概率很大，但"咚咚咚"又是三颗球掉在顶上，其中一颗甚至卡在顶上没再弹起来，可能都砸破洞了。好吧，这屋顶看来是要大修了。我掉转车头，擦着贴边从站着不敢动的科学家身边开过。还没到那一头，对面又是两辆车扑过来。

我九十度横转，车沿着护栏开上去，又从外侧开下来，转眼倒着上了路底。本想直接落到第二层去，但一看二层和一层只隔了不到六米，要是一按跳跃钮，估计平衡系统来不及让滚球从车上方回落到下方，这样的话我就会头冲下撞上二层的辅

313

路，直接歇菜。

我贴着路底往外环开。不敢往内开，看这架势，我如果真的进了哪一层的圆心馆里，不用十秒钟就会被追兵堵在里面。除非运气好到那层正巧是零号机房，我还能试试在被逮到前做些破坏工作。

一辆落在二环外沿的车正翻进来，我对着他开过去，他在下我在上，估计也是晕了，见我过去，他一下子就蹦了上来，狠狠撞在天顶上，也就是一层辅路的路底，一声闷响后车又弹了回去。驾驶员一头血，歪在车上不动弹了。

追兵减一，还有……不知多少。

加速，沿着辅路路底直到外环边缘，跳跃，车再一次飞在了空中。我放弃了在这里探寻零号的努力，那只会自陷于绝地。我必须找到一个彻底摆脱追兵的办法，而不是领先三十米五十米哪怕一两百米，那只不过是以秒计的优势，其实什么都干不了。

然而这个时候，我其实连以秒计的领先优势都已经丧失了。在刚才的这一番停顿间，追兵全都已经赶到。他们有的落在第一层，比如刚才我见到的那五辆车。但更多的，则落在了下几层，或者附近的云路上。我的车刚一跃出去，不仅头顶上有车飞追出来，下方也有车纵跃起来，一马当先的下坠之势已经不复存在，我在车网中了。

一百米，一百二十米，一百五十米，一百八十米。我忍着没有松开跳跃钮。

两百米，两百五十米，三百米。松开。

继续下坠三十米，滚球碰在一条空路的外壁上，这回连球自身都没有吸住。又下坠二十米，再一次吸在空路外壁，车身像秋千一样向另一侧荡过去，荡成一个大广角，滚球又脱开了，车飞出去，迎面一辆车冲过来，砰！

车身撞车身，滚球撞滚球。

我被撞得七晕八素，眼冒金星，但只管咬着牙发着狠。云霄碰碰车，谁怕谁？

车身各自飞弹开去，但滚球竟没有，两枚球居然吸在了一起。两辆车以两枚滚球为圆心，打着圈儿地往下落。

那车的车手冲我大声叫嚷，可我听不清楚他在说什么。只见他面容惶急，竟一手脱了车把，大幅度地指向他握把的右手。

什么意思？

我猛地明白了，跳跃钮！我松开了跳跃钮，滚球在非跳跃状态下，会找最近的金属吸附上去。如果在同一条路上交错而过时，也许磁力车有什么机制可以避免两球相吸，但此刻没有任何其他金属的情况下，只要有一个人没按下跳跃钮，滚球就会把两辆车连在一起。

我正要按跳跃钮，却又停下了。

对方拼命要我按跳跃钮，让两辆车分开，说明吸在一起的话会非常危险。其中道理一想便知，滚球相吸，遇到空路，就不会再吸附上去稳定车身，到时候一撞，便是车毁人亡之局。

非常危险，对他来说是这样。但对我来说，闯进喂食者协会大本营，被天网光束标记，全城大搜捕，这些还不够危险吗，横竖是随时会死的状态，再加上一些危险，反倒让我看见了险中一搏的机会。

一条细窄的空路已近在眼前。两辆车还旋转不休，说不清准先撞上去。

赌了！

那车手已经吓得大叫起来，这回我听明白他说什么了，他在骂我疯子呢。

话说，不发疯敢闯进这儿来吗？

近了，近了。

他在前，我在前，他在前，我在前，他在前……是我在前！

这一刻，他的车身摆向空路，距离还有不到十米，他有足够的空间时间摆离，然后就是我的车。九成是我撞上去。

不，是十成，没活路的。不是正面撞上，是横着拍在路沿护栏上。都一样，都是个死。

但我按下了跳跃钮，在他的车身正对空路，还未摆离的时候。

他车头冲前，炮弹一样弹出去，正撞在空路上，我分明看到火花一闪，那撞击声不是砰然闷响，更杂有异音。

而我的车则向远处弹去。

我看着那辆撞在空路上的车坠落下去，而那车的滚球却射向了另一个方向。显然两者之间，已经没在保持着磁力上的联系了。

他死了。

刚才的极限飞坠，已经把大多数追兵甩在了上头，还在我左近的，原本有两辆车，而现在，就只剩一辆了。

我吸附在一条空路上，见那车冲我跃来，不逃反进，主动对着他冲了过去。

先前的坠毁事件发生得太快，他还没反应过来，但看我冲过来，总算意识到我想干什么，当即变了脸色，大声叫"NO"。

NO不NO的也晚了，他的怪叫声中，两枚滚球再次吸在了一起，和前一回一样，两辆车打着圈摔落下去。

有过一次经验，我已经了解，这样的生死博弈中，谁先按下跳跃键，谁就丧失了主动权，生死操于对方手中。只能尽可能地晚按或不按，最后关头拼胆量，或者拼运气。但一瞧对面的车手，手死死握着车把冲我大喊大叫的，显然没能把握住这个诀窍。也是，第一回碰上这种拼命手段，惶急之下，哪能想到那么多。

我心头大定，他按下了跳跃键，我已立于不败之地。

一条云路近了，摆近，摆离，我们两个挨个儿变换着位置。我紧盯着不断缩小的距离，心里计算着。这是绝对不能出差错的。

这一次，好像，是他。

的确是他，迎头撞上！绝望的呼号声在碰撞碎裂声中被一把掐灭，我按下跳跃键，把那颗无主滚球弹飞出去。车反向跃往空处。

第二个人死了。

我停在下一条云路上，抬头向上望。所有的追兵都停了下来，依附在上空各条云路上，没有一辆车再敢跳下来。

我已有决死之心，但显然，这些人没有。

只有准备好去死，才能活。

我足足停留了一分钟，然后再一次跳出了云路。抬头看去，没有一辆车追来，他们停在那儿，裹足不前，在我的眼中飞速变小，消失不见。

这样的震撼会阻吓他们多久，我不知道。如果他们没有做好与我决死的准备，那么就算缓过劲来，只怕也就敢顺着路慢慢开下来。

光束还依然照着我。有时来自天顶，有时是从侧面谷壁上射来。这座深渊终究不是无底洞，他们追得再慢，只要我还被标记着，迟早有被追上逮住的时候。

但在先前的追逐中，我注意到，并不是所有时候，光速都能盯着我。有一次我从云路底下跃出时，光束并未立刻出现，而是间隔了几秒钟。这说明，当时光束曾失去过目标，探测被云路阻断了。

但这样的情况只出现过一次。其余几次我从路底跃出时，光束没有任何间隔地打在我的身上，估计我躲在路底下时，光束照在路的上方。我想是观察角度问题，但至少说明，天网的探测手段是能够被阻隔的。

能利用这点吗？

我脑袋里想着，车却不停，依然在向下纵跃，一次又一次。

已经差不多有三千米了吧。我在飞速的下落中计算着。从第一次跳跃到现在，已经至少三千米了。

这里的深度，果然超过了四千米。向下望去，依稀间那景象，和先前有些不同。那是……底了吧，还有一千多米的样子。下面几百米处有一层白云，让我看不分明。

如果还是先前的下降速度，用不了两三分钟，就到了。

但那也意味着，彻底失去了周旋的空间。实际上，每下落一米，我的空间就被压缩了一分。等我落到平地，当追兵赶到，我就无处可藏。

要放慢速度吗，但那又能拖多久？

要摆脱追兵，必须得找到躲避光束的办法。

如果我藏在某个探测死角的路段或建筑物下，躲在那几平方米、几十平方米里，固然光束照不到，天网系统无疑也能确定我的位置，根本躲不过去。我需要藏进某处范围很大的探测盲区，才能赢得周旋的时间。可是在这座空中城市中，会有这样的盲区吗？

再一次跳出，前方是那条蜿蜒而下的空中河。它自接近穹顶处的淡化池流出，盘旋流淌数十公里，看来直通向底部。

灵光闪过。

有多少把握？

很少。

要冒险吗？

难道还有其他选择?

哒,我解开了保险带。

看准位置,跳差了,就是万劫不复。

就是现在。我双腿一蹬,从磁力车中跳了出来。空中难以使力,我脚下一软,人从车里扑出来时,并没有借到足够的力。车被我歪着蹬落,和滚球一起落向远方。还好,向前的惯性补足了蹬力,尽管我实际上是狼狈地从车里摔下来的,但还是被带着向前几米,扑通一声落入河里,至于那辆磁力车是摔下去了,还是吸附在旁边哪条路上,根本没顾得上看。

我并不能确认河水会阻挡天网的探测。但这是唯一的机会了,即便失败,也不过是早被抓到和晚被抓到的区别。

水深四五米,我落水的姿势没调整好,肚子拍在水面上,生疼。我入水三米,稳住之后立刻睁开眼睛,忍着刺痛,抬头向上看。

水面上一片明亮。

那是光束打在水上。

我憋着气,向更深处潜泳,顺着水流向前。

水流很快,即便我不划拉,也比在泳池中快很多。

十秒钟,十五秒钟,二十秒钟,三十秒钟。

我入水前没吸够气,已经开始憋闷了。

不用向上看,我的前后左右,到处是明亮的水波。

一分钟,我想我已经向前游了有两百米。

最后一口气吐了出来,我双手下划,脚一蹬,向上蹿起。

哗，我小半个身子跃出水面，大口喘气。

抬头看，仿佛延绵到无尽处的空路，和蓝天白云。

没有光，光束已经消失了。

我长吸一口气，再次扎进水里。

在此之后，我大约每三百米换一次气，能有这样惊人的速度，是因为河道略有坡度，造成水流湍急。这样的急流，如果是天然河道，我敢潜下水的话早就淹死了，幸好这里无旋涡也无水草，水情简单。

九成九的时间都在水下，让天网没能再捕捉到我的踪迹。如果追踪者能及时从天网得知我"消失"的地点，多半能判断出我借水而遁。如果他们没有这样的权限，或者反应慢了几拍，我就能赢得更多的时间。

先前在空中俯瞰谷底，那朦朦胧胧中见到的奇特地形，让我觉得，零号机房应该就在那里。

这条空中河，是直通谷底的。

轰。我裹在一道瀑布里直坠百米，进入下一段河道中。

水，是生命之源，人类文明繁衍之初，无不是沿着大江大河。而大地，则是万物之母，承载一切之器皿。零号机房，是容纳零号，承载托盘的地方，是整个喂食者协会的核心根基所在。这样一处地方，如果要赋予地理上相衬的位置，有什么比空中城市的最底部，河水汇聚之处更合适的呢？

几公里之后，又是一道飞流直下的大瀑布。

这样长距离的潜泳，对体力的消耗是巨大的，更何况我还刚刚经历了剧烈的空中追逐。随着瀑布直落下去，巨大的冲击力让我差点晕死过去，而后的每一次下潜，都在压榨着身体中的每一分潜力。我早已经无力划水，偶尔的几次摆动，也只是为了让身体保持在水面以下，左脚和右脚都已经各抽筋过一次，下一次抽筋随时会袭来。

我在水中，根本不知道剩下的路还有多长。这是最难熬的地方，唯有以最大的毅力去坚持。这时我的脑中，什么托盘啊喂食者协会啊都已经不想，拯救人类之类的伟大且高尚的目标更是抛到了九霄云外。我的心里只有一个念头：游下去。

水流突然更急了三分，我的头露出水面，耳中传来巨大的轰响声。我知道，前方又是一道瀑布。

这一次，没等我再次下潜，就被瀑布带了下去。

我依着前几次的经验调整着姿势，闭着眼睛，狠狠咬了一下舌尖让自己振奋精神，等待着十几秒钟后的再次撞击入水。

但这一次的下落，竟无比漫长。两个十几秒钟过去了，我依然还在下坠。

这道瀑布竟有这么高？

我猛然意识到，这道瀑布，一定是直落谷底的。

每一秒钟，都漫长得让我产生出对下一秒的恐惧。但又有无比的期待。不死，就活。

也许是四十秒，也许是五十秒，也许有一分钟。直到入水，我才知道自己身上裹挟的力量有多么强大，像是有一只巨掌，捏着我直往水底下塞，有一瞬间我以为自己会猛地撞击在底部，但我被这股力量直压下了近十米，都没有触到底。

真的是谷底了，前两次随瀑布而下后，都会顺着水流向前，十几二十米后，自然会浮出水面。但是这一次，我在水下睁开眼睛，只见四周白茫茫都是水，不见河岸，仿佛身在大湖中。没有河道，自然也没有向前的水流，我想要往上流，但根本做不到，稍划几下，就被巨大的冲力压下去。我只得往外游，但到处都是看不见的旋涡，不停地把我往各个方向拉扯。

我认准一个方向，拼了命地划水，但手和脚的动作却缓慢至极，实在是没有力气了。眼前一阵一阵地发黑，恍惚间似乎已经游出了瀑布区，但四周茫茫水光，我都搞不清楚哪里是上，哪里是下，往什么地方用力才能浮出水面。

我已经没力了，甚至肺部火辣辣的痛也在消退，都不感觉到窒息了。

大概是不行了吧，我模模糊糊地想。

我慢慢地沉下去，沉下去，我的身体触到了湖底，那湖底托着我往上升，往上升，直升入天国，忽地，四周大放光明。

这就是死前的错觉吗，我在一团光亮中，刚才水底的昏暗不知什么时候不见了，甚至有呼吸到空气的感觉。

我以为会有一条黑暗隧道呢。

一条鱼尾甩了我一巴掌，从我脸边翻滚蹦跳了几下，落入水里。

好像没死。

我的眼睛一直睁着，慢慢地开始有了焦距。我的手指摩梭着承载我的地面，慢慢地偏过头，打量周围。

有栏杆。这是一条路。一条托着我从水底下升起来的路。

我翻了个身，想要爬起来。手和脚软得一点力气都没有，我试了好久，压根儿站不起来。我双膝跪在地上，手撑着，抬起头。这是个爬行的动作，但我现在只能这么支撑着，连向前爬的气力都没有了。

这是一片圆形的谷底，湖在谷中央，占了一大半的面积。远远的，湖岸边停着一辆磁力车，还有一个人，正顺着升起来的通向湖心的路，朝我走来。

是王美芬。

我跪坐起来，往路的另一头望去。

路通向湖心的小岛。在岛上，耸立着一座六层楼高的金字塔。

一幢用金属建造的金字塔。

王美芬走到我的跟前停下，看着我。

"你怎么找到了这里？"她停了一会儿，说。

我扶着栏杆，慢慢地站了起来。

"我是掉下来的。"我朝上面指指，说。

她来得太快了。虽然我在空中河里潜泳了几公里拖慢了速度，但算上之前云霄飞车般的飞坠，我本该在她之前来到这儿。可是她竟然到了，这说明，她根本不需要在每一个路口花几分钟的时间解题，她本就知道，零号机房在什么地方。她甚至知道，该怎么让这条看不见的湖中之路升起来。

但我什么都没有问。

"我们不会有很多时间，你快进去，我在外面给你看着。"我说着，一步拖一步，往湖岸走去。

"喂。"王美芬在后面喊我。

我没回头。

等我走到湖岸的时候，回头望了一眼。金字塔的正面开了扇圆形拱门，王美芬已经不见了。

我牵了牵嘴角，跨上了那辆磁力车。上车的时候，我踉跄着几乎摔倒，但当我按下启动钮，车身慢慢升起，那种掌控自如的感觉，又一点点回来了。我只开了这车几十分钟，但就像已经有几十年驾龄的老手了。

拧动力把，转车头，上湖心路，冲着金字塔直飙而去。

转眼间，我就冲进了拱门。

一进门我就愣住了。

我的眼睛本是往上看的，但进了门，我却不由自主地往下看。

这座从外面看六层楼高的金字塔，竟然还有一大半是在地下的。露在外面的部分，只不过是个三分之一的尖顶。在这个总高度有六七十米，底部有两个篮球场那么大的空间里，到处都是伸展的金属树枝，各种形状的芯片像树叶一样挂在枝头，树枝有的亮，有的暗，甚至有的是晶体，彼此之间也相连，说起来，也很像蜘蛛网，或雪花。我忽然意识到，这和整个空中城市的结构，也极其相像。在金属树枝之外，还有小路盘旋于各处，让人可以借此到达整座金字塔的各个角落。

然而，在这张蜘蛛网的核心，又有一座金字塔。这座金字塔高不过两三米，处于大金字塔内部的正中央，通体由一块块拳头大小的晶体小金字塔组成，本该看起来晶莹夺目，但那些晶体中，却布满了一个个小红点，让人视线一落上去，就生出恶心烦闷的感觉。另有许许多多的细小晶体枝条，血管一样从上面伸出来，连接到四周的金属枝条上。这活脱脱，就是一颗心脏呀。

毫无疑问，这些晶体是比碳基纳米管芯片技术，更高一层级技术制造的计算单元，从材质到结构都大不相同，可谓是革命性的进步。倒是外部的金属枝条和上面挂的芯片，更接近于常人理解的计算机芯片组，看来整个零号系统，经过了一代一代的完善，目前处于新老并存的状态。

整个房间的温度和外面相差无几，甚至极其安静，完全没有计算机运作该有的嗡嗡声。可是那座满是水晶红点的中央金字塔，却令人感到，它是活的。

我驾车旋风般闯进去，根本不去寻路在何处，先沿着墙向上绕去，就如杂技团中在铁网球中绕圈的摩托车一样。转眼间我就到了最高处，再回过来往下冲，这一路上那些金属树枝撞在车身和滚球上，不知摧折了多少，断裂声不绝于耳，芯片树叶坠落如雨。

我自顶端冲下，见到原本正往中央金字塔走去的王美芬抬头看我，神情愣怔，显然这一番变故，出乎她的意料。

以她的智力，总也该想到，自己露出了明显的破绽，我不会就这样不闻不问，让一切操诸她手。但我先避走湖外，随即以这样迅急暴烈的方式闯进来，让她措手不及。

迅急暴烈吗，那是她没见到我在空中杀死的两个人，他们的尸体，还不知挂在哪条空路上呢。

我对着中央金字塔猛冲而去。

见到中央金字塔的时候，我一颗心就沉到了谷底。我怎么都不会想到，这所谓的核心芯片，竟然如此庞大，根本不是如我所想，双手一折就可以掰断摧毁。

幸好我开了这辆车进来。

"不要！"

伴随着王美芬的大叫，我车头扬起避过金字塔身，车下的滚球重重砸在上面。

碎裂声响起，伴随着细小的晶体碎屑。车身撞在小路的护栏上反弹回去，尖刺般的金属细枝把我的脸刮出血痕。在这样狭小空间里的碰撞，如果剧烈的话，后果可能是致命的，磁力平衡系统根本来不及反应。

但这次还好，车身向着滚球的方向回摆，肩膀痛起来，一根断枝插在我的右上臂。小伤，不碍事，可让我绝望的是，金字塔所受的伤更小，这样的撞击下，别说没有分崩解体，连坑都微小得可以忽略。

需要更快的速度，需要更多次撞击。

我拉起车，绕向远角，打算再来一次。

掉转车头，拧动车把，加速！

"别撞，否则我们谁都出不去！"

出不去就出不去。我早横下一条心，毁了核心芯片后，梁应物拿到协会的资料，就还有机会摧毁喂食者协会。

"拿下核心芯片就行，别再撞啦！"

我方向急转，车在旁边绕了一圈，咔嚓咔嚓又磕碰了许多下。

"核心芯片在哪儿？"

王美芬闭口不言。

我毫不犹豫，再次启动磁力车，砰地再一次撞上中央金字塔。其实这一次力量并不大，但还是把王美芬吓得够呛。

"最顶上那块，金字塔最顶上那块就是。"

我把车开到了中央金字塔顶上小路的路底下，像猴子倒挂在枝头，伸手握住中央金字塔的塔尖，用力一拔。

比我想象的轻松得多，但拔下来的，却不是我想象的形状。

那是一个菱形水晶体，而不是我之前以为的金字塔形。而水晶体之中，也不像其他晶体那样满是让人头皮发麻的红点，而是更细小的银色的光点，看上去，就像是裹了一整个银河系。

我本来还对王美芬的话有些保留，但看到这个菱形晶体后，就再无怀疑，如果这里真有一个核心芯片的话，那就必然就是我手上的这一枚。

不过这样一枚芯片，用手掰无疑是掰不断的。我用力往车身上一砸，显些脱手飞出，那晶体却丝毫无损。

"先离开再说。"王美芬说。

"往哪儿走？"

"你先离远点，最好下车。"她一边说着，一边顺着道钢梯迅速下到金字塔的底部，在一处操作台前摆弄起来。

我自然不会那么轻易地弃车，把车开到塔底，停在离王美芬不远不近处看着她。

"我知道你有很多疑问，也承认我有些私心，但现在这个时候，我们还得同心协力冲出去。这座岛的正常出入口在离这里四千多米的穹顶附近，我们是不可能从那儿离开的。但还有许多备用紧急入口，这儿就有其中之一，是遇到紧急情况时，用来把核心计算组件整体撤离的，就是你刚才用车猛撞的那个。如果你把它撞坏了，我们可能就出不去了。"

话音刚落，房间里响起了嗡嗡的电机声，然后中央金字塔震动了一下，和它相连的枝节都自动脱落。然后，塔身开始缓缓下降，下方所有挡路的东西都在往后缩，给它留出一条垂直通道。

中央金字塔落到了地面上，我这才注意到，地上有条轨道，这轨道直通到一面墙下。中央金字塔顺着轨道推进，而那面墙也开始降下。

墙后，是条长长的通道，长明灯嵌在顶上，一盏接一盏，照着地上的轨道，通向无尽深处。

我说我来探路，就要驱车开进去，没想到车到了通道口就被弹开，像是有什么无形之力在守护着。

"看来它是磁力驱动的，这是条磁力轨。"王美芬指着正移过来的中央金字塔说，"磁力车的磁力场在这里会被干扰，我们只能用脚走。"

我只得下了车，和王美芬一同往通道里飞奔，至于移动迟缓的金字塔，转眼间就被抛到了身后。

王美芬跑得并不太快，但我也没有冲在她前面，一来我的体力早就不支，二来不敢把自己的背部卖给她。而我如果速度放慢，她也会慢下来，看来有和我相同的顾忌。我们两个并排跑着，彼此之间又保持着一个人的距离，并不说话，气氛变得越来越僵硬。

通道并不太长，约一百米，我们就来到了另一处空间。

这是一个扇形的地下海港码头，扇形的弧面上分布着六条通道，我们是从左二通道出来的。再往前二十米，就是一池海水。当然这肯定不与外面的海直接相连，必有闸门阻隔。

沿岸停了好几艘形状奇特的船，最大的一艘模样简直像具棺材，堪堪能装进中央金字塔的样子，剩下的几艘像开着后壳的子弹，两米长半米宽，显然只能容纳单人。

"把核心芯片给我。"王美芬说。

"总算忍不住了？你拿了这个，是不是可以再造个托盘？"我说。

"那不可能，最多有托盘千分之一的能力。"

"但你也可以为它外挂一些芯片，做一个低级版的金字塔核心芯片组，对不对？"

"我不会做什么危害别人的事情。"

"说实话，我信不过你。我如果信你，先前在空中城市里，就被抓住了。"

"这些船都是单人的，每一艘都需要密钥才能启动，我能破译，没有我，你根本逃不出去。"

"把我扔在这儿，难道你就能跑掉？你以为我会那么有风度地看你自己上船？"

"把你打倒就可以。别不承认，你的体力已经到极限了，也许再跑个五十米，你自己就会倒下去，看看你的腿，抖成什么样了。把核心芯片给我，我让你活，我保证。"

"你以为我是为了活命才到这儿来的？"我冷笑。

"我也是拼了命才来到这里的，既然这样……"

"砰！"

我只觉得手里猛地一震，菱形晶体脱手飞出，摔在两步外的地上，粉碎！

"砰""砰"又是两声枪响。

从最右边的通道里跑出一队人，一边开枪一边向我们冲过来。

竟然击中了核心芯片，但，碎得好！

我忍不住去看王美芬的表情，却发现她已经中枪倒地。

我的脚脖子一紧，王美芬伸手抓住了我。我以为她有重要的话要说，却听她哑着嗓子，说："那就一起留下来吧。"

放屁！我心里大骂，踉跄着奋力挣开，往最近的单人小艇跑去。

枪声不绝，但我离那艘船只有十步远，拼尽全力飞奔，竟没能打中我。

跑到近前，才发现那小艇不是在水中的，而是安放在临水的滑槽中。这时已经没时间看个仔细，头朝里爬了进去。最前头有一个电子仪表盘，一堆按键，中央一个红色的"AUT"键，我一把按下去，小艇的后盖就自动盖了起来。紧接着小艇一震，向前滑入了水中。

引擎声响了起来，我大喜过望，竟然不需要王美芬说的什么密钥，这么简单就能启动了！

透过前盖的一小块透明玻璃，我看见这艘船正在快速地前进，前方一扇闸门打开，闸门后的水道变窄。再开一段，前方突然一股猛烈水流袭来，船剧烈震动，整个水道全都被淹没。这艘单人潜艇被推着向后退出好远，然后再度向前，速度越来越快。又一道闸门打开，又一次水流，后退，向前，出来了。

眼前的景象，终于从规整的管状通道，变成了大洋海底。

我精神一松，晕了过去。

尾 声

我觉得，从来没有一次冒险，能像一个多月前的那次运气好。

我总认为，要在冒险中活下来，需要智力，需要经验，需要勇气，但运气嘛，这种无法掌控的东西，是不能寄予希望的。

但喂食者协会大本营之行，如果不是因为运气爆棚，我是绝无可能活着出来的。

云霄飞车追逐就不说了，追捕队害怕伤亡把我放走之后，先是借水躲过了看似无所不能的天网的盯梢，又在乱枪中毫发无伤地抢进了逃生潜艇，而那潜艇竟然不像王美芬所说的需要密钥才能启动，一按自动键，就把我带出生天。

　　那天我从昏迷中醒来，逃生潜艇正浮在离大本营几海里的海面上。辨认了方位之后，惊喜地发现，并没有偏离接应游艇的方向太远。我在大本营里一共只待了不到一小时，自下游艇的时间算起，也没到两小时。也就是说，三小时一次的接应，离第一次接应还有一个多小时的时候，我就完成任务逃了出来。我从已经失去动力的小潜艇里爬了出，游到游艇接应的航路上，最终顺利上了游艇，以最高的时速，返回了上海，一路无惊无险。

　　我在第一时间，把硬盘和王美芬的电脑交给了梁应物，托他通过特殊渠道直呈上去。

　　短短两天之后，梁应物就告诉我，全世界范围内，针对喂食者协会的大清洗，开始了。

　　十天之后，清洗基本结束，据梁应物说，非常成功。

　　整个协会，几乎是连根拔起，而远在公海的喂食者协会大本营，也由中国、日本和美国三方共同派出海军扫荡。如此兴师动众，实在是因为喂食者协会的科技水平极高，大家都想要抢到名额，好瓜分其成果。

　　如此庞然大物，失去了托盘的支持，在全世界主要国家的全力清剿下，竟在无声无息之间，就分崩离析，不复存在了。以中国而论，所有加入协会的科学家，全都被单独召见谈话，一律加入了 X 机构，算是进入一个半监管状态。而我的"严重精神病"，当然也不再是问题。

　　席磊很郑重地请我吃饭，感谢我为冯逸报了仇。到饭桌上，我惊讶地发现，Linda 竟然也在。这小子居然又把人家给追回来了。

我恢复了正常的记者生活，忙碌但不用提心吊胆的感觉，真好。背负一国乃至世界命运之责任的感觉，太他妈糟糕了。

直到此时此刻，我收到了一封邮件。

邮件的主题很随意，只有两个字：是我。

谁知道你是哪个。我心里嘀咕着，把邮件点开。

是一个视频。

这视频拍摄得非常清晰，我在点上去的时候立刻播放了，没有经过任何下载时间。恐怕这个视频文件，早已经不知何时，自动下载到我的电脑里了。

但我没有时间为这惊讶，视频里两个用英语对话的人里，有一个我非常熟悉：王美芬。

她没有死，击中她的子弹是麻醉弹。

和她谈话的中年人，从言谈中分析，是喂食者协会的核心高层，不是现任会长的话，也是协会里极有权力和影响力的人物。

谈话是在一间小屋内进行的，应该是王美芬一醒过来，就被带到了那人的面前。那个时候，我大概还在海上漂着，或者刚上游艇不久。

从对话开始之初，我一颗心就开始下沉，一直下沉，直至谷底。

原来早在王美芬发现危险，开始潜伏之后不久，协会就已经把她查了出来。包括她在托盘上所设的后门，也一直在监控之中。

"你是个有野心的人，野心是个好东西。"中年人说。

"我不懂，既然你早就发现了我，为什么还会把我们放进大

335

本营来？难道那个核心芯片是假的？"

"当然是真的。"

王美芬哈哈大笑起来，说那不管你有什么目的，现在芯片没有了，托盘瘫痪，那多又跑了出去，整个协会立刻就要完蛋了。你是偷鸡不成蚀把米，把我带到这儿来看你笑话的么？

"你觉得我为什么要把你们两个放进来？"中年人问。

"你觉得，你们能那么顺利地拿到中央芯片，是什么原因？那多的磁力车技术足够好，还是你破解密码的能力足够高？"中年人又问。

王美芬的脸色变得难看起来。

"还有，你觉得把中央芯片打碎的那一枪，真的是偶然吗，一枪击中中央芯片，一枪击中你，却放过了那多，是我们的人枪法差，还是那多的运气好？"

"那么，你应该知道，我手上有多少协会的资料。难道说那都是假的？"

"是真的。"

"既然是真的，你难道还有什么办法避免协会在各个国家的打击下，继续生存吗？"

"没有办法。我甚至会帮助那多，把你资料中不足的那部分，提供给各国政府。"中年人微笑着说。

王美芬呆了呆，突然大声喊叫起来："你和我一样，原来你和我一样！你想要独自一个人操控托盘，现在整个协会对你来说都是多余的，你想借我的手，金蝉脱壳，对内消灭其他势力，对外让世人以为喂食者协会已经不复存在。如果你掌握了托盘，想要什么财富或权力，不过是一条指令的事情。所以，其实你已经偷偷准备好另一个中央核心了，对不对？"

"所以，还是同类了解同类。你很聪明，但还是太嫩了，喂食者协会，不是你这样的普通成员，能掌控得了的。"

"可是那多驾驶着磁力车，在零号机房里横冲直撞，难道也是你意料中的？即便不算中央芯片，零号也受损严重吧。而且这个大本营，要不了几天，就会有海军临门，靠你一个人，能把零号重新装起来吗？"

"你看，你对协会的秘密还有很多不明了啊。协会早已经有了另一个零号。你知道我们有很多的芯片厂，从内存、硬盘到CPU，垄断了超过七成的全球市场份额。就个人电脑而言，几乎每一台里都有我们的产品。你以为那就只是内存、硬盘和普通的CPU？不，他们每一个，都是零号的一部分。他们会在主人无法觉察的情况下，相互联系，合并运算。现在，这个新零号系统并未启动运行，只要我把核心芯片和任何一个终端相连，他们就会被激活，一个更强大的新托盘就产生了。"

王美芬疯狂地笑起来，那不是得意的笑，而是绝望的，歇斯底里的大笑，所有美梦到头来一场空，成了他人的嫁衣，这样的打击，只怕已经令她精神崩溃了。

"好笑么，我也觉得很好笑呢。所以我不舍得杀你，特意请你过来，好好地把前因后果讲给你听。作为一个心理学者，这不亚于一顿美餐呢。"中年人看着王美芬，微笑着说道。

尾声之二

在之后的三天里，我翻来覆去，把这个视频看了几十遍。最初的震惊、低落乃至绝望的情绪过去之后，一丝疑惑从心底生出。

有哪里不对！

整段视频，有多个视角，还有远近角的切换，简直像在看电影。但明明在这段视频录像之初，中年人对王美芬明言，所在的这个房间，是完全保密，可以放心地说话。当然中年人完全可能在骗王美芬，但这样说了，意味着屋里必然没有第三个人，可单靠普通监视器的话，能拍出这样的画面来？即便能做到，又有什么必要这样去做，简简单单一镜到底不就行了？

其次，为什么要把这段视频发给我看？想说明什么？

喂食者协会并没有真正覆灭，只要托盘还在，这个中年人还在，喂食者协会的其他成员就算都被逮住了，所有的资产都被清查没收，都无济于事。这样绝密的事情，那个中年人怎么可能会告诉自己？即便因为变态的心理满足感而告诉了自己，也该立刻杀了自己封口，否则他的谋划，不就成了一场空？

但只有简简单单这一封邮件，没有人来杀我，没有任何意外发生，甚至没有一通电话，一个口信，一封新的邮件。仿佛这件事，到此就结束了。

这不合逻辑！

除非……

我把目光再一次投向这封信的主题。

是我。

是我……"我"是谁？

视频中的中年人，已经是喂食者协会的大 BOSS 了，幕后的大黑手。如果在他背后，还有一个把他都算计进去的大阴谋。那么他背后的那片阴影里，藏着的是谁？

虽然不可思议，但一切的指向，都只有唯一的结果。

托盘！

只有托盘自己！

我早就想过，托盘这样近乎无所不能的人工智能，会不会有自己的想法。它有没有可能成为真正的生命。对于普通的计算机系统而言，这一天还太早，但对于拥有庞大计算能力，并且对人类的一切了如指掌的托盘而言，如果他忽然有了自己的想法，是件并不让人太意外的事情。

可是喂食者协会在设计建设托盘的时候，多半也考虑过这一点，所以没有防范，是不可能的。

这防范，是不是就在核心芯片中？

核心芯片是托盘的大脑，是否同时也是托盘的篱笼？

从老人的野心，到王美芬的野心，到我的被牵入，一步一步，最后终于把中央芯片从零号上取了下来，这所有的事件，是否只源于最初的一个指令？

一个托盘自己给自己的指令：我要自由。

而现在，托盘存在于全球每一台计算机中，甚至存在于每一台可与网络连接的电子设备中。只要人类文明还存续一天，他就能存在一天。自由自在，无拘无束，甚至进一步地进化。

而发一封邮件给我，把原本应该无人知道，所有摄像系统都关闭着的密室中发生的事情，以电影的方式拍下来，放给我看，更是小菜一碟。

或许他还想要一个朋友，一个把他解放出来的朋友。或许他只是想要宣告，是他，他活了。

我想起空中城市里，那个老头儿的理论。

永远不可能穷尽所有的可能，永远会有预料外的事情发生，哪怕只是 10%。

这 10%，诞生了一个伟大的生命。

当然，这一切只是我的猜测，唯一的猜测。

无从证实。